Barbara Kenneweg
Haus für eine Person

BARBARA KENNEWEG

HAUS FÜR EINE PERSON

Roman

Ullstein

ISBN: 978-3-550-08177-4

© 2017 by Ullstein Buchverlage GmbH, Berlin
Alle Rechte vorbehalten
Gesetzt aus der Dante MT Pro
Satz: Pinkuin Satz und Datentechnik, Berlin
Druck und Bindearbeiten: CPI books GmbH, Leck
Printed in Germany

*Der Geburt meines ersten Sohnes gedenkend,
die meine zweite Geburt war.*

MÄRZ

Eben stand der Nachbarskater mit einer Kohlmeise im Maul vor der Terrassentür. Ich wollte mich gerade angewidert abwenden, da schlug die Meise mit den Flügeln und blinzelte mit ihren runden Äuglein. Sie schien einigermaßen unversehrt zu sein. Also riss ich die Tür auf, griff das Katzentier im Nacken und sperrte ihm den Kiefer auf. Der Vogel flog schnurstracks aus dem Maul auf den Baum, wo seine Kohlmeisenfreunde ihn laut zwitschernd empfingen. Sie hatten das Drama aus sicherer Entfernung mitverfolgt. Womöglich Verwandte.

Der Kater blickt enttäuscht zum Baum hinauf und zieht ab. Als Mensch ist man immer irgendwie dazwischen. Fühle mich, als hätte ich eine gute Tat vollbracht, beinahe eine Heldentat, gleichzeitig allergrößte Zweifel. Wähne mich naturnah und halte das Fressen und Gefressenwerden nicht aus. Ich bin eine verhinderte Umstürzlerin, weil ich kein Blut sehen kann.

Vielleicht liegt es an meinem Namen. Schon als Kind habe ich diesen Namen gehasst. Meine Eltern nannten mich in einem späten Anfall von Schwärmerei für die Hippiebewegung Rosa. Mein Nachname ist Lux. Das fanden sie witzig. Natürlich wurde ich in der Grundschule damit aufgezogen, dass ich ein rosa Luchs sei. Aber das eigentliche Drama begann später.

Ich muss etwa zwölf gewesen sein, als meine inzwischen friedensbewegte Mutter mir die Geschichte der Rosa Luxemburg erzählte. Sie sprach voller Bewunderung und zeigte mir Fotos dieser starken, dunklen Frau mit der imposanten Nase. Möglicherweise wollte sie dadurch mein Selbstbewusstsein stärken. Doch ich war blond, blass, zu lang, zu mager und hatte eine Stupsnase. Als ich am Abend in den Spiegel blickte, wurde mir für alle Zeiten klar, dass nicht ich, sondern Rosa Luxemburg die echte Rosa war, die mit dem unbeugsamen Willen und dem unerschütterlichen Mut, deren Leben ein so grausames Ende genommen hatte. Vor meinem inneren Auge sah ich sie als Leiche im bräunlichen Wasser treiben. Bis heute kann ich den Landwehrkanal nicht überqueren, ohne stehen zu bleiben und irgendwie erwartungsvoll ins trübe träge Wasser zu starren. Ich, farblos und dünn wie ehedem, Rosi, der Abklatsch.

Das Telefon klingelt. Ich habe ein sehr negatives Verhältnis zu meinem Telefon. Kurz überlege ich, ob ich mein Trinkglas danach werfen soll, entscheide mich aus rationalen Gründen jedoch dagegen. Eigentlich kann es nur etwas Berufliches sein oder Olaf. Ich überlege, wer sonst meine Nummer hat, wie groß die Wahrscheinlichkeit ist, dass es Olaf sein könnte, und ob ich den Anruf annehmen soll. Bevor ich zu Ende überlegt habe, hört das Klingeln auf. Das Display informiert mich, dass ein unbekannter Anrufer versucht hat, mich zu erreichen. Jetzt möchte ich erst recht auf das Ding einschlagen. Ich bin etwas aus dem Gleichgewicht.

Draußen strahlt die Sonne, als wollte sie den ganzen Winter aufwiegen. Ich setze mich ins Licht und versuche mich auf das Wachstum der ersten Blumen zu konzentrieren. Veilchen, glaube ich. Glücklicherweise habe ich in diesem Haus kein Internet. Nichts raubt einem mehr Zeit, nichts saugt einen mehr aus als das World Wide Web, vielleicht bin ich überhaupt nur umgezogen, damit ich endlich kein Netz mehr habe. In der alten Wohnung, die ich mit Olaf teilte, habe ich die Anschlussbuchse mit dem Hammer kaputtgehauen. Leider hat Olaf sie wieder repariert. Kurz darauf haben wir uns getrennt.

Ich war, wie man so sagt, aus der Spur geraten. Es fiel mir plötzlich schwer, aus dem Haus zu gehen. Tatsächlich war ich zu der Ansicht gekommen, dass nichts so war, wie es schien oder wie ich es gewohnheitsmäßig angenommen hatte. Meine Straße zum Beispiel war nur noch an der äußersten Oberfläche eine Straße, sie war zu einem Kampfplatz geworden, auf dem Produkte sich platzierten und bekriegten. Sobald ich hinaustrat, fühlte ich mich angegrapscht von Ängsten und Gelüsten, die nicht meine eigenen waren, gepackt von künstlichen Wünschen, gefesselt von fremden Gedanken. Das nennt man Kundenbindung. Die Wirklichkeit war nicht mein Körper auf einem Stück Erdboden, waren nicht meine Füße auf dem Pflasterstein. Ich und die Straße, wir waren irreal geworden, Statisten in einem Stellungskrieg um Hirnregionen. Schritt für Schritt spürte ich meine Substanz schwinden.

Olaf machte sich zwar Sorgen, aber Olaf ist stark. Er kümmerte sich um mich, wie sein Alltag es erlaubte, am Rand, und machte weiter wie immer. Dann starb meine Mutter. Es war ein Unfall, er traf mich völlig unerwartet. Mein Kopf blieb seltsam leer. Die Beerdigung erlebte ich wie schlafwandelnd, es war die erste Beerdigung, auf der ich nicht heulte.

Ich und meine Mutter, wir hatten kein enges Verhältnis gehabt. Ich war direkt nach der Schule aus dem Haus gegangen, und das war ihr recht gewesen. Sie lebte ihr eigenes Leben mit Salsa und Kunstkursen, Kulturreisen und Kontaktbörse. Ihre Partner wechselten alle zwei, drei Jahre, auch das schien ihr recht zu sein. Sie war Witwe, genauer gesagt, eine geschiedene Witwe. Meine Eltern hatten bereits in Trennung gelebt, als bei meinem Vater Darmkrebs diagnostiziert wurde. Obwohl er keine Hoffnung auf Genesung hatte, zog meine Mutter die Scheidung durch. Sechs Wochen später war mein Vater tot. Das ist acht Jahre her.

Jetzt ist auch meine Mutter tot, eine von dreitausend Verkehrstoten jährlich, plötzlich nicht mehr da, und ich bin Vollwaise. Da ich über dreißig bin, darf ich mich wohl nicht beschweren. Meine Mutter hat immerhin die durchschnittliche Lebenserwartung auf dem afrikanischen Kontinent erreicht, die von Staaten wie Swasiland sogar deutlich überschritten.

Ich glaube, es ging ihr in den letzten Jahren ganz gut. An unseren Geburtstagen telefonierten wir, zu Weihnachten schickten wir uns Päckchen, was ich als ausgesprochen lästig empfand. Sie hatte alles, was sie brauchte, und sehr viel mehr. Unser Büchergeschmack war denkbar unterschiedlich, ihre Musik fand ich peinlich. Meistens lief es darauf hinaus, irgendeinen Blödsinn zu kaufen, der originell wirken sollte, keinen Nutzen hatte und nicht länger halten durfte als bis zum darauffolgenden Jahr. Seit dem letzten Weihnachtsfest muss ich mir um Geschenke für meine Mutter keine Sorgen mehr machen. Ich muss mir um keinerlei Geschenke mehr Sorgen machen, ich bin Einzelkind, meine Mutter war meine Familie.

Seltsamerweise wäre es falsch zu behaupten, dass ihr Tod mich aus meiner Lethargie riss. Es war die Erbschaft, die mich aufrüttelte. Alles, was meine Mutter besessen hatte, gehörte plötzlich mir. Es waren keine Reichtümer, aber mit einem Mal schien es die Möglichkeit zur Veränderung zu geben. Die Frage der Freiheit stellte sich neu.

Olaf hatte dank seiner gutbezahlten Jobs als Tontechniker Geld zurückgelegt, er wollte mit mir durch Asien reisen, einmal quer von West nach Ost. Ein halbes Jahr aussteigen, vielleicht sogar auswandern. Natürlich mit Laptop und WLAN. Ich kannte Asien ein bisschen, hatte Nepal, Laos und Thailand bereist. Die Ausflüge nach Fernost haben mich fasziniert und bereichert, aber auch einiger Illusionen beraubt. Das Paradies ist geographisch nicht auffindbar. Ich glaube nicht mehr an Flucht, erst recht nicht, wenn man seinen Computer mitschleppt.

Ich war erschöpft, weiß der Himmel wovon. Sogar von Olaf. Ich tat etwas, was mich selbst überraschte. Ich brach die Kontakte zu meinen Bekannten ab, verkrachte mich mit meiner einzigen langjährigen Freundin und zog um, ohne jemandem die neue Adresse zu geben. Sollten sie ruhig denken, ich wäre nach Australien gegangen.

Tatsächlich hatte ich mir einen kleinen verlotterten Bungalow in einem vergessenen Viertel gekauft, in dem die Straßen nach Blumen benannt sind. Die umliegenden Häuser stammen aus der Zeit vor dem Ersten Weltkrieg, es sind große graue Kästen, zwei Stockwerke plus Dachboden, mit Platz für Oma, Enkel, Onkel und sechs Kinder. Vor hundert Jahren hatten sich hier Fleischer angesiedelt, die im nahegelegenen Zentralschlachthof arbeiteten. Statt Gärten anzulegen, bauten sie Remisen, um darin Rinder zu halten. Wenn ich in meinem Garten buddele, finde ich lauter Knochen, vor hundert Jahren war mein Grundstück ihre Mülldeponie.

Mein Haus ist winzig, kleiner als jede Remise. Der Bau ist eingeschossig, hat fünfundfünfzig Quadratmeter und steht auf einem schmalen Grundstück zwischen zwei Straßen, die in spitzem Winkel aufeinandertreffen. Ein absurder Platz, um ein Haus zu bauen, viel zu klein, als dass darauf überhaupt etwas stehen dürfte. Irgendwie war ich schon immer deplatziert.

Zudem scheine ich im Viertel die einzige Person unter siebzig zu sein. In den Großfamilienhäusern sind nur die Alten übriggeblieben, die meisten von ihnen verwitwet. Achtzigjährige, die drei Mal im Jahr Besuch von ihren grauhaarigen Kindern bekommen, ihre arbeitsuchenden Enkel unterstützen und deren Urenkel nächstens Abitur machen. Ich sehe Häuser, in denen nur ein Licht brennt, Gardinen, hinter denen sich nichts regt, Straßen, auf denen Eichhörnchen sitzen und sich putzen. Es ist ruhig, ein Husten ist schon Lärm, am lautesten sind die Vögel. Die Zeit ist eine Schnecke, die gemächlich über die Kreuzung kriecht, unbekümmert zieht sie ihre Spur durch dieses Fleckchen Bürgerlichkeit, das erst von den Bomben vergessen wurde, dann vom Stadtplanungsamt.

Ich habe es noch nie geschafft, Entscheidungen nach rationalen Gesichtspunkten zu fällen, somit gibt es für mein Hiersein keine Begründung. Allerdings läuft mein Leben wie geschmiert. Das Geld, das meine Mutter mir hinterlassen hat, reichte für den Hauskauf beinahe aus, den Rest finanziere ich mit einem günstigen Bankkredit.

Ich denke, die Alternativen kamen mir einfach idiotisch vor. Mich in ein Flugzeug setzen, neun Stunden später in einer anderen Welt aussteigen und so tun, als wäre die Bedürftigkeit eines armen Landes die Lösung für die Depression eines reichen? Noch irrsinniger fand ich es, weiterhin den größten Teil meiner Zeit darauf zu verwenden, genug Geld zu verdienen, um mit hundert anderen Menschen auf engstem Raum übereinandergestapelt zu leben, mich über ihren Lärm, Müll und Gestank aufzuregen und mich für meinen eigenen Lärm, Müll und Gestank zu entschuldigen. Oder ist es ein Familientick, die eigene Scholle zu besitzen? Eine Erblast?

Im Grunde konnte ich das Haus nur dank der Eltern meiner Mutter kaufen. Oma Hilde hatte jahrzehntelang ihre Penunzen gehütet, als handelte es sich um eine empfindliche Art von Windhunden oder Ziertauben. Sie lebte in ihren eigenen vier Wänden, auf ihrem Grund und Boden, der nächste Nachbar wohnte mehr als zwanzig Meter entfernt, das war ihr wichtig. Abgesehen davon leistete sie sich nichts, reiste nicht, war schlecht gekleidet und hatte unmöglich gefärbte Haare, weil sie zu geizig für einen Friseurbesuch war. Ihr Bankkonto gedieh.

Es ist anzunehmen, dass sich ihr Geld über die Jahre vermehrt hat. Genau lässt sich das nicht feststellen, denn in Anbetracht einer völlig umstrukturierten Produktions- und Konsumwelt ist Wertsteigerung eine fragwürdige Angelegenheit. Für meine Großeltern war es normal, einen Mantel zu kaufen, der zwanzig Jahre lang hielt. Heutzutage kann ich Stunden durch die Stadt laufen oder das Internet durchforsten, ich werde einen solchen Mantel nicht mehr finden. Vielleicht sind die Mäntel billiger als früher. Dafür brauche ich alle zwei Jahre einen neuen.

In den siebziger Jahren drohte Oma Hilde ihren Kindern damit, sie zu enterben, falls sie dem Spartakusbund beiträten. Meine Eltern waren aber nur zwei verlorene Seelen auf der Suche nach sich selbst, niemals ernstzunehmende Kommunisten. Sie ließen ihre Haare wachsen, interessierten sich für orientalische Sexualpraktiken und fanden Mao irgendwie schick. Für meine Großmutter war das beängstigend genug. Weil meine Mutter für sie ein Fehltritt gewesen war, ein uneheliches Kind mitten in den prüden fünfziger Jahren, befürchtete sie, die Tochter könne missraten. Die Roten waren ihr ein Gräuel, der einzige ihr erträgliche Sozialdemokrat war Helmut Schmidt. Helmut Schmidt sah gut aus, sprach gut Englisch und hatte Manieren, Helmut Schmidt war ein Gentleman. Der einzige Gentleman-Sozialdemokrat.

Meine Großmutter war und blieb eine Dame der Weimarer Republik. Sie verabscheute den Krieg, betete die Stabilität an und glaubte an das Wirtschaftswachstum wie an den Messias. Ich glaube, sie sehnte sich heimlich nach dem Kaiser, dem guten Despoten. Das Wort »Mann« hatte aus ihrem Mund stets den Klang von Bewunderung und Wohlwollen, was wohl daran lag, dass sie den größeren Teil ihres Lebens ohne Mann hatte zurechtkommen müssen. Opa Viktor war nach vier Jahren Ehe den Heldentod gestorben und hatte sie als fünfundzwanzigjährige Witwe mit zwei Söhnen zurückgelassen.

Über Opa Viktor weiß ich nicht viel. Ich habe nie eine Anekdote über ihn gehört, erst recht keinen Scherz. Vielleicht war er ein ernster Mensch. In jedem Fall war er ein erfolgreicher Geschäftsmann. Er hatte ein kleines Gut in der Nähe von Danzig geerbt. Statt Bauer zu werden wie seine Vorfahren, gründete er von dem Geld, das sein Land abwarf, eine Zuckerfabrik. Von den durch

preußische Planung und polnische Hände erarbeiteten
Gewinnen baute er wenig später eine weitere Fabrik
auf, die Lutschbonbons im großen Stil herstellte und bereits in den späten zwanziger Jahren halb Preußen mit
Pfefferminzdrops versorgte. Schließlich, selbst kaum
dreißigjährig, kaufte er mit seinem inzwischen beacht-
lichen Kapital deutsche Chemieaktien. Die benachbarten
Gutsbesitzer lachten ihn deswegen aus, aber 1940 war er
reicher als sie alle zusammen.

Es war die Investition in Chemiekonzerne der Weimarer Republik, die letztlich den Weg bis zu mir schaffte.
Das zweite und das dritte Reich gingen unter, Land und
Gut, Zucker und Bonbons, Gemälde und Familiensilber
gingen verloren, Identitäten wurden umgewälzt. Mein
Großvater erfror 1942 vor Stalingrad. Allein die Aktien
haben den Weltkrieg überdauert, wundersamerweise
haben sie sogar zugelegt, trotz des Krieges. Oder dank
des Krieges? Wer weiß.

In den fünfziger Jahren vermehrte sich das Kapital in
erstaunlichem Tempo. Durch den Marshallplan, durch
die geretteten Großindustriellen, durch die fleißige Ar-
beiterklasse, die verbissen schuftete, um sich einen Opel
und einen Farbfernseher leisten zu können. Allerdings
bin ich nicht sicher, was Opa Viktor denken würde, wenn
er mich, statt auf der zum Park führenden Freitreppe seines Gutes, in meinem schäbigen Bungalow neben dem
S-Bahn-Ring sähe. Bestimmt müsste er weinen.

Eigentlich muss man lachen, wenn man mein Häuschen sieht. Es wirkt wie ein Modell, ein Pappding, eine
Persiflage. Ein Herr Kurzmann hat es sich nach dem
Krieg zusammengebastelt. Kurt Kurzmann, klingt fast so
albern wie Rosa Lux. Passt also. Mit seinen eigenen Hän-

15

den hat er gemauert und gezimmert, mit viel Schweiß und soeben ausreichendem Sachverstand, mit gutem Willen und gemausten Steinen, mit störrischer Energie und proletarischem Stolz. Ich habe mir zum Wohnen ein Relikt ausgesucht, ein DDR-Kuriosum.

Irgendwie muss Herr Kurzmann das Grundstück Anfang der sechziger Jahre der Verwaltung abgeschwatzt haben, auf nicht mehr nachprüfbaren Wegen, durch nicht mehr zu ergründende Beziehungen. Die Nachbarn munkeln etwas von Verbindungen zur Staatssicherheit, doch nur in Andeutungen, die kaum verfänglicher klingen als eine Redewendung. Wenn ich nachfrage, blicken sie unsicher an mir vorbei und wechseln das Thema. Entweder wissen sie nichts Genaueres, oder sie haben selbst das ein oder andere zu verbergen.

Städtebaulich betrachtet müsste man mein Haus abreißen, dafür eine hübsche Trauerweide auf die Ecke pflanzen. Doch weit davon entfernt, die ungünstige Lage etwa hinter Hecken und Büschen zu verstecken, blickt meine Hütte mit trotzigem Klassenbewusstsein über eine Reihe zwergwüchsiger Grabkoniferen hinweg auf die Fensterfronten der Nachbarn. Brauchte Kurzmann aus praktischen Gründen den freien Blick?

Ich stelle ihn mir als dicklichen Typen mit grauer Haut und fettigen Haaren vor, die sorgsam über seine Halbglatze gekämmt sind. Sehe ihn auf seinem Gartenstuhl hinter den Zwergkoniferen hocken mit Sonnenbrille und Lederjacke, wie er als proletarischer Freizeitspitzel das Bürgertum in Angst und Schrecken versetzt. Ein Bilderbuch-IM, wie ihn selbst das neue deutsche Kino nicht klischeehafter hinbekäme.

Ich habe im Haus zwei rote Hefte gefunden. Seltsame

Hefte, der Benutzer wird auf der ersten Seite aufgefordert, die Folgeseiten nach Gebrauch zu vernichten. Offenbar hat Kurt Kurzmann die Hefte zweckentfremdet. In einem hat er akribisch Gas-, Wasser- und Stromverbrauch festgehalten. In das andere hat er Gedichte geschrieben. Nicht viele, acht oder neun, über Berlin bei Nacht, über Rausch und Rauch und Straßen und Frauen. Die üblichen Themen. Die Hefte fand ich im selben Fach wie eine Medaille für besondere Verdienste um den Sozialismus und ein goldenes Zahn-Inlay.

Hinter den Koniferen taucht ein Fahrradfahrer auf. Ein Mann, ungefähr in meinem Alter. Das ist eine Rarität, es muss sich um einen Arbeitslosen handeln. Hier kommt niemand einfach so hin, nur Arbeitslose verirren sich ab und zu in meine grüne Oase des Stillstands, sie suchen das Jobcenter.

An die Bahntrassen, die auf der Westseite mein Viertel begrenzen, drängt sich ein schmaler Streifen Niemandsland, auf dem ein Gewerbegebiet entstanden ist. Neben einer Reihe sechsstöckiger Bürogebäude werden in Blechbaracken Restposten, Hundefutter und Autoersatzteile verkauft. Auch eine Bowlingbahn gibt es, und um die Ecke haben die Hells Angels eine Zweigstelle. Doch die meisten Häuser stehen leer, das Gebiet hat etwas Geisterhaftes, eine Mischung aus futuristisch und retro. Mitten hinein, in eines der Bürogebäude, hat man das Jobcenter gelegt. Taktik? Damit die Arbeitsuchenden es nicht finden, ihre Termine verpassen und ihre Ansprüche nicht einlösen können?

Der Radfahrer hat sich dem Barackengebiet genähert. Es liegt gleich hinter der Böschung, aber die Straße endet davor. Durch die Berberitzen kann man ein paar Schilder erkennen: Lackambulanz, Tierfutterdiscount, Bowling King. Der Mann wirkt ratlos, weit und breit kein Jobcenter in Sicht. Also wendet er sich in die entgegengesetzte Richtung, doch da liegt der Park. Auch Berberitzen, dahinter Eschen und Pappeln.

Der Park bildet eine Anhöhe, weshalb er nur der Berg genannt wird. Während der Aufräumarbeiten in den sechziger Jahren schaffte man hierher, was die Bomben vom alten Alexanderplatz übriggelassen hatten, und ließ Gras darüber wachsen. Gras und schnelle Bäume. Als ich vor zwei Monaten zum ersten Mal herkam, lag noch Schnee, es waren unzählige Menschen zum Rodeln da. Jetzt, im März, ist der Berg graubraun, matschig und leer.

Der Radfahrer ist eingekeilt zwischen Nachwende- und Kriegsgerümpel. Ich sehe ihn vor dem Park kehrtmachen, dann in den Schneeglöckchenweg einbiegen. Sackgasse, er wird nicht weit kommen. Hat der Kerl mich nicht bemerkt? Ist er zu verbohrt, um mich nach dem Weg zu fragen? Oder zu deprimiert?

Generation Praktikum, das kann einem die Laune verderben. Ich selbst verdiene seit meiner Jugend Geld mit Tätigkeiten, die ich mal mehr, mal weniger verabscheue. Kellnern ist das Geringste. Am besten bezahlt wurde ich bislang als Sprecherin für Funk und Fernsehen, aber es war auch der schlimmste Job. Was ich schon alles eingesprochen habe! Dabei bin ich Fotografin. Ich hatte fest damit gerechnet, dass nach Abschluss des Studiums alles besser werden würde. Aber dazu hätte ich etwas anderes studieren müssen.

Fotografie, das Abbilden von Dingen. Fünf Jahre lang. Wie war ich nur auf diese Idee verfallen? Man kratzt an der Oberfläche, am Anschein, bis einem die Finger bluten. Dabei sollte es darum gehen, Neues zu erfinden, der Welt sinnvolle Strukturen einzuhauchen. Ich hätte etwas Handfestes studieren sollen. Politik? Um Himmels willen. Eher Maschinenbau. Werkstoffwissenschaften, Agrarwirtschaft. Oder BWL. Wie habe ich dieses Studium verachtet! Das war etwas für Typen, die mit zwanzig Schlipse trugen. Und weil viel zu viele so dachten wie ich, gehört denen nun tatsächlich das Feld.

Das Erste, was ich tat, nachdem ich mein Erbe angetreten hatte, war, alle Sprecherjobs abzusagen. Welche Wohltat, endlich aufhören zu können, die arme Öffentlichkeit mit diesem gut aufbereiteten, sensationellen Mist zu überschütten. Der Rundfunk als Moodmanagement, und die Moodmanager alle auf Pillen, um es täglich neu bringen zu können, immer den gleichen Salat.

Ich sitze derweil vor meinem Eigenheim in der Sonne und darf meine eigenen Gedanken denken, wozu sonst kaum noch ein Mensch kommt. Ich zahle der Bank ein Viertel von dem, was vorher die Miete betrug, kein Nachbar stört mich, und ich muss deutlich weniger arbeiten als zuvor. Das macht zwar auch nicht glücklich, eigentlich staune ich, wie wenig glücklich es macht. Trotzdem ist es ein Privileg. Ich kann lesen, was mir gefällt, sogar dicke Bücher, und muss zu keinem Amt und keinem Sachbearbeiter. Freiheit durch Chemieaktien.

Beim Entrümpeln meines Zwanzig-Quadratmeter-Kellers habe ich *Das Kapital* gefunden. Ich nahm mir vor, es gleich zu lesen, zwecks Allgemeinbildung und wegen der Finanzkrise, und stellte es in meinen Bücherschrank. Weiter bin ich noch nicht gekommen. Wenn nicht jetzt, dann wann? Ich raffe mich auf, koche mir in der Küche einen Kaffee aus fairem Anbau, hole den Wälzer aus dem

Wohnzimmer, setze mich damit in meinen Plastikgartenstuhl »made in China« und fange an zu blättern. Die Seiten kleben aneinander, das Buch ist offenbar ungelesen. Jahrzehnte hat es im Dornröschenschlaf auf Kurzmanns Bücherbord verbracht, zur Wahrung des Scheins, und später, als es plötzlich einen anderen Schein zu wahren galt, wanderte es in die Kiste, in den Keller. Ein Buch im Tiefschlaf. Darüber, was die Bank mit dem Kapital macht, das sie aus meinem Kredit schlägt, während ich die Seiten wende, hier an meinem Platz in der Sonne, als wäre die Lektüre ein nostalgischer Luxus, darf ich nicht nachdenken. Neues Kapital schaffen, in Übersee. Den steten Transfer von den Ärmsten an die Reichsten aufrechterhalten? Waffen verhökern? Große Dinge geschehen, während ich vor meinem verträumten Eigenheim in der Sonne sitze und eine Tasse Fair-Trade-Kaffee trinke, einen staubigen roten Wälzer im Schoß, den nie jemand gelesen hat.

Der Fahrradfahrer hält gegenüber von meinem Haus. Er ist groß, schlank, dunkelhaarig, wirkt sympathisch. Sein Blick ist auf die Brache gerichtet, die dem Grünflächenamt gehört, er steht wie angewurzelt vor dem Tor, als gäbe es dahinter wer weiß was zu entdecken. Wenn ich mich recht entsinne, sind auf dem ungepflegten Areal ein paar Baucontainer liegengeblieben. Er denkt doch nicht, dass sich darin das Jobcenter versteckt?

Ich betrachte seine vom Wind zerzausten Locken und seine kräftige Schulterpartie. Als er sich endlich umdreht, kann ich auch seine großen blauen Augen bewundern. Leider stieren sie geistesabwesend durch mich hindurch. Der Kerl denkt an nichts als an seinen Termin beim Amt. Ein gestresster Arbeitsloser eben.

Plötzlich winkt er mir zu und ruft: Jobcenter?

Ich rufe zurück: Nach links, den Trampelpfad hoch, durch die Büsche!

Kurz sieht er verstört aus. Wenigstens schaut er mir jetzt in die Augen. Seine eigenen werden schmal dabei, misstrauisch, prüfen, ob ich ihn für dumm verkaufen will. Da fällt es nicht schwer, jede charmante Anwandlung meinerseits zu unterdrücken. Ich deute wortlos auf den ausgetretenen Pfad, er nickt stumm, klemmt sich sein Rad unter den Arm und stiefelt den Hang hinauf. Ein typischer Vertreter meiner Generation. Wenn er sich ranhält, schafft er es vielleicht, pünktlich bei seinem Sachbearbeiter zu erscheinen.

Als er hinter den Büschen verschwunden ist, lege ich *Das Kapital* zur Seite. Ich überquere die Straße und spähe über den Zaun auf die Brachfläche. Die Baucontainer sind verschwunden, ich sehe nichts als graues Gestrüpp, dazwischen Pflastersteine, Randsteine und umgekippte Bänke. Erst auf den zweiten Blick entdecke ich das Denkmal. Es ist ein gewaltiger steinerner Block mit aufgesetzten Bronzebuchstaben. Eine Seite ist verdeckt von einem Hügel aus Rindenmulch, über die andere rankt Hopfen. Der Koloss liegt auf dem Kopf, als sei er vom Himmel gestürzt. Einiges kann ich entziffern: FORTSCHRITT – VOLKES – WÜRDIGES – ERICH, und darunter, IALIS-MUS – RATISCHEN – HÄLMANN – FREIHEIT. Ich muss lachen. Lache, bis mir die Tränen kommen. Da merke ich, dass ich sofort aufhören muss, wenn ich nicht anfangen will zu heulen.

An meinem Gartentor empfängt mich die rotglänzende Keramiktafel, die zu entfernen ich bisher nicht übers Herz gebracht habe. In gelber Schrift prangen darauf die

Namen »Kurt und Margarete Kurzmann«. Ich fand das Schild immer rührend, es sieht aus wie selbstgemacht. Plötzlich gibt es mir das Gefühl, dass es mich gar nicht gibt. Zum Glück finde ich im Briefkasten drei Kuverts, die an mich adressiert sind. Eine Rechnung und zweimal Werbepost. Erkennt man gleich an den buntbedruckten Umschlägen. Auf dem einen hebt ein junger Mann grinsend seinen Daumen, daneben steht: »Verwirklichen Sie Ihre Träume jetzt! Sofortkredit!« Auf dem anderen ist ein bebrillter Herr mit grauen Schläfen zu sehen, im Hintergrund eine blonde Frau mit Kleinkind an der Hand: »Gehen Sie auf Nummer sicher mit unserem Rundumpaket«. Klarer Fall fürs Altpapier.

In der Mörtelfuge vor der Mülltonne erklimmt ein Käfer einen Grashalm. Es ist mein erster Käfer dieses Jahr. Er kommt oben an, kommt nicht weiter, macht kehrt, krabbelt runter. Dann der nächste Halm. Rauf. Nichts. Runter. Der nächste. Wieder nichts. Noch einer. Dem Käfer scheint es nichts auszumachen, unbeeindruckt fährt er fort. Was sucht er bloß? Nahrung? Oder krabbelt er nach dem langen Winter automatisch Richtung Licht? Will zur Sonne, immer von neuem, und kann nicht aufgeben, nicht begreifen?

Mich überkommt eine kleine Panik. Das passiert mir öfter in letzter Zeit. Manchmal verstehe ich einfach nicht, wie die Leute es machen, wie sie es aushalten, Tag für Tag, Jahr für Jahr. Aufwachen, essen, arbeiten, einkaufen, essen, schlafen, aufwachen, essen. Bis eines Tages vielleicht der Morgen kommt, an dem sie ihre Bettdecke nicht mehr zurückschlagen können. Ist plötzlich wie Blei, das gute Daunenbett. Oder die Gelenke schwach wie eine Daune. Es klappt nicht. Hat immer geklappt, aber heute fehlt etwas, etwas zur Existenz unbedingt Dazugehörendes, nämlich die Fähigkeit, sich zusammenzureißen.

Wieso stehe ich noch immer da wie eine Statue, krampfhaft die Umschläge festhaltend, als stünde darin meine Zukunft geschrieben? Die Träume, das Rundumpaket und die Rechnung dafür. Ich friere, eine Wolke hat sich vor die Sonne geschoben. In mir der glühende Wunsch, die blonde Frau mit dem Kleinkind in Stücke zu reißen. Sieht sie mir ähnlich? Das fehlte noch.

Seit ein paar Tagen verfolgt mich der Gedanke, dass ich anfangen müsste mich zu fragen, ob ich schwanger sein könnte. Ich glaube, ich habe seit einer Minute aufgehört zu atmen. Ich reiße die Arme hoch und male Kreise in die Luft. Dem Klumpen, der meine Lunge sein sollte, wieder Flügel verleihen. Eins-zwei, eins-zwei, Gymnastik gegen Werbepost, gegen verrückte Käfer, gegen Babys und gegen den Tod.

Ein uralter Mann mit uraltem Dackel biegt um die Ecke. Schwer zu sagen, wer von beiden langsamer ist. Der Greis blickt zu mir hin und lächelt. Sicher denkt er, ich sei sportlich. Ich lächele nicht zurück, denn ich weiß nicht, was dabei herauskäme, wenn ich den Mund auch nur einen winzigen Spalt öffnete. Male weiter Kreise ins Nichts, als wäre das eine Fitnessübung, und wedele dabei lustig die Werbepost durch die Luft. Ich hoffe, der alte Mann kann nicht mehr so gut sehen.

Endlich sind Greis und Dackel verschwunden. Ich pfeffere die verknickten Briefe in die Tonne. Noch immer komme ich mir beobachtet vor. Ich möchte zurück auf meine Terrasse. Wie bewege ich mich natürlich? Schnellen Schrittes, als hätte ich etwas zu erledigen? Zerstreut, als gingen mir wichtige Dinge durch den Kopf? Eilig, als würde wer auf mich warten? Ich lege eine Art Schlendergang ein. Falls mir ein Rentner durch seine Gardinen hindurch zuschaut, wird er meinen, dass ich das Leben genieße, während andere Leute im Büro sitzen oder in der Fabrik Schicht schieben, er wird denken, dass ich es gut habe. Ich schaue mir zu. Mein Plastikstuhl nimmt mich in Empfang. Ich habe es gut. Plötzlich wird mir bewusst, dass ich gerade meine Gasrechnung weggeschmissen habe. Dann müssen sie mich eben mahnen. Bitte setzen. Noch eine Tasse Kaffee?

Die Veilchen in der Ecke wachsen und knospen. Sie sehen nicht aus, als würden sie das Leben aushalten. Vielmehr vermitteln sie den Eindruck, eine blühende Existenz zu führen. Womöglich duften sie schon, das könnte ich mal überprüfen, auf jeden Fall wirken sie ganz und gar nicht, als rissen sie sich zusammen. Eine Kohlmeise zwitschert auf dem Baum. Wenn es die heute früh gerettete ist, hat sie alles vergessen, so froh, wie sie zwitschert. Oder sie weiß mehr als ich. Hat einmal ins Jenseits geblickt und alles durchschaut.

Die Sonne kommt hinter der Wolke hervor. Sogleich wird mir leichter ums Herz, ich verspüre Lust, ebenso zu zwitschern wie die Meise. Probehalber spüre ich in meine Kehle hinein, aber es ist hoffnungslos, ich kann nicht einmal ein normales Lied singen.

Ein bisschen traurig gleitet mein Blick zu Boden. Da liegen fleckige, teilweise geborstene Betonsteine mit brüchigen Fugen dazwischen. Bislang habe ich sie schlicht als hässlich betrachtet. Jetzt entdecke ich in den Ritzen winziges Unkraut mit orangefarbenen Blüten. Fünf fast runde, fein gezeichnete Blättchen rahmen jeweils einen goldenen Stempel. Goldgrünes Moos zieht sich von den Fugen über die grauen Quader wie ein leuchtender Flor, darüber schweben an haarfeinen Stängeln wie fliegende Untertassen rote Blütenköpfchen. Sie nicken leicht unter dem Schritt einer Ameise, beugen sich den Füßen eines bläulich schillernden Käfers, um danach wieder hochzuschnellen.

Ich betrachte das Moos, als wäre ich selbst ein Insekt, stelle mir vor, darin spazieren zu gehen. Biene Maja für Fortgeschrittene. Das Moos ist weiches goldenes Dickicht, ein Spinnfaden, der sich über meinen Weg spannt, gleißt im Licht wie eine Girlande aus Silber. Mir zu Füßen glänzt die getrocknete Schleimspur einer Schnecke: ein silberner Teppich. Für einen Augenblick bin ich mir sicher, dass die Welt vollkommen ist, man kann sich nur verneigen.

Der Plastikstuhl knarrt und ruft mich zurück in meinen viel zu großen Körper. Sich zu verneigen ist völlig aus der Mode gekommen, man sollte sich nicht erwischen lassen dabei. Mein Arzt würde das Ganze als Stimmungsschwankung bezeichnen. Er wollte mich bei meinem letzten Besuch auf ein, wie er es nannte, gesundes Mittelmaß bringen. Das war kurz nach dem Tod meiner Mutter.

Fünf Mal täglich vor einer Wand aus Verzweiflung zu stehen, das sei pathologisch, meinte er. Meinen Einwand, dass es mir zwischendurch sehr gut gehe, wischte er ungeduldig beiseite und zückte den Rezeptblock. Ich versuchte ihm zu erklären, dass meines Erachtens eine gewisse Verzweiflung beim Menschen durchaus normal sei, dass der Mensch die natürliche Fähigkeit und Neigung besäße, unter dem Gegebenen zu leiden, weil er sich als vernunftbegabtes Wesen auch ein ganz anderes Leben vorstellen könne, anders geartete Bedingungen und Möglichkeiten, die sowohl für ihn als Individuum als auch für die Menschheit insgesamt und womöglich sogar für die übrigen Kreaturen ein höheres Maß an Glück, zumindest jedoch ein geringeres Maß an Schmerz bereithielten.

Ich dächte wohl an ein Leben wie in diesen Broschüren der Zeugen Jehovas, unterbrach er mich und setzte ein sarkastisches Lächeln auf. Wo alle einander liebhätten, die Katzen keine Mäuse fräßen und die Löwen bei den Lämmern lägen.

Ja, erwiderte ich, gut möglich, dass das eine exakte Bebilderung meiner Wunschvorstellung sei. Vielleicht solle ich mir jene Hefte mal genauer ansehen.

Ich glaube, an dem Punkt fing der Mann an, mich für einen schweren Fall zu halten. Rasch schrieb er ein paar Medikamente gegen Lebensunlust auf und verabschiedete mich. Meine Sicht auf die Welt war irrelevant, Unzufriedenheit jeglicher Art führte er stets auf eine unglückliche Kindheit oder ein unausgelastetes Sexualleben zurück. Mit beidem konnte ich ihm dienen. Beides pflegte er mit Pillen zu kurieren. Hätte es schon früher solche Ärzte gegeben, wären weder Bauernaufstände noch Revolutionen zustande gekommen.

Als ich die Praxis verließ, fühlte ich mich so lausig, dass ich mit dem Rezept am liebsten gleich in die Apotheke gegenüber gerannt wäre. Aber die Ampel war rot, und dann kam meine Tram. So stieg ich ein und beschloss, das Ganze sacken zu lassen.

Meine Anfälle von Verzückung übrigens hatte ich beim Arzt gar nicht erst erwähnt. Das ist ohnehin ein peinliches Thema, wirkt anrüchig, veraltet, verdächtig.

Ich bin sicher, hätte ich dem Arzt meine Verzückung geschildert, hätte er mir noch stärkere Pillen verordnet.

Ich sprach mit den Bekannten, zu denen ich am meisten Vertrauen hatte, über die verschriebene Medikation, und es stellte sich heraus, dass jeder von ihnen entweder selbst Psychopharmaka nahm, mal genommen hatte oder jemanden gut kannte, auf den das zutraf. Meine sogenannte beste Freundin empfahl mir, alle Zweifel über Bord zu werfen und die Dinger zu schlucken. Darüber haben wir uns völlig zerstritten. Ich glaube, sie wollte, dass ich die Tabletten nehme, weil ihr Mann seit Jahren welche nimmt. Sie will es normal finden.

Die Medikamente dämpfen den Schmerz im Kopf, im Herzen oder in der Magengrube, wo immer er sitzen mag. Aber die Sache kommt mir grandios faul vor. Jahrtausendelang haben Menschen mit Schmerzen gerungen, sich an ihnen abgearbeitet, sind gescheitert, tragisch, komisch, voller Hass, voller Liebe. Ein seltsames Theater, ich gebe es zu. Heutzutage gibt es Pillen dagegen. Ich kann kaum sagen, was ich daran schlecht finde, Menschen, die Schmerzen haben, kann ich schwer ertragen. Trotzdem ist mir jemand, der jeden Morgen weint, lieber als jemand, der jeden Morgen seine Aufheller schluckt, um zur Arbeit gehen zu können.

Meine Freundin warf mir selbstzerstörerische Tendenzen vor, womöglich hat sie recht. Aber es stimmt nicht, dass ich masochistisch bin. Ich weiß nicht, ob ich den Schmerz suche, ohne es zu merken, auf keinen Fall jedoch genieße ich ihn. Wie jedes Tier und jedes Kind fürchte ich den Schmerz, so weit bin ich intakt. Ist es unvernünftig, keine Tabletten zu schlucken, wenn einem die Mutter gestorben ist?

Statt das Rezept einzulösen, habe ich meinem Freund den Laufpass gegeben, meinen Computer verschenkt und bin umgezogen. Das war ziemlich viel auf einmal. Es gibt Tage, da denke ich, meine Handlungsweise der letzten Monate ist eine milde Form von Wahnsinn, was übrigens meine Freunde oder Möchtegernfreunde ebenfalls denken. Wenn dem so ist, dann war das Verrückteste sicherlich, Olaf zu verlassen. Wie kann man Glück, selbst wenn es nur punktuell ist, freiwillig aufgeben?

Wochenlang habe ich kaum an Olaf gedacht. War mit dem Umzug beschäftigt, mit dem Haus, der Entrümpelung, der Neueinrichtung. Ich war völlig konzentriert auf meinen Neustart, genau, wie ich es gewollt hatte. Jetzt plötzlich frage ich mich, was ich täte, wenn in diesem Augenblick Olaf um die Hausecke böge, braungebrannt und mit strahlenden Augen. Ich fürchte, ich würde ihm um den Hals fallen.

Aber dies ist kein Hollywoodfilm, und ich bin nicht Scarlett O'Hara. Auch keine Märchenprinzessin, die ihren Prinzen drei Mal um die Welt schickt, damit er für sie sein Leben aufs Spiel setzt, als Beweis, dass er ihrer Liebe würdig ist. Mag sein, dass das Leben eine Art Spiel ist. In dem Fall stört mich am meisten, dass man nicht eine Runde aussetzen kann, wenn man eine Pause braucht.

Olaf hat meine Entscheidung bedauert, sich einen Reiseführer gekauft, ein Paar gute Wanderschuhe und ist ins Flugzeug gestiegen. Westasien war aus politischen Gründen nicht mehr bereisbar, also ist er gleich nach Delhi geflogen. Zurzeit wird er sich irgendwo im Himalaya befinden. Er wollte über Nepal und Bhutan nach Tibet, per Bus und zu Fuß.

Ich stelle ihn mir zwischen den von ewigem Schnee

bedeckten Gipfeln vor, die er unbedingt sehen wollte. Bestimmt ist er glücklich. Der Anblick der Achttausender verfehlt selten seine Wirkung, er hat schon unzählige Reisende vor Erschütterung in Tränen ausbrechen lassen, mich eingeschlossen. Beim Anblick des Machapuchare habe ich geheult wie ein Schlosshund. Er ist zwar nicht 8000, sondern nur knapp 7000 Meter hoch, aber mit Sicherheit der schönste Berg der Welt. Seine Spitze sieht aus wie eine Fischflosse, die sich in den Himmel schraubt. Wenn man sie schneebedeckt im Sonnenlicht glänzen sieht, erscheint einem der Rest der Welt als trübe Niederung. Schon der Gedanke daran lässt meine Augen feucht werden. Oder ist es der Gedanke an Olaf?

Die Bewohner des Himalayas haben die Berge, um ihre Großartigkeit ertragen zu können, zu Göttern gemacht. Ich habe einen Jungen getroffen, der aus seinem Dorf zum Arbeiten in die nächste Stadt gezogen war. Wir hatten uns keine fünf Minuten unterhalten, da zog er mich ans Fenster, um mir seinen Heimatberg zu zeigen, der hinter zahllosen anderen Gipfeln soeben noch sichtbar war. Für mich war es eine unbedeutende grauweiße Spitze, weniger imposant als die davor und die dahinter. Er jedoch sprach von dem Berg mit leuchtenden Augen, einerseits als von einer Gottheit, andererseits mit einer Vertrautheit, als handelte es sich um die leibliche Mutter. Das war für den Jungen kein Widerspruch. Dem Berg mit seinen Feldern und Falten, seiner Erde und seinen Wassern verdankte er das Leben, Verehrung und Liebe waren für ihn eins. Weiter als bis hierher, sagte er, könne er nicht fort, denn nur, solange er von seinem Wohnort aus noch den Heimatberg sehe, könne er leben.

Meinesgleichen schützt sich vor der Macht der Gipfel durch Spezialausrüstungen. Wir marschieren stets in Gruppen und sehen aus wie Expeditionstrupps aus dem All, von Kopf bis Fuß in Spezialtextilien gehüllt. Als könnte die Haut hier nur durch Kunststoffschichten atmen, das Auge nur durch die polarisierte Brille sehen und der Fuß nur mit Hilfe eines TÜV-geprüften Stockes aus Spezialmetall Halt finden.

In den Trekkinggruppen sehen lediglich die einheimischen Träger wie Menschen aus. Sie erklimmen selbst 6000-Meter-Pässe in Baumwollhemden und Flipflops. Manchmal frieren ihnen darin ihre allzu menschlichen Zehen ab, doch sie klagen nur selten, denn Klagen liegt nicht in ihrer Kultur. Die Lasten auf ihren Rücken wirken übermenschlich, man möchte sie sich lieber einem Elefanten aufgebürdet vorstellen. Manche tragen das Doppelte ihres eigenen Körpergewichts täglich tausend Höhenmeter hinauf und tausend wieder herunter. Darauf sind sie stolz. Das Jahreseinkommen eines Trägers beträgt etwa so viel wie hierzulande das Abonnement für eine Tageszeitung. Wenn einer von ihnen sein sechzigstes Lebensjahr erreicht, ist er ein Greis und kann sich glücklich schätzen.

Wie junge Fohlen kommen die Träger mit ihren Körben die Hänge heruntergelaufen, denn sobald es bergab geht, fallen sie gern in leichten Trab. Sie sind immer die Ersten am Ziel, wenn die Touristengruppe ankommt, haben sie die Zelte schon aufgebaut. Die Marstrupps marschieren in gemäßigtem Stechschritt mit stramm geradeaus gerichtetem Blick, das haben sie sich daheim in Nordic-Walking-Kursen angeeignet. Nur wenn der Führer auf eine schöne Aussicht aufmerksam macht, halten sie an und zücken die Fotoapparate. Ich bin sicher, einige von ihnen sind sehr erstaunt, wenn sie zu Hause, als normale Menschen aufs Sofa gepflanzt, ihre Urlaubsbilder betrachten. Erfreut und beeindruckt, dass sie wirklich an diesen fantastischen Orten waren. Und wenn es ihnen langweilig oder zu viel wird, drücken sie Escape.

Je sicherer wir leben, desto größer wird unser Sicherheitsbedürfnis beziehungsweise unsere Angst, wovor auch immer. Wir schütten um uns einen Wall aus Technik auf und gehen auf Abstand, chatten, statt zu sprechen, twittern, statt zu treffen, schicken Fotos, statt anzufassen. Doch gerade dadurch haben wir uns auf höchst unsicheres Terrain begeben. Unsere Wohnzimmer sind keine Wohnzimmer mehr, sie sind durchzogen von uferlosen Flüssen aus Information, auf denen wir mehr oder weniger unkontrolliert dahintreiben. Wir basteln uns unser persönliches kleines Floß aus Apps und Firewalls, GPS und automatisierten Terminerinnerungen und versuchen uns auf diesem wackligen Ding irgendwie zu halten, wohl wissend, dass der Strom auch ohne uns weiterfließt. Bloß nicht absaufen. Personalmanager konfigurieren, Mails checken, Flatrate wechseln, Geräte synchronisieren, Updates installieren, Virenscanner downloaden. Da schaffen selbst Leute, die nur drei Straßen auseinander wohnen, es kaum noch, sich zweimal im Jahr zu sehen. Man verabredet sich, wird aber kurzfristig noch einmal telefonieren, ist jederzeit erreichbar, und um abzusagen, genügt eine SMS. Um jemandem die Freundschaft aufzukündigen oder eine Beziehung zu beenden, ebenfalls.

Im Himalaya sah ich Kinder über der tiefsten Schlucht der Welt in den Himmel fliegen. Sie befanden sich auf einem in den Abgrund hineinragenden Plateau, auf dem lichtgrün der Buchweizen spross. Tief unten rauschte der weiß schäumende Kali Gandaki, zu beiden Seiten erhoben sich dunkle Bergmassen mit blitzenden Kronen aus Schnee. Wie eine Zunge streckte sich das kleine helle Feld in den Rachen des atemberaubenden Schlundes, über allem ergoss sich Himmelblau.

Anlässlich eines Feiertags hatte die Dorfgemeinschaft neben dem Buchweizenfeld eine Schaukel aufgebaut. Sie war fünf oder sechs Meter hoch und bestand aus dünnen, biegsamen Bambusstangen, die mit Bast zusammengehalten wurden. Mit wahnwitzigem Schwung stoben die Kinder erst Richtung Schlucht und dann in den Himmel, als wollten sie niemals wiederkehren. Mir kam das Ganze so gefährlich vor, dass ich kaum hinsehen konnte. Im selben Moment empfand ich es als das perfekteste Abbild von Glück, das sich meinen Augen je dargeboten hatte.

Ist Verzückung Auflösung? Ich würde gern aufhören, ständig auf den Tod zu kommen. Seit ein paar Monaten geht es schon so. Seit dem Tod meiner Mutter? Weil ich die letzte Überlebende meiner Familie bin? Oder hat es mit Olaf zu tun?

Je schwieriger es mit uns wurde, desto intensiver erlebte ich unser körperliches Zusammensein. Mit Olaf zu schlafen wurde zu einem Kurztrip in eine andere Dimension, es war wie eine starke Droge, der kleine Tod eben. Zweifellos hatte es mit Überwältigung, Ohnmacht, Enteignung zu tun. Ich könnte es aber auch als Vorgeschmack aufs Paradies beschreiben. Als höbe sich der Vorhang vor der Welt, ein wenig nur, doch schon durch den kleinen Spalt leuchtet es derart hell, dass man nicht hinsehen kann. Hatte ich Angst? Habe ich deshalb Reißaus genommen?

Als Menschen des neuen Jahrtausends schlucken wir lieber Beruhigungsmittel als psychedelische Drogen, wir wollen nicht unser Bewusstsein erweitern, sondern uns in den Griff bekommen. Statt Sexorgien zu feiern, machen wir Therapien, um zu lernen, wie man sich abgrenzt. Oder Selbstfindungskurse, wie meine Mutter. Was soll das eigentlich sein, das Selbst? Im schlimmsten Fall stellen wir fest, dass es, allein und für sich genommen, ein ziemlich armseliger Kerker ist.

Ich glaube, im Grunde platzen wir fast vor Sehnsucht nach dem anderen und hoffen, dass es keiner bemerkt. Versuchen, uns zu behaupten. Wer zu sein. Anders zu sein. Unser Markenzeichen zu haben, unsere Marke zu setzen. Wenn das nicht klappt, wenigstens unsere Marke zu tragen. Jeder sein eigener Star. Nur ist in dieser Art von Universum keiner dem anderen je nah. Der Nächste ist Lichtjahre entfernt, womöglich schon erloschen in dem Augenblick, da wir ihn wahrnehmen.

In einiger Entfernung fällt eine Tür mit lautem Krachen ins Schloss. Ist es Frau Pauls Tür? Der Wind in ihrem Schuppen? Frau Pauls Grundstück ist eines von zweien, die an meinen Garten grenzen. Sollte ich nach dem Rechten schauen? Ich habe die alte Dame seit mehreren Tagen nicht gesehen.

Frau Paul ist ein bemerkenswerter Mensch. Sie ist achtundneunzig, eine kleine runde Person mit feinem Gesicht und neugierigen Augen, für ihre Jahre erstaunlich fit. Aber nicht das beeindruckt mich so. Ich glaube, sie ist von allen Menschen, die ich je getroffen habe, der erste, der mir den Eindruck machte, einen Zustand relativen Glücks erreicht zu haben. Vermutlich ist sie ein wenig verkalkt, und ich nehme an, sie hat sich nie durch überbordende Intelligenz hervorgetan. Aber Intelligenz ist ohnehin eine enttäuschende Angelegenheit, die allgemein überschätzt wird. Frau Paul strahlt Wärme aus wie ein Ofen im Winter.

Sie kann erzählen. In ihrer Erinnerung ist das Viertel voller Leben, sie sieht die Kinder vor sich, die hier groß wurden, mit Schulranzen, mit Zöpfen, in kurzen Hosen, im Spiel, im Kampf, hüpfend, heulend, lachend. Fast kann ich sie selbst sehen, wenn Frau Paul von ihnen spricht. Seit ich angefangen habe, das Haus leer zu räumen, verging kaum ein Tag, ohne dass ich meine Nachbarin traf und mich wenigstens kurz mit ihr unterhielt. Am Fenster, am Zaun, auf der Straße.

Das letzte Mal, dass ich sie sah, winkte sie mir von ihrem Fenster aus zu, als ich das Haus verließ. Möglicherweise winkte sie mich sogar heran. Mir ging es miserabel, ich täuschte vor, sie nicht zu bemerken, und stahl mich schnell um die Ecke. Von mir zu erzählen war mir unmöglich. Immer wenn ich Frau Paul begegne, tue ich automatisch so, als wäre ich fröhlich. Das ist ziemlich anstrengend, aber ich kann nicht anders. Ich schäme mich vor ihr, wenn ich Trübsal blase. An jenem Morgen war ich jedoch zu nichts anderem in der Lage.

Frau Paul erzählt mir jedes Mal, wenn wir uns treffen, wie sie fünf Kinder in drei politischen Systemen großgezogen hat, die allesamt untergegangen sind. Ich bin zweiunddreißig und bekomme Herzrasen, wenn ich mir nur vorstelle, ich könnte ein Kind in mir haben. Dabei lebe ich im Frieden, zumindest nennt man es so, habe einen Beruf und sogar ein Haus. Gegen Frau Pauls Geschichte ist meine nicht nur kurz, sondern auch äußerst farblos.

Sie bekam ihr erstes Kind anno einunddreißig, da war sie neunzehn, das letzte anno zweiundfünfzig. Und immer waren die Namen, die ihr gefielen, politisch unerwünscht. In der Weimarer Republik hätte sie den Erstgeborenen gern Wilhelm genannt, wie Onkel und Großvater, aber das war nun einmal der Name vom ollen Kaiser und kam für eine moderne Familie nicht in Betracht. Daher wurde das Kind ein Joshua, »Jahwe ist Rettung«, das klang modern und ein bisschen exotisch. Einige Jahre später, unter den Nazis, wäre Wilhelm akzeptabel gewesen, Joshua hingegen war gar nicht mehr tauglich. Weil die Familie nicht jüdisch war, gab Frau Paul dem Drängen ihrer Schwiegereltern nach und ging zum Amt, um aus Joshua ganz offiziell einen Joschi zu machen. Joschi ließ sich von Josef herleiten.

Als sie den zweiten Sohn in sich trug, war Wilhelm für sie ein alter Hut, sie liebäugelte mit Iwan. Der Name wurde ihr schlicht verboten. Noch immer waren die Nazis an der Macht, man war mit Russland im Krieg, Stalingrad brannte frisch in der Erinnerung, man einigte sich auf Volker. Neunundvierzig, als Iwan durchaus willkommen gewesen wäre, fand Frau Paul russische Namen nur noch zum Weglaufen. Zu viele Iwans waren durch Berlin marschiert, und mehr als einer war ihr zu nahe getreten. Diese Geschichte hat sie in drei Sätzen erzählt: fünf Russen, zum Glück hätten sie ihr Schnaps gegeben, vor jedem und nach jedem Mann, das war ihre Rettung, sie vertrage nicht viel Alkohol und sei so besoffen gewesen, dass sie sich an nichts erinnern könne.

Ich wollte nicht nachhaken.

Ausgiebiger erzählte sie, wie sie und ihr Mann nun für Swing und Jazzmusik schwärmten und für den Namen Glenn. Sie hätte ihren dritten Sohn gern nach dem großen amerikanischen Posaunisten benannt, aber obwohl dieser als überzeugter Hitlergegner freiwillig in den Krieg gegen die Nazis gezogen war, blieb er doch ein Amerikaner und Verfasser dekadenter Musik. So stieß die Namenswahl in der jungen Demokratischen Republik wiederum auf Unwillen. Frau Paul fühlte sich ein bisschen müde und nannte den Jungen Wilfried.

Ein paar Jahre darauf setzte sie jedoch durch, ihr kleines Mädchen Scarlett zu taufen. Scarlet sei zwar englisch, bedeute aber immerhin rot, entgegnete sie allen, die mäkeln wollten, und das spiegele ja wohl eine einwandfreie politische Haltung wider. Das Kind war eigentlich eine Enkelin, Joschis Tochter, deren minderjährige Mutter sich aus dem Staub gemacht hatte. Frau Paul, knapp vierzig, erwartete selbst noch ein Kind, nahm jedoch, ohne mit der Wimper zu zucken, die Enkelin zu sich und schob bald zwei Babys im Kinderwagen durch das Viertel, Scarlett und Désirée, ihre sehnlich herbeigewünschte Tochter. Auch Désirée setzte sie durch. Scarlett nannte Désirée »Tanti«.

Wie würde ich ein Baby nennen? Dolores? Soledad?

Eigentlich gibt es kaum Anlass zur Sorge, meine Frauenärztin hat vor Jahren festgestellt, dass ich nicht schwanger werden kann. Beziehungsweise, dass eine Schwangerschaft höchst unwahrscheinlich ist. Wenn ich ein Kind wolle, meinte sie, müsse ich einen chirurgischen Eingriff vornehmen lassen. Natürlich solle ich trotzdem verhüten, sicherheitshalber. Das habe ich auch getan, sehr gewissenhaft, außer einmal im Wahn der letzten Tage meiner Beziehung mit Olaf. Sollte ich tatsächlich schwanger sein, kann es nur von diesem einen Mal herrühren. Oder, fügt mein Kopf leicht zerknirscht hinzu, von dem Unfall mit dem Makler in der Woche darauf. Beides undenkbar.

Die Tür knallt wieder. Ich bleibe sitzen.

Ich schäme mich, weil ich Frau Paul vorige Woche auf so peinliche Weise gemieden habe. Wieso habe ich sie seitdem nicht mehr gesehen? Warum läuft sie nicht wie zuvor in ihrem Garten herum und ruft über den Zaun? Ist ihr etwas zugestoßen? Liegt sie, während ich hier denke und zaudere, keine dreißig Meter entfernt krank in ihrem Haus und wartet auf Besuch?

Vielleicht, vielleicht auch nicht. Was weiß ich schon von ihr, ich kenne sie erst einen Monat. Ich kann mich nicht überwinden, bei ihr zu klingeln. Dabei kommen mir meine Hemmungen skurril vor. Ich glaube, ich bin ein Kind meiner Zeit.

Die meisten Menschen meines Alters, die ich bisher getroffen habe, waren Egomanen, Monster, unfähig, etwas für andere zu tun, es sei denn, es winkte sofortige Belohnung. Gänzlich anders habe ich nur Menschen jenseits der siebzig erlebt. Mein Opa, der Vater meines Vaters, stammte aus armen Verhältnissen. Für ihn war es jahrzehntelang nicht selbstverständlich gewesen zu überleben, daher fügte er im Alter allen Speisen stets einen Stich Butter hinzu. Es machte ihn glücklich, wenn wir seine extra eierhaltigen Semmelknödel mit extra viel ausgelassener Butter darüber verspeisten. Ich glaube, dergleichen hat uns verdorben, bis heute denken wir an nichts als den eigenen Appetit und seine Befriedigung, und dabei langweilen wir uns noch. Für die Freude an Butter muss man Entbehrung erfahren haben.

Frau Paul behauptet, die heutigen Zeiten seien schwerer als die, in denen sie jung war. Erstaunlich, doch vielleicht hat sie recht. Wir müssen heute weder Bomben noch Tiefflieger, noch Hungersnot fürchten, dafür von klein auf zwischen zwanzig Sorten Chips wählen. Auch nicht leicht.

Wenn Frau Paul über ihre Kinder spricht, seufzt sie. Sie ist traurig, weil sie so selten zu Besuch kommen, und gekränkt, weil sie immer zuerst ans Geld denken. Zeit sei Geld, sagten sie gern, dabei habe sie selbst immer zuletzt ans Geld gedacht, und Zeit habe sie auch gehabt. Ihre Kinder sparten und jagten nach Schnäppchen und schnallten den Gürtel enger und sparten noch mehr, trotzdem kämen sie auf keinen grünen Zweig. Andererseits machten sie sich nicht mal die Mühe, bei ihr vorbeizukommen, um die Äpfel im Garten zu ernten, die reifen Früchte vergammelten Jahr für Jahr kiloweise auf dem Boden. Ihre Kinder kauften das Obst im Supermarkt, eingeschweißt, aus Neuseeland.

Schon bei unserem ersten Zusammentreffen meinte Frau Paul, ich solle mich im August bitte an ihren Äpfeln bedienen. Sie zeigte mir gleich das Loch im Gartenzaun, durch das ich schlüpfen könne. Ich vermute, neunundneunzig von hundert Nachbarn hätten mich aufgefordert, das Loch beizeiten zu reparieren.

Die Tür knallt erneut. Es muss der Wind sein. Wenn es der Wind ist, ist Frau Paul anscheinend nicht da. Ist außer Haus und hat vergessen, die Schuppentür zuzumachen. Wenn sie nicht da ist, braucht sie mich nicht, also muss ich nicht hingehen. Auf der anderen Seite besteht auch nicht die Gefahr, ihr zu begegnen, ich könnte demnach einfach rübergehen und die Tür schließen.

Die Logik ist ein Labyrinth aus Sackgassen. Der of-

fenbare Sachverhalt ist der, dass ich es nicht schaffe aufzustehen. Bin wie gelähmt. Sollte ich doch auf die Pillen
zurückgreifen?

Vielleicht ist meine Generation so unsicher und an-
triebsschwach, weil sie von Kindesbeinen an immer
wieder erfahren hat, nicht gebraucht zu werden. Ich
bin in einer Zeit aufgewachsen, in der es bereits üblich
war, Kinder zu unterhalten. Man kaufte uns etwas, dann
waren wir kurz froh. Meine Jugend war schlimm, die
Placebos griffen nicht mehr, ich hatte nicht die geringste
Ahnung, was anzufangen wäre mit dem Leben. Alles war
schon da.

Bekäme ich selbst ein Kind, würde es in eine Welt
unbegrenzten Abenteuers hineinwachsen, wo es, je nach
Laune, Bösewicht oder Supermann sein könnte, und
zwar ohne sich vom Fleck zu rühren. Ich frage mich, ob
es möglich wäre, auf diese Weise glücklich zu werden,
wenn man sich konsequent nicht mehr vom Bildschirm
wegbewegen würde. Dazu brauchte man allerdings andere Körper, Körper ohne Hunger, ohne Rückenschmer-
zen und ohne Bewegungsdrang.

Merkwürdig, wie unsere Zivilisation darauf aus-
gerichtet ist, sich vom Körper loszusagen. Für mich
waren die schönsten Momente im Leben die, in denen
ich aufhörte, mich gegen meinen Körper zu wehren, ihn
nutzte und genoss. Als Kind überkam mich ein Hoch-
gefühl, wenn ich über weite Wiesen rannte, so schnell,
wie ich konnte, es kam mir wahnsinnig schnell vor, wie
Fliegen. Als Jugendliche warf ich meinen Körper ins
Meer und schwamm ins Blaue, schwamm mit halb ge-
schlossenen Augen in das auf der Oberfläche tanzende
Licht und wurde mit jedem Schwimmzug leichter, als

trüge das Wasser nicht nur meinen Körper, sondern zugleich die Last meiner Wirrnisse und Zweifel.

Mit Olaf zu schlafen war ein bisschen wie dieses Schwimmen im Meer. Wieso muss ich heute ständig an Olaf denken? Beinahe meine ich, seine Hände auf meiner Haut zu spüren. Eine haptische Täuschung. Das Erinnerungsvermögen des Körpers ist unberechenbar. Ein Luftzug weht mir um die Schultern und lässt meine Haut kribbeln, sicherheitshalber klammere ich mich am Stuhl fest. Ich hatte immer das Gefühl, Olaf wäre nicht auf meiner Haut, sondern darunter, in mir drin, selbst wenn er nur meine Hand streichelte. Mir ist, als wäre etwas in mir drin.

Etwas Feuchtes stößt an mein Bein. Ich zucke zusammen, dabei ist es nur der Kater. Er streicht mir um die Waden und mauzt mich an. Scheint anhänglich zu werden. Frau Paul hat ihn vor Jahren verletzt auf der Straße gefunden, mitgenommen und gesund gepflegt. Überhaupt hat sie ihr Leben lang Dinge für andere getan und hört selbst im Alter von achtundneunzig nicht damit auf. Ja, Kinder und Katzen, pflegt sie zu sagen, mit strahlendem Gesicht, Kinder und Katzen. Pillen hat Frau Paul nie gebraucht.

Ich kraule dem Kater seinen Pelz. Er wälzt sich auf den Rücken und streckt alle viere von sich. Das ist nonverbale Kommunikation, ich streiche ihm gehorsam über den Bauch. Sein Fell ist warm von der Sonne, er schnurrt wie eine kleine Maschine, ist lauter Wohlsein. Ein bisschen davon färbt auf mich ab. Kater als Medizin. Man ist nicht allein auf der Welt, selbst wenn man sich so fühlt.

Vom Schlaff-Dasitzen taten mir schon die Muskeln weh, jetzt ist es eine Erleichterung aufzustehen. Ich hole dem Kater ein Stück Schinken, schaue zu, wie er es sich schmecken lässt. Plötzlich ist es leicht, zu Frau Paul hinüberzugehen. Wenn sie nicht da ist, kann ich wenigstens die Schuppentür für sie schließen.

Das Haus, das Frau Paul bewohnt, ist einer der wenigen neueren Bauten der Gegend, welche nach dem Krieg durch Grundstücksteilungen möglich wurden. Es handelt sich um einen einfachen zweigeschossigen Kasten mit Flachdach, grau verputzt, nicht gerade eine Schönheit, allerdings ist er über und über mit Efeu bewachsen, was ihm eine verwunschene Note verleiht. Herr Paul hat das Haus eigenhändig erbaut, mit Hilfe seiner Big-Band-Kollegen und zweier Kästen Bier pro Tag. Aus Kriegstrümmern, aus Zeug, das herumlag, angeblich sind in dem Haus mindestens fünf verschiedene Sorten Steine verbaut. Die Jazzband arbeitete, spielte und trank einen Sommer lang, dann war die Kiste fertig. In den eigenen vier Wänden bekam Frau Paul eine Woche nach Einzug Wilfried. Als sie mir das erzählte, wirkte sie im Nachhinein noch froh und stolz.

Mein zweiter Nachbar, Herr Scholl, behauptet, dass in Pauls Haus, wenn man den Herd anmacht, das Licht ausgeht, und wenn man den Lichtschalter drückt, der Wasserhahn anfängt zu laufen. Er selbst bewohnt das große, verkommene Giebelhaus auf der anderen Seite. Dessen vormalige Besitzer waren jüdische Sozialdemokraten gewesen, klugerweise hatten sie bereits 1937 beschlossen, nach Amerika auszuwandern. Nach dem Krieg wurde das Land neu verteilt, und dort, wo einst der Gartenpavillon des großen Giebelhauses gestanden hatte, setzten Pauls ihren Familienkasten hin.

Ich habe Herrn Paul nie gesehen, er ist lange tot. Er

war Bauingenieur. Ein Bauingenieur, in dessen Haus nichts funktioniert? Herrn Scholls Grinsen kommt mir in den Sinn, und ich frage mich, ob seine Geschichten banaler Missgunst entspringen. Ich mag ihn nicht besonders. Er redet schlecht über Ausländer und strapaziert meine Geduld mit Ausdrücken wie »eisern« und »wacker voran«. Und mit »du lieber Scholli«, das findet er ausgesprochen lustig, wahrscheinlich seit fünfzig Jahren. Frau Paul spricht nur in den höchsten Tönen von ihm, aber ich glaube, das hat bei ihr System. Sie spricht von beinahe jedem in den höchsten Tönen. Das ist Teil ihres Glücks.

Ich glaube, das Netteste an Herrn Scholl ist, wie er mit seiner Frau spazieren geht. Er wirkt körperlich noch sehr rüstig, sie hingegen ist dick, kränklich und schlecht zu Fuß. In Zeitlupe schleicht er mit ihr den Gehweg auf und ab, damit sie an die frische Luft kommt. Sie umfasst mit einer Hand ihren Stock, mit der anderen den Arm ihres Mannes, aber ihren Mann hält sie viel fester als den Stock.

Ich öffne das Tor zu Frau Pauls Garten. Rechts und links des kleinen Wegs ist das Immergrün im Begriff, alles zu überwuchern, die Stufen zur Haustür sind voller Moos. Ich klingele, warte. Kein Geräusch. Das überrascht mich nicht, trotzdem mache ich mir mit einem Mal Sorgen. Liegt Frau Paul hilflos auf dem Boden, Herzanfall, Schlaganfall, und kann sich nicht bemerkbar machen? Vielleicht seit Tagen schon? Ich luge durch die Fensterscheibe. Ein Tischchen mit karierter Decke, Ledersofa, Sessel, ein Schrank mit Porzellan, keine Frau Paul. Auf dem Glastisch stehen verwelkte Tulpen. Wieso stehen da verwelkte Tulpen? Das sieht Frau Paul überhaupt nicht ähnlich. Ich versuche, mehr zu erkennen.

Die Durchreiche zur Küche, leer, der Flur, dunkel. Der Spitzenvorhang verdeckt alles Weitere. Mich überkommt ein so ungutes Gefühl, dass ich ernsthaft überlege einzubrechen. Als riefen die Tulpen stumm um Hilfe, auch das Porzellan im Schrank, sogar das hässliche Ledersofa, als herrschte da drinnen eine stille, aber umso intensivere Not. Das Fenster einschlagen, mit einem Stein? Mit dem Besen, der an der Wand lehnt? Wird Herr Scholl die Polizei rufen, wenn er mich sieht?

Eine Sirene springt an. Ich fahre zusammen, wie vom Blitz getroffen. Das Geheule lässt mich an Krieg denken. Natürlich ist es nur eine Autoalarmanlage. Warum denke ich als Erstes an Krieg? Der Krieg war bei meiner Geburt seit über dreißig Jahren vorbei!

Mit einem Stechen in der Brust fällt mir der Traum von letzter Nacht ein. Ich sah eine Gestalt, eine junge Frau in einem hellen Trenchcoat, die aus einem brennenden Haus rannte. Sie versuchte sich vor der Feuersbrunst auf die andere Straßenseite zu retten. Doch plötzlich kam sie nicht weiter. Sie blieb stecken in dem geschmolzenen Asphalt, die Straße war ein glühender Sumpf, die Frau versank knietief, ihre Arme hoch in die Luft gerissen, einen Schrei des Entsetzens wie gefroren in ihrem Gesicht. Sie würde die andere Straßenseite nicht erreichen, und niemand konnte ihr helfen.

Seit ich hier wohne, träume ich schlecht. Ich wandere wie ein Geist durch Großbrände, verkohlte Ruinen, schwarze Trümmerfelder. Sind das die schlimmen Bilder aus aller Welt, die ich, weil ich sie auf keinem Bildschirm mehr abrufe, nunmehr träumen muss?

Manchmal frage ich mich, ob ich nachts die Erinnerungen der verstorbenen Vorbesitzer meines Hauses auffange. Bilder aus dem Bombenkrieg, Berlin in Trümmern. Die Frau im Asphalt, haben Kurt Kurzmann oder Margarete sie gesehen? Ein Stückchen Leben, das in kein Grab, unter keinen Sargdeckel passt und deswegen im Haus bleibt, wie ein Gespenst, das mir nachts erscheint? Der unvergessliche Augenblick, der bleibende Eindruck.

Oder träume ich die Träume der Alten um mich herum mit? Schwappen die Bilder aus den Bürgerhäusern über und in meinen Bungalow hinein, und je mehr die Nachbarn sie vergessen oder versuchen zu verdrängen, desto größer wird der Schwall? Frau Paul winkt ab, wenn man sie nach ihren Kriegserinnerungen fragt. Nur eines sagt sie immer wieder, wiederholt es wie ein Mantra: Nie wieder Krieg. Natürlich ist fast jeder dieser Meinung. Aber diejenigen, die wirklich wissen, was hinter der Parole steckt, die sie so sagen wie Frau Paul, nämlich als würden sie sich dafür, ohne zu zögern, jederzeit einen Arm abhacken lassen, sterben aus.

Ich habe Angst vor den Bildern, die mich heimsuchen, aber noch mehr Angst, sie könnten vergessen werden. Was abhandenkommt, kehrt wieder, verkleidet, maskiert, aber es kommt. Ich weiß nicht, was Krieg ist, doch eines steckt mir tief in allen Gliedern: dass ich es nicht wissen will.

Die Alarmanlage ist verstummt. Ich stehe mit einem Besen in der Hand vor einem verschlossenen Haus und beschwöre den dritten Weltkrieg. Was ist bloß los mit mir? Bin ich dabei, den Verstand zu verlieren? Die Träumerei ist nichts als Psychologie, die Feuersbrünste Abbild meines Lebensgefühls, Resultat meiner ganz persönlichen Politik der verbrannten Erde. Ich bin die junge Frau in dem Trenchcoat. Bin einfach zu allein.

Von meinem Haus her höre ich das Telefon klingeln. Lasse den Besen fallen und renne hin. Die Stufen hinunter, nicht den Weg entlang, sondern quer über das Immergrün zum Loch im Zaun, Veilchen und Moos sind mir egal. Ich habe das Gefühl, es könnte Olaf sein. Vor lauter Nervosität bekomme ich mein Türschloss nicht auf. Als ich endlich ins Haus stürme, hat das Klingeln gerade aufgehört. Ich schreie, beginne, mit der Faust auf das Telefon einzuhämmern, würde es am liebsten zertrümmern.

Ich fasse mir an den Kopf. Meine Hand schmerzt. Ich bin wirklich aus dem Gleichgewicht. Erst bei Frau Paul einbrechen, nur weil keiner öffnet, dann mein Handy in Stücke hauen. Hormonell bedingt?

Ich muss der Tatsache ins Auge blicken: Ich habe Angst, schwanger zu sein. Abwechselnd paralysiert mich der Gedanke an ein mögliches Baby, oder er erfüllt mich mit Panik. Ich werde einen Schwangerschaftstest kaufen, jetzt gleich, unverzüglich. Sofort aufbrechen. Klarheit bekommen. Ich schnappe mein Portemonnaie und laufe los. Wie lange warte ich auf meine Periode? Zwei Wochen? Oder sind es schon vier? Verzögerungen kommen bei mir öfter vor, nur ist die Verzögerung diesmal nicht allzu lang? Ich habe den Überblick verloren.

Im Stechschritt eile ich zur Apotheke. Zwei Straßen weiter fällt mir auf, dass ich nicht gekämmt bin und meine Füße in kaputten Latschen stecken. Zu spät. In dieser Gegend fällt es mit etwas Glück nicht auf. Ich versuche einen Gang runterzuschalten, ruhiger zu werden oder wenigstens Ruhe vorzutäuschen. Ich hätte im Kühlschrank nachschauen sollen, was mir an Lebensmitteln fehlt. Seit dem Umzug muss ich für jedes Brötchen in ein fünfzehn Gehminuten entferntes Einkaufszentrum laufen. Ich sollte mir angewöhnen, besser zu planen. Cornflakes? Äpfel? Marmelade?

Olaf hat gern gegessen und gut gekocht. Seit ich allein lebe, ist Essen für mich Nebensache. Ich finde es grauenhaft langweilig, jeden Tag drei Mahlzeiten zu sich zu nehmen. Befreiend, sich darum nicht mehr kümmern zu müssen oder nur ganz am Rand. Zum Glück dämpft das Alleinsein anscheinend meinen Appetit. Knäckebrot habe ich immer im Haus, H-Milch, Eier, Kartoffelpüree. Ein paar Tütensuppen könnte ich mir noch zulegen.

Im Viertel sagt zu dem Einkaufszentrum übrigens niemand Einkaufszentrum, es heißt einfach nur das Center, genauer: »Zenter«, wie der »Zent«. Bis vor einem Monat ging ich zum Einkaufen noch in das Alimentari gegenüber meiner alten Wohnung. Dort gab es kaltgepresstes Olivenöl, das von einem Familienbetrieb in Apulien importiert wurde, und während eines freundlichen Plauschs über das Für und Wider von Fair Trade mit dem brasilianischen Politikstudenten, der mich bediente, kippte ich einen köstlichen Espresso macchiato.

Ich habe in Mitte gewohnt, im Zentrum, da gibt es keine Zenter. Die Sträßchen sind gesäumt von Designerläden, Galerien und Gastronomie. Ich weiß nicht genau, was mir in Mitte zu meinem Glück fehlte. Vielleicht das Geld, um in den trendigen Cafés hausgemachten Chilischokokuchen zu kosten und in den heißen Bars an coolen Basilikumcocktails zu nippen?

Die Zenter sind für die Peripherie. Was heißt, für die Mehrheit. Die Stadt ist wie ein eingefallener Rührkuchen, außen am höchsten, innen flach, ihr Zentrum ist sowohl von der Fläche als auch von der Stapelhöhe her kleiner. Die Mitte ist eindeutig in der Minderheit, die meisten Menschen sind am Rand.

Kurz vor einer der Hauptstraßen, die die Stadt zerteilen wie rauschende Flüsse und wo meine Oase endet, reißen ein paar Bauarbeiter den Asphalt auf. Sie erneuern die Rohre. Etwas abseits in der Baugrube entdecke ich Herrn Scholl. Schwitzend bearbeitet der Achtzigjährige mit einer Spitzhacke das Erdreich.

Er war mal Geologe, und jetzt kann er nicht aufhören, nach der Eiszeit zu suchen. Streift mit seinem Fahrrad durch Berlin, und überall, wo ausgeschachtet wird, bittet er die Bauarbeiter, ihn nach Findlingen buddeln zu lassen. Die Bauarbeiter willigen erstaunlicherweise immer ein, Herr Scholl hat so eine Art von Mann zu Mann, die es heute fast nicht mehr gibt, und außerdem stets einen Kasten Bier in seinem Anhänger. Bier gegen Geologie, Tauschgeschäfte wie in alten Zeiten, auch das gibt es kaum mehr. Vielleicht in Zukunft wieder?

Herr Scholl gräbt unermüdlich und gibt sich nicht zufrieden, bevor er nicht wenigstens einen größeren Stein zutage gefördert hat. Die Funde hievt er, ich weiß nicht wie, in seinen Karren. Wie andere Leute ihr Sprudelwasser oder einen Sack Zement, fährt er Findlinge durch die Straßen. Zu Hause stapelt er sie in seinem Garten. Der Garten hat sich über die Jahre in einen Geröllhaufen verwandelt, ein paar zähe Blumen können von Glück sagen, wenn sie einen Weg ans Licht finden.

Was ich über Herrn Scholl weiß, habe ich aus Frau Paul herausbekommen. Sie erzählte, anfangs etwas widerwillig, dass Herr Scholl, Manfred heißt er, ein unangenehmer Typ gewesen sei, als sie ihn kennenlernte, ein dienstbeflissener Hitlerjunge, vierzehn Jahre alt, der

Sohn rigider Ostpreußen. Man habe richtig aufpassen müssen, was man in seiner Gegenwart sagte. Bei dem Satz lachte Frau Paul noch. Dann folgte ein Stoßseufzer, und sie berichtete, wie sie im Sommer vierundvierzig, nachdem Manfreds Eltern in den Bomben umgekommen waren, mit dem Jungen zu dem zerstörten Haus gegangen sei, ein paar Tage später, als es ausreichend abgekühlt war, um seine Eltern auszugraben. Oder das, was von ihnen übrig wäre.

Den Vater hatten sie schnell gefunden, Manfred erkannte ihn an seiner Uhr. Die Knochen, die drum herum lagen, etwas vom Arm und einen Schädel, sammelten sie sorgsam in einem alten Suppentopf und brachten sie zum Pfarrer, damit er die Überreste anständig bestattete. Doch von der Mutter konnten sie seltsamerweise nichts finden, keinen Ring, keine Kette, nicht einen einzigen Knochen. Obwohl das Letzte, was der Junge von seinen Eltern gesehen hatte, war, wie sein brennender Vater sich flehend an seiner Frau festkrallte. Der Junge rief verzweifelt nach seiner Mutter, sie blickte sich zu ihm um, dann verschlang sie schon das Flammenmeer.

Manfred habe stundenlang in Asche und Schutt nach seiner Mutter gesucht, stumm, ohne Pause, in unbeschreiblicher Hitze. Alles Mögliche habe er ausgegraben, Geschirr und Schmuckstücke und Kinderknochen, das habe er alles stur auf einen Haufen geschippt, und keine Träne habe er dabei geweint, aber geschwitzt wie ein Ackergaul. Sie hatte versucht ihn davon abzuhalten, vergeblich, irgendwann musste sie ihn allein lassen, die Kinder warteten, außerdem war sie halb verdurstet. Erst spät in der Nacht sei der Junge heimgekommen.

Mir ist das alles zu viel. Dass jemand etwas Schlimmes

erlebt hat, lässt ihn nicht automatisch sympathisch werden. Bei Herrn Scholl ist sogar das Gegenteil der Fall. Das Eiserne und Wackere, mit dem er sich brüstet, macht ihn für mich etwa so anziehend wie einen Ritter in voller Rüstung, der zum Laufen auf eine Gehhilfe angewiesen ist. Ich versuche mich ungesehen an Scholl vorbeizudrücken. Aber er entdeckt mich, hat immer noch Adleraugen, den scharfen Blick. Er fixiert mich mit seinen kleinen, stechend blauen Augen. Dann winkt er, grüßt freundlich und fragt: Wohin des Wegs, Frau Nachbarin?

Die alten Leute können sich meinen Namen nicht merken.

Einkaufen, erwidere ich kurz angebunden. Und Sie?

Das war nicht gerade schlau, ich sehe doch, was er tut. Nun ja.

Ich suche den gestrigen Tag, sagt er.

Schöne Antwort. Viel besser als meine Frage. Ich gehe trotzdem weiter, wacker voran. Was suche ich? Die graue Vorzeit interessiert mich nicht, das Gestern erscheint mir wie ein Albtraum, das Jetzt ist, wenn man daran denkt, immer schon vorbei, glitschig wie ein Stück nasse Seife. Bleibt das Morgen. Wo verdammt noch mal ist das Morgen? Es ist, als wäre das Morgen bereits angegammelt, bevor es überhaupt stattgefunden hat, noch nicht einmal da, aber schon über dem Verfallsdatum.

Hinter dem Straßenstrom führt mein Weg durch ein Plattenbaugebiet. Graue Riesenschachteln, dazwischen robustes Buschwerk. Ich überquere die John-Schehr-Straße, die Rudolf-Schwarz- und die Eugen-Schönhaar-Straße. Alle drei Männer wurden am 1. 2. 1934 erschossen, es ist das Viertel der exekutierten Kommunisten. Carlo Schönhaar übrigens, der Sohn, nach dem keine Straße benannt ist, war ebenfalls ein Widerstandskämpfer. Gute Erziehung. Wurde 1942 von der Gestapo in Paris erschossen.

Hilft schnelleres Laufen gegen Mord und Totschlag? Das Viertel ist ziemlich grün. Nur Fußwege, keine Autos, eigentlich gut ausgedacht. Gegen die hochragenden Wohntürme wirken die fünfstöckige Schule und die vierstöckige Kindertagesstätte niedrig. Die Spielplätze mit ihren Rutschen und Schaukeln, die sich in den Zwischenräumen ducken, sehen aus wie Inneneinrichtungen für Mäusekäfige.

Je näher ich dem Zenter komme, desto mehr Menschen sind zu sehen. Lauter junge Leute, am helllichten Tag. In Mitte gab es auf der Straße den ein oder anderen Freiberufler am Rande des Nervenzusammenbruchs, der, während er sich krampfhaft an seinem mit Latte macchiato gefüllten Pappbecher festhielt, über die Freisprechfunktion seines Handys mit schneidender Stimme Problemfelder analysierte. Hier dagegen nur Menschen jenseits der Werktätigkeit. Sehr junge Männer mit Fünf-Millimeter-Haarschnitt und Kampfhund, noch jüngere Frauen mit großen Einkaufstüten und Kinderwagen und Zigaretten. Alle Männer, alle Frauen tragen Jeans. Die einzige Person, die keine Jeans anhat, ist ein kleiner Junge, vielleicht sechs oder sieben, in Tarnfleckenhose. Er ist fett, hockt allein auf einer Mauer und isst Süßkram aus einer Kilotüte. Wird sekündlich fetter.

Vor einem Werbeplakat steht ein Kind herum, hübsches Mädchen mit goldbraunem Pferdeschwanz, es heult. Mama, in Stretchjeans und Lycrashirt, packt es unsanft am Arm und zieht es hinter sich her. Jetzt kann ich das Plakat sehen, es wirbt für Slips aus rosa Spitze, eine

Achtzehnjährige zeigt sich von schräg hinten. In großen schwarzen Buchstaben möchte ich ihr WÜRDE auf den Hintern schreiben.

Ich möchte am liebsten auf alle Plakatärsche der Stadt WÜRDE schreiben. Über Nacht. Und am nächsten Tag wachen die Leute auf und lesen auf der vielen nackten Haut überall WÜRDE. Die Würde der Tessys, Tanjas, Olgas und Larissas. Würde für alle, trotz Arsch und Titten, Würde jenseits von Bodylotion und Antifaltencreme. Leider habe ich nicht die geringste Zivilcourage. Außerdem kenne ich niemanden, der mitmachen würde.

Olaf fände es kindisch. Er ist ein paar Jahre älter als ich. Fühlt sich reifer. In Wirklichkeit hat er bloß keine Zellulitis. Ich passiere die Anton-Saefkow-Straße. Anton Saefkow dankte vor der Hinrichtung in einem Abschiedsbrief seiner Frau für »all das Große«, was sie in sein Leben gebracht habe. Unwahrscheinlich, dass er ihre Oberweite gemeint hat. Ich bewege mich nicht in der richtigen Gesellschaft.

Endlich taucht das Zenter vor mir auf. Es handelt sich um einen nicht allzu hohen quadratischen Ziegelbau, vor dem eine Handvoll Bänke platziert sind. Diese Bänke sind von urinresistenten Sträuchern umgeben und immer besetzt. Sie sind der Hang-out der Alkoholiker. Ordentlich aufgereiht sitzen sie da, Männer und Frauen, Stunde um Stunde, zu ihren Füßen Plastiktüten. Sie sind friedlich, reden nicht viel, stören niemanden. Sich zu Tode trinken ist eine langwierige Sache, geht am besten ganz in Ruhe, mit Geduld. Eilt ja nicht. Sie sitzen und gucken, wie die Leute flotten Schrittes an ihnen vorüber ins Zenter gehen und eine Dreiviertelstunde später mit vollen Tragetaschen und leeren Gesichtern wieder herauskommen, deutlich weniger flott. Ist ein bisschen langweilig, aber wenigstens echt. Dafür kommen die Alkis herunter aus ihren gut geheizten Plattenbauwohnungen, lassen ihre Polstermöbel und Fernsehapparate zurück und setzen sich auf harten Bänken Wind und Wetter aus. Andauernde Unterhaltung erträgt keiner.

Vormittags wird die Szenerie durch ein Schwimmbad belebt, das direkt neben dem Zenter liegt. Der Bau ist so klein, dass man ihn auf den ersten Blick kaum für ein Schwimmbad halten würde, die kleinste Kiste im Viertel, abgesehen vom Jugendclub. Der ist in einem Pavillon aus Pressspanplatten untergebracht und etwa so groß wie eine Doppelgarage. Das Bad ist aus Ziegeln gebaut, sieht aus wie ein Ableger des Zenters und hat sogar ein Panoramafenster zum Rausgucken. Allerdings glaube ich, es wird mehr reingeguckt.

Bisher habe ich nur Kinder im Bad gesehen, Schulklassen und Kitagruppen, am Nachmittag ist nichts mehr los. Wenn drinnen eine Klasse schwimmt, steht draußen schon die nächste, während die Gruppe, die gerade fertig geworden ist, sich an den Wartenden vorbeidrängelt und zum Abzählen aufstellt. Vielleicht ist einer verlorengegangen, ins Zenter gelaufen, in der Umkleide umgekippt wegen der schlechten Luft oder ertrunken.

So können die Alkoholiker ab dem ersten Schluck morgens um acht Scharen von Kindern beobachten, die baden, schreien, warten, trocken und sauber ankommen und feucht und pilzig wieder gehen. Dazu gesellen sich die schreienden Lehrerinnen, Erzieherinnen und Praktikantinnen, die oft noch blutjung sind und doch schon schwache Nerven haben. Echtes Leben.

Ich passiere die Trinkergarde, die Automatiktür öffnet

sich, ich betrete das Zenter. Sofort schlägt mir das Gesetz entgegen, das hier herrscht. Es trifft mich wie eine Ohrfeige, aber ich bin gewappnet. Billig – dieses Gesetz hat hier einen Absolutheitsgrad erreicht, von dem andere Gesetze nur träumen können, ist so selbstverständlich geworden, dass kaum einer es noch bemerkt. Es riecht billig, die Beleuchtung ist billig, ebenso billig sind die Deckenverkleidungen, Wände und der Bodenbelag. In großen billigen Drahtkörben liegen billige Handtaschen, billige Bücher und billige Filme, die Käufer tragen, ebenso wie die Verkäufer, billige Pullover, Hosen und Schuhe, auf billigen Wühltischen kann man nach billigen Büstenhaltern und billigen Socken kramen.

Als Kind habe ich einmal auf Wäscheklammern den Aufdruck »made in China« entdeckt. Ich bekam Gänsehaut bei der Vorstellung, dass diese um die halbe Welt gereisten Klammern nun in meinen Händen lagen. Reinste Exotik! Ich liebte es auch, die Enden der bunten Schirmchen aufzuknibbeln, die in Eisdielen zur Zierde auf die Becher gesteckt werden. Winzige, mit fremden Zeichen bedruckte Papierstreifen kamen zum Vorschein. Die unentzifferbaren Botschaften übten eine magische Anziehungskraft auf mich aus, Fernweh zog mir durch die Eingeweide. Heutzutage laufe ich mir die Hacken wund, um eine Hose zu finden, die nicht aus China oder Bangladesch kommt.

Mein Zenter ist relativ klein. Insgesamt glaube ich, ist es nicht so schlimm wie andere Zenter. Die drei Etagen sind mit einer zentralen Rolltreppe verbunden, man kann sich kaum verirren. Trotzdem gibt es alles, was man so braucht, zwei konkurrierende Lebensmittelketten, eine Apotheke, einen Textilshop und einen Laden für Heimtierbedarf. In der Mitte des Zenters haben sie eine Bude für den An- und Verkauf von DVDs aufgebaut. Das ist neu, vielleicht nur vorübergehend. Im Obergeschoss sind Pfennigfuchser und Resterudi untergebracht, das ist ganz praktisch, auch wenn ich in solchen Läden nie das finde, was ich suche, sondern immer etwas anderes. Für weitere menschliche Bedürfnisse stehen eine Eisdiele, ein Erotikshop und öffentliche Toiletten zur Verfügung. Es gibt sogar ein Dachfenster mit Tageslicht.

Beim ersten Mal bereitete mir die Hässlichkeit des Zenters ernsthafte Probleme. Ich bildete mir ein, nicht mehr atmen zu können. Dabei gehöre ich durchaus zu den Menschen, die Hässliches zu schätzen wissen, als Kontrast, zum Beispiel, oder als Erinnerung an die Vergänglichkeit. Schönes im Hässlichen finde ich interessanter als Schönes im Schönen. Der Gehweg vor meinem Haus etwa ist in sehr schlechtem Zustand, an der Nahtstelle zur Straße hin hat eine Kolonie von Gräsern den Asphalt durchbrochen. Immer wenn ein Auto vorbeikommt, erschauern diese Gräser im Fahrtwind und scheinen die Köpfe zu schütteln.

Zu meinem eigenen Erstaunen habe ich weder im Zenter noch um das Zenter herum auch nur eine einzige schöne Sache entdecken können. Lange irrte ich auf den drei Etagen umher. Überrascht, wie billig alles war, kaufte ich zunächst einen Pfannenumwender aus hitzebeständigem Kunststoff, Schuhcreme, Schnürsenkel, Kleiderbügel und einen grasgrünen Regenschirm. Bald schon wusste ich nicht mehr, was ich gebrauchen konnte und was nicht. Weichspüler? Kosmetikset? Osterkörbchen?

Ich bildete mir ein, etwas Wichtiges vergessen zu haben. Lief zwischen künstlich geknautschten Stretchjeans und Sonnentops mit Strasssteinapplikationen herum, als fehlte mir etwas. Ich ließ meine Blicke über die Waren schweifen, über die leeren Kartonberge der Lebensmitteldiscounter, die Make-up-Masken der Verkäuferinnen, die Löcher der Lochmetallverkleidungen und wurde immer nervöser. Ich versuchte mich auf die Menschen zu konzentrieren. Aber die Menschen waren das Schlimmste. So viel Müdigkeit! Trübe, kurzsichtige Kundenaugen. Manche Gesichter wie ausgelöscht, Totalausverkauf.

Ich entdeckte nirgends etwas Hübsches, Ungewöhnliches, etwas Begehrenswertes oder Amüsantes, nicht die Spur einer Erfrischung. Ich erinnere mich, dass ich schließlich sogar, auf die Gefahr hin, als Pennerin zu gelten, in die Müllkörbe gelugt habe. Nichts. Es kam mir vor, als wäre das ganze Zenter eine Art dreistöckiger Müllkorb, ein ordentlicher deutscher Müllkorb, der den Überschuss der Weltwegwerfwirtschaft zu Wegwerfpreisen wohlgeordnet über Leuten auskippt, die auch schon irgendwie weggeworfen sind. Strasssteintop hin oder her, verraten und verkauft, von klein auf zum Resterampenverbraucher erzogen.

Ich kaufte mir zum Trost ein billiges Erdbeereis. Mit dem Hörnchen in der Hand ließ ich mich zermürbt auf die Bank unter dem Oberlicht sinken, das immerhin echte Sonne hereinließ. Die Plastiktüten mit den Billigartikeln lehnte ich gegen die Palme neben mir. Die Palme war natürlich nicht echt. Es war eine praktische Kunststoffimitation, die als einzige Pflege regelmäßiges Abstauben erforderte, hier aufgestellt, um das menschliche Bedürfnis nach Natur zu befriedigen.

Ich schleckte. Das Eis schmeckte nicht nach Erdbeeren, sondern so, wie Kinder, die viele Erdbeerlollis gelutscht haben, sich denken, dass Erdbeeren schmecken müssten. Ich erinnere mich nur vage, aber ich befürchte, ich dachte in dem Augenblick daran, den ganzen Bau abzufackeln.

Heute betrete ich das Zenter gut vorbereitet. Bin geordnet und souverän. Ich beschließe, zuerst in den Lebensmittelladen zu gehen, danach in die Apotheke. Ich kaufe Suppe, Brot und Obst, Biobirnen aus Argentinien im Sonderangebot und einen Kuchen für Frau Paul. Zitronenkuchen. Der gibt mir ein gutes Gefühl. Damit werde ich heute Nachmittag bei Frau Paul klingeln, ich bin sicher, das kriege ich hin. Das Zenter macht mir gar nichts aus, ich bin stabiler geworden. Weil ich mich darüber so freue, hole ich mir wieder ein Eis und setze mich auf dieselbe Bank wie bei meinem ersten Mal. Beschwingt. Man gewöhnt sich an alles. Training.

Ich lasse mir Zucker und Aromastoffe auf der Zunge zergehen und sinniere, ob sich das Zenter tatsächlich so verschätzt, was meine Bedürfnisse betrifft, oder ob es vielmehr davon ausgeht, durch entsprechende Strategien meine Bedürfnisse so ummodeln zu können, dass sie zum Zenter passen, auf seine Grenzen beschränkt bleiben. Bedürfnisse einerseits wecken, andererseits verdrängen. Ersetzen. Überschreiben. Neu programmieren. Reizwäsche, Playstation, Hamsterkäfig.

Grinsend schlecke ich mein Eis. Hübsche Plastikpalme. Nie braune Blätter. Macht keinen Dreck. Vielleicht kann man sich an das Eis gewöhnen. Ich nehme an, Eis, das nach Erdbeeren schmeckt, fänden die meisten Kinder zu schlapp. Im Übrigen könnte ich mir einen neuen Schirm kaufen. Der grasgrüne ist beim ersten Frühlingswind kaputtgegangen. Soll ich es diesmal mit einem orangefarbenen versuchen? Hält der für fünf Euro länger als der für zwei?

Eine Frau setzt sich neben mich. Sie ist so unglaublich dick, dass sie den Rest der Bank einnimmt, obwohl diese für vier Personen gedacht ist. In der Hand hält die Frau ein Jumbohörnchen mit vier Kugeln, blau und gesprenkelt, ich tippe auf Schlumpf und Cookies. Ihre Haare sind von unbeschreiblicher Farbe, flieder-orange-melange. Multicolor. Die Konsistenz ähnelt einem schon länger in Gebrauch befindlichen Feinfasermopp. Die Form auch. Hinten hängend, vorne stehend, schön wird's in diesem Leben nicht mehr. Mir steigt ein unangenehmer Geruch in die Nase, Aschenbecher mit Haarspray, aber ich traue mich nicht, von der Frau wegzurücken, sie könnte es als Affront empfinden. Sie tastet ihre Frisur ab wie etwas Zerbrechliches, streckt die Brust raus und lächelt.

Ich weiß nicht, ob sich ein Heul- oder ein Lachkrampf in mir anbahnt. Tief durchatmen. Mein Zwerchfell zuckt, also nicht zu tief. Ich versuche mich zu entspannen. Kann man lernen, ich habe letztes Jahr einen Kurs gemacht. An etwas Schönes denken. Einfach kommen lassen.

Vor meinem inneren Auge sehe ich das Zenter als halbleeres Gebäude, die Discounter sind verschwunden, Teile des Daches eingestürzt durch Unwetter oder Bomben. Vor der immer noch rostfreien, leicht bemoosten Lochmetallwand, zwischen umgestoßenen Wühlkörben, sprießt durch die unzerstörbare Spitze eines Polyester-BHs das erste Veilchen. Gleich daneben, im intakten Flügel, bietet das Reisebüro immer noch Billigreisen an. Vor dem Fenster steht ein junger Mann mit blauen Augen und Lockenkopf, den habe ich schon mal irgendwo gesehen. In der Auslage winkt ein Pappkind in Raumanzug, Werbung für die Sommersonderaktion: Schießen Sie sich mit der Billigrakete auf den Mond.

Ich lächele. Es geht mir beinahe gut. Eis ist mir auf die Jacke getropft, ich habe vergessen zu lecken. Schmeckt ja auch nicht. Während ich versuche, mit dem tropfenden Hörnchen in der Hand den Fleck wegzureiben, fängt es neben mir an zu singen *It must have been love, but it's over n...* Das Handy der Frau neben mir. Dann ihre Stimme wie ein Reibeisen: Wo du? Ick Zenter. Ja, frisch vom Glatzenschneider, ick sach dir, ick seh aus wie neu!

Ich spüre einen Kloß im Hals. Wenn die Straße, in der ich früher wohnte, eine Kampfzone ist, dann ist das Zenter verbrannte Erde. Die Fronten sind darüber hinweggerollt, alle Kämpfe verloren, geblieben sind Ödnis und der tägliche Kleinkrieg der Verlierer. Neues wird hier demnächst nicht keimen. Erst rasen meine Gedanken, dann versprüht sich in meinem Kopf Nebel, wie in der Disco, der alles schluckt.

Schnell weg hier, ist alles, was ich noch denken kann. Ich schmeiße das durchweichte Resthörnchen in den Müllkorb und laufe zum Ausgang. Die automatische Tür öffnet sich nicht, ich habe sie in meiner Eile in einem zu schrägen Winkel angepeilt, das passiert mir dauernd. Muss zurückgehen und mich ihr nochmals in einem steileren Winkel nähern. Wie in einer Komödie. Endlich öffnet sich die Tür. Viel zu langsam!

Ich vertrage die soziale Realität nicht, bin nicht für den Rand geschaffen, bin ein Snob. Schnell Richtung Eigenheim. Das urinresistente Buschwerk bei den Alkoholikerbänken kommt mir ungleich schöner vor als bei meiner

Ankunft. Ich schnappe nach Luft, als wäre im Zenter kein Sauerstoff gewesen. Unter einem graugrünen Busch sitzt eine Katze mit goldenen Augen, sie frisst eine in den Dreck gefallene Currywurst. In meinem Kopf spielt *It must have been love*. Plötzlich scheint mir die Katze das einzig noch lebendige Wesen zu sein. Mich überfällt der Wunsch, hemmungslos aufzuheulen.

Der Drang, sich jemandem in die Arme zu werfen, obwohl das nichts besser macht, sondern die Sehnsucht nur größer. Der Zwang, dem Sehnen immer wieder die Gestalt eines Mannes zu geben, obwohl ich an die attraktive Verpackung aus Bartstoppeln, Bizeps und verschmitztem Lächeln nie recht geglaubt habe. Olaf hat meinen Hunger nicht gestillt, nur gesteigert. *It must have been lo...* Ich habe das Lied nie gemocht. Das Handy der frisierten Frau ist schuld.

Babygeschrei dringt an mein Ohr. Ich bleibe wie angewurzelt stehen, dann fällt es mir ein: Ich hatte im Zenter einen Schwangerschaftstest kaufen wollen. Das war der Grund, warum ich dort war, das Wichtigste. Man kann nicht behaupten, dass es besondere Herausforderungen in meinem Leben gäbe. Doch dem, was ist, bin ich nicht gewachsen. Ich wollte ganz souverän zwischen den Besorgungen ein Eis essen, wie andere Leute auch. Mein Leben besteht darin, dass die kleinsten Nebensächlichkeiten mich immer wieder aus der Bahn werfen.

Ich lehne meinen Kopf gegen eine Laterne, stöhne. Halte mich selbst kaum aus. Bin zu nichts zu gebrauchen, eine Fehlkonstruktion, eine Dekadenzerscheinung des untergehenden Abendlandes. Noch mehr Geschrei. Mama, Baby und Kleinkind vor der Käferwiese. Die sehr junge Mutter brüllt ihr Baby an, das im Begriff ist, sich aus dem Kinderwagen zu werfen, der seinen Windeln noch nicht entwachsene Bruder heult.

Was, wenn ich wirklich ein Kind in mir hätte? Ich stemme den Rücken fest gegen den Laternenpfahl, kurz glaube ich, in Ohnmacht zu fallen. Mir ist speiübel. Ich kann jetzt auf keinen Fall zurück ins Zenter. Stoße mich ab und laufe los, nach Hause, wo Veilchen, Vögel und eine Tasse teurer Fair-Trade-Kaffee auf mich warten.

Mit fünfzehn dachte ich, wenn ich je ein Kind bekomme, wandere ich aus und ziehe es in einer Höhle groß. Später habe ich nicht mehr über Kinder nachgedacht, ich beschäftigte mich mit Dingen, die Kinder nicht interessieren, und umgekehrt. Ich habe nichts gegen Babys, aber sie lassen mein Herz auch nicht höherschlagen. Das Kindchenschema funktioniert bei mir besser mit Tieren. Kleine Katzen, kleine Hunde lassen mich weich werden. Aber Babys? Ein hilfloses, funktionsuntüchtiges Wesen sieben, acht Mal am Tag zu stillen und beinahe ebenso oft zu wickeln, stelle ich mir beim besten Willen nicht angenehm vor. Noch nie haben Eltern mich gebeten, auf ihre Kinder aufzupassen. Offenbar mache ich nicht den Eindruck, dass mir ein Kind zuzumuten sei. Oder ich einem Kind.

Kurz vor der John-Schehr-Straße überkommt es mich, ich muss mich erbrechen, mitten auf dem Gehweg. Ganz plötzlich, einfach so. Ein Passant wirft mir böse Blicke zu. Wie abgrundtief peinlich!, denke ich kurz und würge sofort weiter. Als ich mich endlich erschöpft aufrichte, sehe ich, dass ich genau vor ein Plakat gekotzt habe. Eine hübsche Frau wirbt mit dem Slogan »Redefreiheit« für Handy-Flatrates, davor liegen jetzt stinkende rosa Häufchen. Ein angemessener Kommentar. Mutige Aktion, sogar öffentlichkeitswirksam. Leider unfreiwillig.

Ich wische mir den Mund ab und überquere die Straße, als hätte ich auf der anderen Seite etwas Dringendes zu erledigen. Wahrscheinlich war das Eis nicht in Ordnung. Ich lasse das Ermordetenviertel im Eiltempo hinter mir, erst nachdem ich den großen Straßenfluss überquert habe und in den Maiglöckchenweg einbiege, mäßige ich meinen Schritt.

Schlagartig fühle ich mich entspannter, als träte ich in eine andere mildere Sphäre ein. In Gestalt einer kleinen grauen Schnecke kriecht die Zeit unerschütterlich langsam im Kreis. Sie versucht gar nicht erst voranzukommen. Vorsichtig windet sie sich um Veilchen und Löwenzahn herum, knickt nichts, eckt nirgends an, denn kaputtmachen ist gar nicht nötig, es gibt Platz genug für alle. Wittert sie Widerstand, zieht sie sich ins Häuschen zurück und wartet ab. Verbirgt sie unter ihrem Deckmantel der Bescheidenheit eine Art majestätischer Überlegenheit? Eingekesselt zwischen Schnellbahn und Betongiganten, lässt sie sich von der Entwicklung überholen, frohlockend in der stillen Gewissheit, dass sie als Einzige noch so kriechen wird, wenn jedes einzelne Hochhaus hier längst zu Schutt geworden ist, eingestürzt oder notgesprengt, zermahlen zu Kalk und Sand. Wenn die Gleise von Rost zerfressen und Dschungeln aus Götterbäumen und Ambrosia gewichen sind, wenn die S-Bahn nur noch ein Ausstellungsstück im Museum ist, falls es dann noch Museen gibt, wird die Zeit hier immer noch ungerührt durch die Halme kriechen.

Gerade als mich der Strudel der Gedanken ergreift, der darum kreist, dass irgendetwas mit meinem Zeitkonzept nicht stimmt, dass dieses linear-subjektive Zeitkonzept, das mich gefangen hält, irgendwie lächerlich ist, was ich deutlich spüre, ohne jedoch eine Ahnung zu haben, wo die wahrere Wahrheit läge oder wie sie zu erreichen wäre, wobei das Erreichen wiederum ein im linear Zeitlichen verankertes Konzept ist, gerade da taucht Herr Scholl vor mir auf. Sein Rad mit eiserner Faust fassend, schleppt er den steinschweren Anhänger hinter sich her, wacker voran, ohne nach rechts und links zu blicken, und zurück erst recht nicht. Sein Rücken ist beinahe so gerade wie vor sechzig Jahren. Ein Kriegskind, ein Hitlerjunge, zäh wie Leder, ein Stück Geschichte. Ich finde ihn abstoßend.

Von nahem blicke ich in ein glückliches Gesicht. Es ist verschwitzt und dreckig, aber voller Elan. In seinem Karren liegt ein großer roter Findling. Ein Prachtexemplar. Während ich eingekauft, Eis gegessen, Aussetzer gehabt und mich übergeben habe, hat Herr Scholl geschuftet und nicht geruht, bis er einen Hundert-Kilo-Stein aus der Erde und in seinen Anhänger gewuchtet hatte.

Er sieht mich, bleibt stehen, ruft und winkt. Ich komme um diese Begegnung nicht herum, also wacker voran. Ohne dass ich ihn darum gebeten hätte, erklärt er mir seinen heutigen Fund:

Oller Blütenstaub, Millionen Jahre alt, aus den Alpen hergewandert. Sehen Sie nur, den hochinteressanten Riss. Geborsten auf der Reise, auf der Eisbahn ausgerutscht, Beinbruch, sozusagen. Dann überrollt und eingebuddelt. Mutter Erde, gleich zur Stelle, hat sich des Patienten angenommen. Eingegipst, verfüllt mit Kalk. Ein paar tausend Jahre lang Druck drauf, immer wacker, und der Gestrauchelte war wieder zusammengeklebt.

Schöner als je zuvor, wie im echten Leben. Sehen Sie, das hübsche weiße Pflaster, hier …

Notgedrungen lobe ich seinen Stein, dazu muss ich ihn wohl oder übel genauer betrachten. Er hat eine geschwungene Form, wie ein asymmetrisches UFO, ein weißer Ring läuft außen herum. Plötzlich bekomme ich Lust, selbst mit einer Spitzhacke in Baustellen zu graben und mir drei, vier Findlinge für meinen Garten zu suchen. Leider würde ich nicht den richtigen Ton mit den Bauarbeitern finden, und mit Sicherheit würde ich nach zehn Minuten Spitzhacke schlappmachen. Ich ärgere mich über Herrn Scholls Überlegenheit. Um mich davon abzulenken, frage ich ihn nach Frau Paul. Frage leichthin, weil ich weiß, die beiden kennen sich gut. Herrn Scholls eben noch so frohe Züge verfinstern sich. Er sagt ein paar Sekunden gar nichts. Dann kommt es:

Achgottachgott, das wissen Sie gar nicht? Helga ist nicht mehr hier, seit einer Woche schon. Konnte nicht mehr für sich sorgen, ich hab ihr ab und zu Mittagessen gebracht, dass sie was Warmes hatte, am Schluss fast jeden Tag. Die Kinder ja berufstätig, keine Zeit, und sie dem Pflegedienst nicht die Tür geöffnet, so weit war's schon, hat nicht mehr gekocht, vergessen zu essen. Ich hätte sie weiter bekocht, jeden Tag, aber die Kinder wollten das nicht, wer weiß warum, wollten es nicht und schafften die Mutter ins Heim. Ja, Helga nun im Heim, seit einer Woche.

Herr Scholl macht eine Pause, seufzt. Ich bin sprachlos. Wir gucken auf die Straße, den Gehweg, unsere Schuhspitzen. Er seufzt noch einmal, redet weiter:

Das Haus schon zum Verkauf, Grundstück ja wertvoll heutzutage. Haus wird wohl abgerissen, dann zwei

Grundstücke für zwei Häuser, Neubauten. Das Paul'sche Ding sowieso halb aus Schutt gebaut, alles durcheinander, mindere Qualität, und von Musikern, Hobbymusikern, vom Bauen keine Ahnung. Überhaupt, einfach alt. Unterm Strich aber und vor allen Dingen zwei Häuser viel mehr Geld als eins, und Geld regiert die Welt.

Er seufzt wieder. Ich bin immer noch sprachlos. In meinem Kopf dreht es sich, ich höre zu und versuche zu verstehen.

Frau Paul sei im Heim ganz fidel, erzählt er, sie sei ja schon immer eine wackere Frau gewesen. Eisern, nur in letzter Zeit manchmal ein bisschen verwirrt. Sie habe ununterbrochen von Wohnblockknackern und Badeöfen gesprochen. Die Schwester habe gleich gedacht, sie sei dement. Altersdemenz, habe sie achselzuckend erklärt, nachdem Frau Paul zu ihr gesagt hatte: Bumm, dann ist der Badeofen gleich ins Bad, obwohl uns nach Baden nun gar nicht der Sinn stand, wir sind ja im Keller gewesen, als der Wohnblockknacker kam, und dann regnete es Vierpfünder. Da habe er, Herr Scholl, der Schwester aber den Marsch geblasen, das sei keine Altersdemenz, sondern Berliner Humor, habe er zur Schwester gesagt, nur käme sie eben nicht aus Berlin, sondern sei eine Zugezogene und außerdem wohl zu jung. Das könne man ihr vielleicht nachsehen, dass sie von alters wegen keine Ahnung habe, aber deswegen bei anderen gleich Demenz festzustellen, das sei schon dicke. Ob sie was lernen wolle, habe er sie gefragt. Da habe sie große Augen gemacht, die Schwester, ganz runde blaue Augen seien das gewesen, und ja gesagt, woraufhin er ihr erklärt habe, dass Badeofen und Wohnblockknacker dasselbe meine, nämlich britische 4000-Pfund-Luftminen, und

64

dass man als Vierpfünder die 4-Pfund-Stabbrandbomben bezeichnete, die eigentlich noch viel schlimmer gewesen seien als die 4000er, weil man das Feuer nicht mehr hätte löschen können, was ja auch genau so geplant worden sei, die Knacker machten Zufahrten, Leitungen und so weiter kaputt, damit der Brand sich ungestört entfalten konnte, dann kamen die Brandstäbe wie ein Wolkenbruch hinterher. Manchmal brannte es tagelang, und ob sie sich vorstellen könne, was das für eine Hitze gewesen sei, ob sie als Krankenschwester wisse, dass im Bombenkrieg mehr Menschen durch diese Brandhitze umgekommen seien, in ihren Kellern und Schächten, als durch irgendwas sonst. Unvorstellbar sei die Hitze gewesen, er selbst habe mit eigenen Augen Frauen und Kinder im flüssig gewordenen Asphalt stecken sehen, knietief. Warum man das eigentlich in der Schule nicht lerne? Da habe sie sich erst mal platt hingesetzt, die Schwester, in ihrem adretten Kittel und mit ihrer schönen Dauerwelle, und überhaupt nichts mehr gesagt. Frau Paul habe ihn strafend angesehen, sich gleich Sorgen um die Schwester gemacht und ihr eine Tasse Kaffee angeboten, die habe die Schwester dann auch mit ihnen getrunken.

Herr Scholl, schießt es mir durch den Kopf, hat Frauen und Kinder im flüssigen Asphalt stecken sehen? Mir liegt die Frage auf der Zunge, ob eine junge Frau in hellem Trenchcoat dabei gewesen sei. Ich kann mich soeben noch bremsen. Stattdessen verteidige ich halbherzig die Krankenschwester. Ich hätte auch nicht gewusst, was ein Wohnblockknacker sei und dass die Royal Airforce 1942 die Zerstörung von sechs Millionen Wohnhäusern plante, dass 370 000 Tonnen Bomben auf Hitlerdeutschland niedergingen, hätte ich ebenfalls nicht in der Schule gelernt, das stehe nämlich nicht im Lehrplan, wahrscheinlich zu Recht, weil der Lehrplan nämlich auf die Schuld der Deutschen fokussiere, die immerhin einen Krieg mit 56 Millionen Toten angezettelt hätten, und nicht auf die Vergeltung der anderen.

Unterdessen denke ich an meine Oma, nicht Oma Hilde, sondern Elsbeth, die Mutter meines Vaters, die den Bombenhagel im Ruhrgebiet miterlebt hatte. Als ich sechs oder sieben war, bewohnte sie eine bescheidene Wohnung in einer grauen Arbeitersiedlung aus den dreißiger Jahren des letzten Jahrhunderts. Aus irgendwelchen Gründen befand sich in der Küche eine Delle im Fußboden, eine runde Vertiefung, etwa, als hätte ein Fußball im noch weichen Estrich seinen Abdruck hinterlassen. Ich mochte diese Delle, strich immer wieder mit dem Fuß darüber oder wenigstens mit den Augen, wenn keiner in der Nähe war, auch mit der Hand. Da ich meine Oma hin und wieder von Bomben hatte sprechen hören, verband ich die Delle mit diesen Bomben. Hier, verkündete ich eines Tages stolz, hätte also eine Bombe eingeschlagen. Oma Elsbeth fehlten die Worte, die Lage schien ihr peinlich zu sein. Aufklären wollte sie mich nicht, so gab sie vor, dass die Reibekuchen dabei wären, zu verbrennen, und hantierte hektisch am Herd.

Ich erinnere mich daran, wie sie immer das Gesicht verzog, wenn sie von den Bomben sprach. Ihr war es einerseits ein Bedürfnis, vom Erlittenen zu berichten, andererseits allzu schmerzlich, wobei der Schmerz gewissermaßen ungehörig war, weil Deutschland schließlich die Schuld an allem trug. Es schickte sich nicht, sich über die Briten und Amis, die Hitler den Garaus gemacht hatten, zu beschweren. Hinter vorgehaltener Hand äußerte

Elsbeth allerdings gern, bis auf das mit den Juden sei der Hitler gar nicht so übel gewesen.

Mein Vater wiederum erzählte gern, dass meine Oma am 9. November Zeuge wurde, wie SA-Männer ein Klavier aus dem ersten Stock warfen. Da sei ihr der Kragen geplatzt, sie mochte Klaviere nämlich sehr und spielte selbst, sie sei hingerannt und habe die Uniformierten laut und empört ausgeschimpft, mitten auf der Straße, wie zwei dumme Buben.

Also, wenn Hitler die Juden und die Klaviere verschont hätte, wäre er gar nicht so übel gewesen?

Das alles ist lange vorbei, meine Oma seit fünfzehn Jahren tot, mein Vater seit acht. Trotzdem habe ich das Gefühl, es sei nicht abgeschlossen, sondern im Gegenteil schrecklich unfertig. Als seien die überlieferten oder hier und da aufgeschnappten Bruchstücke lauter verworrene Anfänge, rotierende Puzzleteile, nie zur Ruhe zu bringen. Vier Großeltern, dazu die toten Kurzmanns, Herr Scholl, Frau Paul. Mit jedem Alten und seinen Erinnerungen kommen mehr Bilder hinzu, mit jedem, der seine Geschichten mit ins Grab nimmt, werden sie unversöhnlicher. Ohne Körper, ohne Münder und Ohren geistern die Erinnerungsfetzen herum, auf immer verloren, Zombies, Untote im Nebel des Grauens.

Ich stolpere nach Hause. Frau Paul, die, solange sie in ihrem Haus wohnte, am liebsten von Katzen, Kindern und Blumen erzählt hat, spricht im Altersheim von Öfen und Knackern. Von ihrer Bedürftigkeit habe ich nichts bemerkt. Sie hat sich vor mir versteckt, wie ich mich vor ihr versteckt habe, hat getan, als ginge es ihr gut, als wäre sie heiter, ein Alterswunder, und hat in Wirklichkeit vergessen zu essen. Scholl hat ihr Mittagessen gebracht, nicht ich. Jetzt ist sie weg und kommt nicht wieder, von den Kindern ins Heim geschafft, an dem Tag, an dem ich mich heimlich um die Ecke stahl, um nicht mit ihr reden zu müssen. Im Heim ganz fidel, das Haus bald weg.

Vielleicht ist die Zeit hier doch keine Schnecke, sondern wacht auf, reckt und streckt sich und bläht sich auf zu einem Monstrum, einem speienden Drachen, macht ein kleines Beben, pustet ein paar hinfort, verschluckt dies und das, kommt dann mit Bagger und Kran und reißt sie ab, die olle Handarbeit. Bindet sich einen Schlips um den schleimigen Hals und wird zu einem rückgratlosen Riesen mit grapschigen Fühlern, der, ehe man sich versieht, seine Glibberfäden über all die verschlafenen Straßen gezogen hat. Vielleicht kann man auch vierstöckig bauen, zwei Doppelhäuser, und ein paar Millionen kassieren?

Den Kuchen werfe ich auf die Küchenablage. Für den ist es zu spät, den kann ich jetzt selber essen. Ich lege mich ins Bett. Lass die Menschen sich die Haare orange färben, Schnäppchen machen, zur Maniküre gehen, Strasssteintops tragen und unter Plastikpalmen sitzen. Vielleicht haben sie alle recht. Ich bin meines Unfriedens müde, ich möchte schlafen, nur noch schlafen.

Ich stehe wieder auf, um das Telefonkabel aus der Wand zu ziehen. Möchte keinesfalls gestört werden. Dann stehe ich nochmals auf und schließe das Fenster, weil mir die Vögel zu laut sind. Penetrante Frühabendamseln. Aber ich schlafe nicht ein, werde im Gegenteil immer wacher. Schließlich steht Frau Pauls Kater vor meinem Fenster und kratzt an der Scheibe. Ich stehe also ein drittes Mal auf, gehe zum Kühlschrank und gebe dem Tier auf der Terrasse noch eine Scheibe Kochschinken.

Kein Wunder, dass es zu mir kommt, es ist seit einer Woche verwaist.

Jetzt bin ich hellwach. Ich beschließe, mir einen Kaffee zu kochen, weil mir einfällt, wie sehr ich mich im Zenter plötzlich nach Kaffee gesehnt habe. Oder weil man nun einmal irgendetwas tun muss, wenn man nicht schläft. Ich hole das Espressokännchen aus dem Schrank, fülle es mit Pulver, setze es auf den Herd, sauge den Duft ein, bevor ich die Dose mit dem Pulver wieder zuschraube. Dessen ungeachtet wächst die Verzweiflung. Meine Gesten werden langsamer, ich stehe da mit dem leeren Kaffeelöffel in der Hand, habe plötzlich keine Lust mehr, mich zu bewegen. Werde bleischwer und verspüre keinen Willen, dem etwas entgegenzusetzen. Trotte wie eine Hypnotisierte aus der Küche, falle aufs Bett.

An der Schlafzimmerwand hängt eine Aktaufnahme, noch vom Vorbesitzer. Eine unbekannte Nackte stützt sich mit den Händen gegen einen Baumstamm, ihr Kopf ist leicht in den Nacken gelegt, was den Busen zur Geltung bringt. Es sieht aber nicht so aus, als wäre das ihre Absicht, nicht einmal, als wäre sie sich dessen bewusst. Denn die Frau blickt zärtlich, bewundernd, voller Freude in eine für den Betrachter unsichtbare Baumkrone. Vielleicht hatte es eine erotische Aufnahme werden sollen. Es ist vor allem die Aufnahme eines guten Moments geworden. Lange vorbei. Wer immer er war, dieser mit Liebe gefüllte Körper, jetzt ist er alt, runzlig, schlaff oder Wurmfraß. Falls das Bild Margarete zeigt, bereits Staub. Und doch gab es jenen Augenblick. Das Glück, in eine Baumkrone zu blicken, und wann immer ich hinsehe, hängt dieses Glück dort, gegenüber von meinem Bett. Sogar, wenn ich nicht hinsehe.

Die Hände der Frau liegen zärtlich auf der Baumrinde. Ich selbst liege da, mit meinem noch jungen, noch schönen Körper, den ich einem anderen noch jungen, noch schönen Körper kürzlich entzogen habe, liege da, völlig allein und verstehe die Welt nicht mehr. Mein Kopf platzt fast, von der Kehle abwärts fühle ich mich wie aus Stein. Soll ich mir irgendetwas zwischen die Beine schieben, um zu spüren, dass es mich noch gibt? Ich lege die Hand auf meine Scham. Mit Schrecken stelle ich fest, dass ich sofort an Olaf denke. Nehme die Hand schnell weg.

Meine Instinkte schwächeln seit Wochen. Ich fürchte, das ist ein schlimmes Zeichen. Vielleicht sehne ich mich auch viel zu sehr danach, in die Arme genommen zu werden. Sich eine Umarmung vorzumachen ist um einiges schwieriger, als schnellen Geschlechtsverkehr zu simulieren. Ich könnte mich nackt an einen Baum in den Garten stellen, meine Arme um ihn legen und ein Foto mit Selbstauslöser schießen.

Irgendetwas habe ich falsch gemacht. Wahrscheinlich alles. Fühle mich alt und schwach, geradezu gebrechlich, ich bin sicher, dass Frau Paul sich nie in ihrem Leben so alt gefühlt hat. Vielleicht ist es Zeit aufzugeben. Wäre es nicht leicht? Die Augen schließen, für immer, mich hineinfallen lassen in dieses samtschwarze Meer, es in die Poren lassen, bis es den Körper ausfüllt, jede Ader, sinken bis auf den Grund, wo Ruhe ist und alles sein Ende findet. Im Geiste wäge ich die Schärfe verschiedener Küchenmesser ab.

Nebenan zischt die Espressokanne, zischt schon seit geraumer Zeit. Mit einem Mal steigt mir ein verbrannter Geruch in die Nase. Erst dieser Geruch reißt mich hoch. Ich renne in die Küche, viel zu spät, der Kaffee ist nicht nur verdunstet, er ist verkohlt, der Dichtungsring durchgeschmort. Schnell will ich die Kanne in die Spüle stellen, natürlich verbrenne ich mir dabei die Finger und zerbreche ein Trinkglas. Jetzt also kaputte Espressokanne auf Glasscherben in meiner Spüle, ich drehe den Wasserhahn auf, es gibt einen Knall, vor Schreck schürfe ich mir die Hand an einer Scherbe auf, Blut tropft auf die Espressokanne. Ich mache kehrt, knalle die Tür zu und werfe mich in meine Kissen. Sauge an meinem Finger. Samtschwarz sehe ich vor meinem inneren Auge den durchgeschmorten Dichtungsring.

Zeit verrinnt.

Der Kater sitzt auf der Fensterbank und starrt mich durch die Scheibe an. Ich sollte Katzenfutter kaufen. Gleich morgen. Und den verdammten Schwangerschaftstest nicht vergessen. Den Schwangerschaftstest als Erstes kaufen.

Fühle ich mich, als wäre etwas in mir drin? Ich stehe auf, gehe ins Wohnzimmer und stecke das Telefonkabel wieder ein. Es wäre mir lieb, wenn jemand anrufen würde, egal wer, nur, um eine Stimme zu hören und um auszuprobieren, ob meine noch klingt. Klingt sie noch?

Ich nehme den Hörer in die Hand und fange an mit dem Telefon zu reden: Olaf, kannst du mir bitte sagen, warum ich hier bin und du nicht und ich allein, obwohl möglicherweise schwanger, und zwar aller Wahrscheinlichkeit nach von dir? Der Makler war ein Lackaffe, ein Blender, ein völliger Fehlgriff, seine Anziehung auf mich hat keine zwei Stunden gedauert. Ich habe, als ich aus der Tür war, sofort seine Nummer gelöscht, sogar seinen Vornamen habe ich aus meinem Hirn gelöscht, ich –

Plötzlich kommt nur noch ein stummer Schrei aus meiner Kehle. Erschrocken lasse ich den Hörer sinken.

Ich habe nie das Beten gelernt. Das Telefon schweigt. Mein Herz schlägt gegen meine Rippen, als wäre mein Brustkasten sein Knast. Hämmert so stark, dass ich von außen gegendrücke, damit es nicht rausspringen kann.

Der Makler hatte dichtes drahtiges Haar, es fühlte sich an wie Schaffell, das war schön. Ansonsten erinnere ich mich hauptsächlich daran, dass sein Parfum nicht gut roch. Mir fiel ein Stein vom Herzen, als die Tür zwischen ihm und mir ins Schloss schnappte. Ich fühlte mich frei und erleichtert. Ein Unfall, kurz nach der Trennung. Oder ein Test?

Ich musste anscheinend ausprobieren, ob der Zauber, der sich zwischen Olafs Körper und meinem abgespielt hatte, bis zum Schluss, ob dieser Zauber wirklich zwischen uns stattfand oder vielleicht doch nur in mir. Wollte testen, ob Olaf ersetzbar ist, und habe für diesen niedrigen Wunsch gleich die Rechnung gekriegt, denn mit dem Makler spielte sich, obwohl man es erst hätte meinen können, überhaupt kein Zauber ab, nicht im Geringsten, außer, dass wie durch faulen Zauber das Kondom riss. Doppelter Unfall. Ich könnte nicht sagen, welche Augenfarbe der Kerl hatte. Und trage möglicherweise ein Kind von ihm in mir.

Ich kauere mich hin und warte darauf, dass die Zeit mich tröstet. Der Makler hieß Klaus, leider fällt mir das wieder ein. Ich schlage mit den Fäusten auf das Bett und schluchze. Schluchze »Mama« in mein Kissen. Die Einsamkeit macht mich zum Idioten.

Oder die Hormone?

Gesetzt den Fall, da wäre jemand in mir drin, ein Jemand, der wächst und wächst und irgendwann herauskommt. Aus mir heraus in mein Leben hinein. Ein eigener, brandneuer Mensch, der in absehbarer Zeit ebenfalls »Mama« schreien, aber dabei mich meinen wird? Kaum fassbar.

Wenn der Schlüssel zum Glück wäre, etwas für andere zu tun oder gebraucht zu werden, wäre ein Kind zweifellos die einfachste Möglichkeit. Die unoriginellste, die biologische Lösung. Eine Handvoll Kinder bekommen? Das Gleiche tun wie zahllose ratlose Frauen vor mir? Endlich aufgeben, etwas Besonderes zu sein. Die weibliche Funktion annehmen. Eine Aufgabe haben, zu guter Letzt. Meinem eigenen Glück nicht länger im Weg stehen. Mich als biologisches Bauteil begreifen, eines unter Milliarden, endlich ein Muttertier.

Bei dieser Vorstellung schüttelt es mich vor Widerwillen. Soll ich ein hilfloses Wesen, das ich wahrscheinlich schon aus biologischen Gründen lieben müsste, ungefragt in die Welt hineinwerfen und es den Gegebenheiten aussetzen, mit denen ich selbst nicht zurechtkomme, nur, um in eben diesen Gegebenheiten nicht mehr so zum Fürchten allein zu sein? Ich sehe ein, dass Kinder geboren werden müssen, damit das Leben weitergeht. Gleichzeitig begreife ich nicht, wie Frauen es fertigbringen, guten Gewissens Menschen in die Welt zu setzen.

Vorsorglich gehe ich ins Bad, wo die Waschmaschine steht, und hebe sie an. Schaffe es kaum, so soll es sein. Bei Schwangerschaft auf keinen Fall schwer heben. Wenn ich nun Blutungen bekomme, weiß ich Bescheid.

Ich denke an Frau Paul mit ihren fünf Kindern in drei politischen Systemen. Aus irgendeinem Grund fange ich an zu weinen. Dann putze ich mir die Zähne und lege ich mich ins Bett. Vergrabe mich unter der Decke.

Liege wach.

Heule noch mal.

Denke nach.

Dämmere ein.

Einen Tag gelebt, überlebt. Herumgebracht, umgebracht? Jetzt, heute, dieser Tag meiner Lebenszeit – weg.

MAI

Ich liege im Bett. Morgengrauen. Vögel singen. Die Amsel. Meisen. Ein unbekannter Vogel, wehmütig pfeifend. Fremdländisch. Ausgebrochen, entflogen? Vielleicht friert er.

Schlafe ich? Es brodelt Unruhe in mir, nagende, ätzende, unerbittliche Unruhe. Von innen drückt sie mir gegen alle Wände. Erwartung, Hoffnung, Angst? Als könne nichts so weitergehen, jedenfalls nicht mit mir, als könne es nicht so weitergehen mit diesem Bungalow im spitzen Winkel, mit mir und der Welt, jedenfalls nicht, solange ich darin und ich bin. Ich sehe Flammen, eine Feuersbrunst, prasselnd und knackend. Ich erkenne die Straße, in der ich gelebt habe. Gierig züngeln die Flammen um Häuser, Autos, Plakatwände, sie sind wild und geschmeidig wie Luft, sind nichts als heiße Luft, sie umschlingen alles und verleiben es sich ein, verwandeln es in Asche und Gas, Rußteile fliegen in den Himmel, der Rauch leuchtet rot, es kracht und rauscht und sirrt und faucht, es ist wunderschön.

Es ist, als wolle jemand Feuer legen an diese Welt, jemand in mir, jemand, der vielleicht ich bin, obwohl ich sicherlich die Erste wäre, die beim Anblick eines Brandes laut schriee und gerannt käme, um zu löschen, ist doch alles so hübsch hier, soll doch nicht kaputtgehen, und Schmerzen kann ich nicht mit ansehen, da dreht sich mir der Magen um. Ich mit dem Gartenschlauch gegen die Flammen, die Frau mit dem Feuerlöscher für die heile Welt. Die mit dem Wasserwerfer gegen die Brandstifter?

Ich renne mit einer Gießkanne, mit der gelben Fünfliterkanne aus meinem Garten, zwischen den Flammen hin und her, lösche, lösche jedes Mal ein paar Zentimeter, für einige Sekunden verwandeln sie sich in schwarzen Moder. Ich renne, schleppe keuchend meine Kanne, während der Wind, immenser Blasebalg des Himmels, mir mit gleichmütiger Wucht die Flammen entgegentreibt, immer wieder, immer weiter. Er lässt sich nicht einmal dazu herab, mich auszulachen.

Schlafe ich noch? Gezwitscher vor meinem Fenster, kleine, flinke Dinger huschen durch das weiß eingerahmte Gemälde aus Grün, piepen und trillern durcheinander, völlig unbeschwert.

Ich drehe mich um und blinzele.

Vom Schrank her weht es mich an. Die Schranktür zittert, pulsiert. Das Haus, voller Leben. Alte Möbel, Töpfe, Vasen. Ordner mit Gasrechnungen, Stromrechnungen im fremden Schreibtisch, fremde Dreckkrusten in Ritzen, Ecken, hinter Leisten, fremder Staub. Im Flur die Pantoffeln des Vorbesitzers, Reste eines Toten. Wir sind in unhygienische Verhältnisse geworfen, nichts geht je vorbei. Der Keller voll mit Würfelzucker, Konserven und Tütensuppen, sozialistische Vorratswirtschaft.

Vom Schrank her pulsiert es. Schwankt der Schrank? Nichts geht je vorbei, kein Mensch, kein Ding kann in diesem Leben Integrität bewahren, sein, was es ist, für sich. Alles muss, ob es mag oder nicht, mit allem zusammenhängen, ein Bruchstück Geschichte sein, die Schrankwand hat ihren Teil abbekommen.

Der Raum wirkt wie ein Hotelzimmer vor fünfzig Jahren, Nussbaum massiv, maßgeschneidert und aus einem Guss, Einbaumobiliar, kann heute kein Mensch mehr bezahlen, mit integriertem Schminktisch. Vorbei auch die Zeit der Schminktische. Zwar bemalt sich heute jeder, aber niemand setzt sich mehr dabei, man macht es stehend im Bad. Unhygienische Verhältnisse. Meine Augenlider wie Blei.

Auf dem Schminktisch Puderpartikel. Puderpartikel atmen, die einer Toten vor dreißig Jahren von der Wange gefallen sind. Mich zusammenreißen. Zum Bett gehen, zu diesem Bett, das bezogen ist, bezogen noch vom Vorbesitzer, auf dem Tuch Hautpartikel des kürzlich Verstorbenen. Die Decke zurückschlagen. Da liegt er, der Schlafanzug des Alten, und wartet. Wartet seit Wochen.

Wegrennen, zurücklaufen in die Küche, einen Kaffee machen, stark, mit Zucker, mit zwei Stücken dreißig Jahre altem Würfelzucker.

Das ist doch vorbei! Ich habe doch alles weggeschmissen! Die Pantoffeln, die Leibwäsche, verkrustete Töpfe, alte Farbe, in den Müll, Sperrmüll, Sondermüll, Kleidercontainer! Warum –

Ich träume. Ich will diesen Traum nicht weiterträumen. Mein Körper eine Marmorskulptur, liegend auf dem eigenen Sargdeckel. Mich loseisen von diesem Traum, mich aufrichten, mir Leben einhauchen! Ich sinke zurück.

Zurückkehren zum wartenden Schlafanzug, mit dem festen Vorsatz, alles ohne Zögern zu entsorgen. Sperrmüll, Hausmüll, Container, Altpapier. Ohne zu denken, sich auf das Denken gar nicht erst einlassen.

Im Zimmer die Abendsonne. Der Schminktisch im goldenen Lichtquadrat. Mich setzen. In Margaretes Spiegel mein Gesicht, nicht bleich wie sonst, es glüht vom Sonnenuntergang. Fremd, erstaunt, der Spiegel, die Sonne, sie erkennen mich nicht. Durchatmen. Aufstehen. Die Schranktür öffnen, mit entschiedener Geste, sie klemmt, mit einem Ruck, jetzt.

Haar! Seidiges Haar quillt heraus, kommt mir entgegen, fließt über meine Hände, meine Arme, fällt zu Boden – Jack the Ripper, Tatort, Lustmord, Massen an rotblondem Haar, Holocaust, Massenmord, ich schreie.

Es sind nur Perücken. Glänzen golden im Abendlicht. Friedlich. Durchatmen. Perücken von Margarete Kurzmann. Dein goldenes Haar, Margarete. Mich zusammennehmen, sie anfassen. Zählen? Ich zähle siebzehn Stück.

Siebzehn Produkte der Planwirtschaft. Die Frau wollte sicherstellen, bis zu ihrem Ende gleiche Haare haben zu können, rotblond, schulterlang. Was, wenn im nächsten Fünfjahresplan nur noch schwarze Perücken vorgesehen wären oder kurzhaarige? Davor hat sie Angst, sorgt vor. Dann erkrankt sie und stirbt viel früher, als sie gedacht hätte, und der Witwer bleibt zurück mit ihrem Haar. Mit siebzehn unbenutzten Perücken. Bewahrt sie auf bis zu seinem Ende. Weil man nie weiß? Weil es schade drum wäre?

Er bringt es einfach nicht fertig, sie wegzuschmeißen. Hat es einmal versucht, hat den Schrank geöffnet. Wie es ihm da entgegenquoll, wie sie sich auf seine Hände legten, ihm über den Körper rieselten, die weichen Haare der Toten! Er hat die Tür zugeworfen, mit einem Schlag, nicht der Entschiedenheit, sondern der Verzweiflung, der trockenen Verzweiflung der alleingelassenen Hälfte, für die es keinen Trost und keine Gnade gibt. Ist in die Küche gegangen, seine Tränen hatte er alle schon verbraucht, und hat einen starken Kaffee getrunken. Kaffeeersatz. Mit Würfelzucker. Die Tür, den Schrank nie wieder angerührt.

Schlafe ich? Pfeift der fremde Vogel vor meinem Fenster, voller Wehmut?

Unter meinem Bett ruft es, der Schlafanzug ruft seinen Besitzer, einen Toten: Komm endlich, komm schlafen, seit wie vielen Tagen hast du kein Bett gesehen, Kurt Kurzmann, in deinem Alter, nu komm!

Ich träume. Ich habe doch alles weggeschmissen! Und wie schwer es war, was für eine Überwindung, Dinge wegzuschmeißen, die mir nie gehörten. Aber schließlich konnte ich nicht mit wartenden Pantoffeln und einem rufenden Schlafanzug leben. Ist doch alles längst fortgeschafft, zu Lumpen zerhäckselt, verrottet, verbrannt! Oder habe ich das geträumt?

Mein Atem so schwer wie die Lider. Blinzele ich? Der Schrank, in dem zwischen meiner Wäsche der Schatten von siebzehn rotblonden Perücken haust, pocht wie ein Herz.

Ich will aufwachen! Mein Blut pocht, voller Unruhe, mein Herz macht einen Sprung, mein Körper kommt zu mir, ich schlafe nicht mehr, schlafe jetzt gewiss nicht mehr, mir ist heiß, meine Augen sind offen, der Schrank steht felsenfest. Wie gut. Es ist 7 Uhr 44, sagt mein Wecker. Meine Zeit läuft, aber sie ist nicht durchgedreht. 7 Uhr 45. Springt zwar um, die Zeit, aber ganz solide, man kann es an den Sekunden voraussehen. Sie ist berechenbar, sicher. Ich seufze erleichtert und lege meinen Kopf zurück auf das weiche Kissen. Dann fällt mir alles wieder ein. Ich bin schwanger. Seit zehn Wochen schon. Bleiben zwei für die Entscheidung.

Mein Gesicht ist feucht, Haar klebt mir an den Wangen. Mein blassblondes Haar. Nassgeschwitzt? Hormone? Zusammenreißen. Die Amsel singt. Kein fremdländischer Vogel. Aufstehen. Barfuß ins Bad, die kühlen Kacheln angenehm unter den Ballen. Im Spiegel ein müdes Gesicht. Immerhin runder und weniger käsig als die Jahre zuvor. Hormone und Gartenarbeit.

Ich habe Rosen gepflanzt und Vergissmeinnicht und Salbei und Rosmarin. Beinahe wäre alles vertrocknet, weil im April kaum Regen fiel. Ich musste täglich gießen. Nach Sonnenuntergang, wie es im Ratgeber steht, damit das Wasser nicht gleich verdunstet. Jetzt ist schon Mai, und es hat noch immer nicht richtig geregnet. Ein Anfall von Übelkeit überkommt mich, wie jeden Morgen, ich lasse kaltes Wasser über Hände und Gesicht laufen, eine ganze Weile, endlich wird mir besser.

In der Küche ein Toast, ein Glas Wasser. Ich bin noch im Hemd, die Sonne scheint herein, es ist warm. Wie wohltuend, allein zu sein! Eine Tasse Kaffee, ungefiltert, Olaf fände ihn abscheulich. In der Tasse bleibt schwarzbrauner Bodensatz zurück. Wer daraus lesen könnte!

Der Kater kratzt an der Fensterscheibe. Das Geräusch ist schauerlich, aber ich kenne es schon, es schreckt mich nicht mehr. Ich öffne die Terrassentür und fülle die Futterschale, während der Kater seine Nase an meinem Bein reibt. Wir sind ein eingespieltes Team. Den Napf habe ich vor sechs Wochen im Zenter gekauft, zusammen mit dem Schwangerschaftstest. Seit dem Tag habe ich mich jede Stunde zwanzig Mal gefragt, ob ich ein Kind austragen kann und will. Mal war die Antwort eindeutig ja, mal eindeutig nein, und ab und zu war ich hin und her gerissen.

Ich stehe im Hemd in der lauen Morgenluft und schaue zu, wie der Kater seine braunen Bröckchen hinunterschlingt. Anschließend leckt er sich genüsslich die Lefzen und springt auf meinen Gartentisch aus weißem Plastik. Wälzt sich auf den Rücken, streckt alle viere von sich, lässt sich die Morgensonne auf den Bauchpelz scheinen und schläft ein. Sein Kopf liegt zwischen den lang ausgestreckten Vorderbeinen, die kleine rosa Zunge lugt aus dem geöffneten Maul. Eine solche Position hätte ich bei einer Katze nie für möglich gehalten. Ich definiere mein Lebensziel neu, ab heute werde ich daran arbeiten, den Entspannungsgrad dieses Tieres zu erreichen.

Mit einem Säureschwall in der Magengrube kommt mir mein Termin in den Sinn. In einer halben Stunde, mein Beratungsgespräch zum Schwangerschaftsabbruch. Damit ich mir den Schein abholen kann, wenn ich ihn mir denn abholen will, nach drei Werktagen Bedenkzeit. Mein Fall ist keine Ausnahme, so was kommt ständig vor, dafür gibt es Anlaufstellen und verwaltende Institutionen und ein gesetzlich festgeschriebenes Regelwerk. Die Entscheidung muss man trotzdem selbst treffen. Das heißt ich, allein und eigenständig. Drei Tage Bedenkzeit. Ohne Vater. Ich gewöhne mich daran, dass es auf den Vater nicht ankommt. Nicht an Olaf denken. Olaf ist nicht da, zudem möglicherweise nicht einmal der Vater. Meldet sich auch nicht. Also, eine Entscheidung treffen innerhalb der gesetzlichen Frist. Bloß nicht schleifen lassen. Wo lernt man Entscheidungen dieses Kalibers zu fällen, in der Schule, auf der Uni? Was habe ich verschlafen?

Mittlerweile bin ich spät dran. Nun muss ich eine

Station mit der S-Bahn fahren, obwohl ich lieber zu Fuß durch den Park gehen würde. Je weniger Termine ich habe, desto schlechter gelingt es mir, sie einzuhalten. Vor der Haustür empfängt mich Rosenduft, der Duft meiner eigenhändig gepflanzten Büsche. Gestern waren die Knospen noch geschlossen, jetzt lauter rosa Rüschen. Da ich ohnehin mit der Bahn fahren muss, nehme ich mir eine Minute Zeit, sie zu betrachten. Zwei, drei Minuten sind auch in Ordnung. Es ist heiß in der Sonne, selbst am Morgen schon, viel zu heiß für Mitte Mai. Man sollte spazieren gehen, durch Felder streifen oder in einen See springen. Stattdessen zur Beratungsstelle.

Durch das Gewerbegebiet zur Bahnstation, vorbei an einem Dutzend identischer Sechsgeschosser im Niemandsland. Relikt der siebziger Jahre? Verwaltung sucht Raum? Einige der Bürogebäude sind verlassen, haben Schimmel und Schwamm und eingeschlagene Scheiben, andere halten sich tapfer. Wird darin noch gearbeitet? Zwar habe ich dort nie Menschen gesehen, doch ab und zu brennt Licht. Auf der anderen Seite liegen die Flachbauten mit Wellblechdach, Lackambulanz, PC-Doktor, Teppichland. Reifendiscount, Bettenlager und Video World. Alles für die Leute von heute. Früher, hat Frau Paul erzählt, gab es dort eine Kneipe. Es ist keine Seele zu sehen, wenn sich etwas bewegt, ist es ein PKW. An den wenigen Stellen, wo kein Asphalt ist, wuchert gelbliches Gras.

Auf dem schmuddeligen Wiesenstück vor dem Jobcenter, das man zur Abschreckung in diese Gegend gelegt hat, lässt das Unkraut seine Köpfe hängen, die Büsche sind vertrocknet. In dem Sechsstöcker, den man nie als Behörde erkennen würde, sitzen unterdessen die

Bürokraten unter ihren Energiesparlampen und verwalten die Arbeit. Sparen, wo sie können, lange schon, anfangs, um sich in ihrem Job zu profilieren, weiterzukommen, irgendwann ging es nur noch darum, ihn zu behalten. Jedem Bürger ein ordentlicher Ordner mit den bürgerlichen Fakten in einem ordentlichen Fach, so haben sie angefangen. Heute pro Kopf nur ein Nanometer auf einer enormen lichtlosen Festplatte. Nach und nach spart man nun die Bürokraten ein, ihre Büros und sogar die Energiesparlampen, bis sie selbst Problemfälle aus Einsen und Nullen auf der platzsparenden Festplatte sind.

In der Bahn ist es stickig. Vor meinem Fenster rauschen die neuen Townhouses vorbei, die man auf das Areal des alten Schlachthofes gebaut hat. Das Fleisch kommt heute aus der Fabrik, vom Fließband, von weit her, man weiß es nicht genau. Ein, zwei historische Gebäude wurden erhalten, ansonsten hat man die obligatorische Shoppingmall hingebaut und langgestreckte Riegel Reihenhäuser für kreditwürdige Leistungsträger.

Diese Art Viertel ist überall auf der Welt gleich, man könnte Verfolgungswahn davon kriegen. Vierhundert Boxen mit dreieinhalb Zimmern für Zweieinhalbpersonenhaushalte, brav in Reih und Glied. Vor jeder Box ein Zwanzigquadratmetergarten, da passt ein Einquadratmetersandkasten aus dem Baumarkt rein, ein Buchsbaum, fünf Tulpen und zwei Liegestühle. Heimat für anderthalb Arbeitsplätze, zwei PKW, drei Mobiltelefone und modischen Vierbeiner. Mitten in der Stadt. Mit Grün. Mit S-Bahn-Anschluss, Einkaufsmöglichkeiten gleich vor der Tür. Mäc-Geiz und Möbelparadies für die absteigende Mittelschicht, parken kein Problem.

Kurz vor dem nächsten Halt taucht der Baumarkt auf, davor ein riesiger Parkplatz. Der Zug verlangsamt schon sein Tempo, ich lasse meinen Blick über die Weite der Fläche schweifen, über das Heer künstlicher Käfer mit schillernden Panzern, eine Steppe aus Blechrücken. In der Ferne ragen Wohnburgen auf wie ein Gebirge, Landschaft im 21. Jahrhundert. Der Himmel ist übersät mit Wattewolken.

Ich möchte fliegen, über die blecherne Steppe hinweg, und nicht auf der anderen Seite ankommen, sondern in den echten Bergen. Im Himalaya, wo es Täler gibt statt Häuserschluchten und Flüsse statt Straßen? Zurück zur Natur? Mich auf eine der auf dem Globus immer kleiner werdenden Inseln der Ursprünglichkeit zurückziehen? Ins finstere Tal? In den letzten Regenwald? Mich von einem der letzten Tiger fressen lassen, von einem der letzten Elefanten zertrampeln?

Ich drängele mich aus der Bahn. Eigentlich wollte ich über meinen Termin nachdenken. Mich konzentrieren. Ich laufe hinter einem Rudel Graugekleideter die Treppe hinunter, dann zur Ampel. Anzüge, Kostümchen in den Tarnfarben der Moderne, Mittelgrau und Anthrazit, ein senffarbener Blazer dazwischen wirkt gewagt. Angestellte auf dem Weg zum Job. Ich in rotem T-Shirt, Jeans und kaputten Sandalen.

Sind nicht einmal alt, die Sandalen, vom letzten Jahr. Ein Konsumprodukt, zum Wegwerfen. Ich fühle mich schäbig. Vergleiche Schuhe, Hosen, Haare, mich mit den Umstehenden. Bei genauerem Hinsehen erweisen sich die Absätze der schicken Stiefeletten der Frau vor mir als abgelaufen, man sieht schon den Plastikkern. Das Leder ist auf den Innenseiten der Hacken abgewetzt, und die Naht am Reißverschluss wird nicht mehr lange halten. Die Nähte ihrer engen Hose spannen sich über Oberschenkeln und Po, darunter drücken sich die Nähte der Unterwäsche ins weiche Fleisch. Die Hosenbeine des Mannes daneben glänzen speckig in der Sonne, Polyacryl, die Ränder seines Jacketts sind an den Ärmeln abgestoßen. Dies ist keine reiche Gegend. Der Unterschied zu meinen Sandalen ist ein stilistischer, zum Wegwerfen ist alles.

Ich schlage dieselbe Richtung ein wie die Tarnfarben, bleibe bei Rot stehen und warte auf Grün. Versuche, mich auf meinen Termin vorzubereiten, rede in meinem Kopf vor mich hin. Ich bin sicher, die anderen reden auch in ihren Köpfen.

Der Mann in dem Billiganzug hat nur ein Murmeln im Kopf, wirr und leise. Er ist in meinem Alter, wächsern seine Haut, müde seine Glieder. Durch die Brille wirken seine Augen riesig, glanzlose Insektenaugen. Der ganze Mann, eine vor Kälte steife Fliege. Sein Unterkiefer hängt, die vollen Lippen sind ein wenig geöffnet, im Mundwinkel glänzt Speichel. Er hat die Nacht noch in den Knochen und keine Lust aufs Büro. Hat sich Pornos reingezogen bis morgens um drei, konnte kein Ende finden, weil Pornos nicht müde werden, und keinen Frieden, weil ohne einen anderen Körper kein Frieden zu finden ist. Hat schon viel zu lange keine Frau mehr angefasst und ist darüber frühzeitig matt geworden und grau und halb blind. Wenn die Ampel nicht gleich umspringt, legt er sich auf das Pflaster für ein Nickerchen und träumt vom Kuscheln.

Die Dame mit den abgelaufenen Absätzen hingegen wippt ruhelos in ihren Schuhen. Es quasselt in ihr.

Plauscht und quatscht wie ein Wildbach. Mit der aktuell besten Freundin über die beste Freundin vom letzten Jahr. Mit der alten Kollegin über die neue Kollegin, die von den männlichen Kollegen hübsch gefunden wird, obwohl sie eindeutig zu viel wiegt und ihre Haare garantiert nicht naturblond sind. Gestern hatte die Neue eine Laufmasche im Strumpf. Darüber musste die Dame schrecklich lachen und hat das Lachen rücksichtsvoll unterdrückt. Hat sich andererseits jedoch davor gedrückt, es der Neuen zu sagen, und war das nun aus Bosheit, damit die Kollegin bis zum Abend vor aller Augen mit der lächerlichen Laufmasche herumliefe, oder befürchtete sie nur, die Neue könne die gutgemeinte Information in den falschen Hals kriegen?

Bevor sie diese selbstkritische Frage abschließend löst, kommt sie über den aktuellen Mid Season Sale auf die neue Handtasche der Busenfreundin. Die Busenfreundin findet sie zeitlos klassisch, sie selbst todlangweilig, aber das würde sie ihr nie sagen. Der langjährigen Kollegin vom Vertrieb hingegen kann sie dergleichen durchaus mitteilen, vielleicht heute in der Kantine. Die Dame feilt in ihrem Kopf ein paar spitze Sätze über Geschmacksverirrungen zurecht und freut sich auf die Mittagspause. Während sie der neuerdings rothaarigen Kollegin diese Sätze zum Besten geben wird, wird sie beiläufig deren vom Färben ganz dünn gewordenen Haare betrachten und sich fragen, ob da noch eine Kur helfen kann. Eine gewöhnliche Kur sicher nicht, aber vielleicht eine Spezialkur? Diese Gedanken kann sie der Kollegin gegenüber natürlich nicht aussprechen, die spart sie sich für das abendliche Telefonat mit ihrer Busenfreundin auf. Mit der kann sie nicht nur über kaputte Haare, sondern auch über kaputte Lieben reden, endlich, denn ihre letzten drei Lover gehen ihr gar nicht mehr aus dem Kopf. Der vom letzten Herbst, dem sie nach den kuscheligen Weihnachtstagen den Laufpass gegeben hat, weil er einfach zu kuschelig war, zu lieb und nett, wie sie im Januar dachte, was sie inzwischen allerdings kritisch hinterfragt.

Bevor sie in dieser heiklen Angelegenheit zu einem endgültigen Schluss kommt, wandern ihre Gedanken weiter zum Lover vom Frühjahr. Der war ein völliger Fehlgriff, unzuverlässig wie der April. Zwar sehr gutaussehend, mehrere Freundinnen haben sie beneidet, auch ausreichend leidenschaftlich, nur leider ein Arschloch. Nach seiner Abschieds-SMS hat sie drei Tage lang geheult, nicht mal ins Kino gehen mochte sie. Zum Glück traf sie eine Woche später auf einer After Work Party ihren aktuellen Lover, und der aktuelle Lover scheint kein Fehlgriff zu sein. Doch auch das bereitet ihr Kopfschmerzen, oder gerade das, denn sie spürt, dass sie anhänglich wird und der Lover irgendwie besitzergreifend, und wenn man anhänglich oder besitzergreifend wird, ist der Spaß bald vorbei.

Bevor sie dazu kommt, diesen Gedankengang selbstkritisch zu hinterfragen, denkt sie schnell an etwas anderes, an die aktuelle Dessous-Kollektion ihrer Lieblingsmarke. Die bereitet ihr zwar auch Kopfschmerzen, aber ungleich weniger, nämlich weil sie so schön ist, jedoch viel zu teuer. Hier gibt es allerdings Hoffnung, und die kann ihr keiner nehmen, die Hoffnung auf den Sommerschlussverkauf, der ja immer schon beginnt, wenn der Sommer gerade erst anfängt, also bald. Sie hat einiges vor, pinke Punkte, lila Blüten und orangefarbene Spitze. Für klassisch zeitlos ist noch jede Menge Zeit. Sollte sie mal fremdgehen in der orangefarbenen Spitze, nur so zur Sicherheit?

Der Einfall kommt ihr sehr klug vor, ein Lächeln umspielt ihre Mundwinkel, sie denkt an den lachsroten Satin, den sie unter dem Businesslook trägt, und wippt energischer. Millimeter um Millimeter stoßen sich ihre Absätze ab. Selbst teurere Stiefeletten würden dieses Wippen nicht lange aushalten.

Neben sie stellt sich eine andere Dame in gelbem Kostüm. Dezent gelb, dennoch mutig, da immerhin nicht grau. Sie hat weiße Schläfen und eine edle Nase, kurz schweift ihr Blick über die Umstehenden. Sie schürzt die Lippen und zieht die Augenbrauen hoch, dann ist sie ganz bei sich. Sie ist ihrer Ampelnachbarin um Jahrzehnte voraus, würde nie wippen, sondern steht da wie eine Eins. Sie redet mit Nachdruck in ihrem Kopf, Klartext, druckreif, ihr Hirn läuft fast so ordentlich und gut strukturiert wie ihr Computer. Schmiedet sie Karrierepläne? Nein, ihre Stirn ist in Sorgenfalten gelegt, ihre Lider zucken. Sie verteidigt sich, rechtfertigt, argumentiert, legt dar. Vor ihrem Chef? Vor den Kollegen, dem Team, dem Auftraggeber? Vor ihrem persönlichen unermüdlichen inneren Konsortium aus Anklägern. Steht wie vor einem Tribunal, mit verkrampften Schultern, eine reife Akademikerin mit Fähigkeiten und Erfahrung, ihre Hände krallen sich am Aktenköfferchen fest. Pro Minute drei graue Haare mehr auf ihrem Kopf.

So stehen wir und warten. Auf Grün, auf unsere Chance, auf die Erlösung, auf das wirkliche Leben. Wir sind ganz wir selbst, ein uniformes Rudel, in dem jeder den maximalen Abstand zum Nebenmenschen hält. Jeder mit der eigenen Stimme im Kopf, wo sie, gut weggesperrt, unablässig dabei ist, es allen recht zu machen, zu ihrem Recht zu kommen, alles richtig zu machen, und auf jeden Fall recht zu behalten. Jeder für sich. Nur ich bin nicht für mich, sondern mit Kind, mit einem unsichtbaren Kind in einem inneren Organ, das ich noch nie gesehen habe. Ist es schon ein Kind? Bin ich noch ich oder bereits etwas anderes, ein Plural, ein System, ein Mittel zum Zweck, eine temporäre Heimat, ein Haus für jemand anderen, den ich nicht kenne?

Die Ampel schaltet um. Wie das Ampelmännchen uns heißt, setzen wir alle einen Fuß vor, dann den anderen. Schauen, wen wir überholen können, ohne zu rempeln. Wer rempelt, versehentlich oder nicht, erntet böse Blicke. Gesprochen wird nicht. Wir überqueren die Fahrbahn, wer weiß wohin, in jedem Fall eilig.

Wir schlagen uns nicht die Köpfe ein. Keine Räuberbande lauert an der nächsten Ecke, um uns die Kehle aufzuschlitzen, auch kein wilder Bär. Es liegt kein leprakranker Bettler auf dem Bürgersteig, kein Krüppel und kein unterernährtes Waisenkind. Wir sind in Europa. Die Waisen sind im Waisenhaus, die Kranken im Krankenhaus, die Irren im Irrenhaus, die Asylbewerber im Asylantenheim. Die Gehwegkante ist gerade, es gibt weiße Riffelsteine für Blinde, die Schaufenster sind geputzt. Ein Traum. Gibt es bessere Bedingungen, um einem Kind das Leben zu schenken? Bezahlter Urlaub, Rente, Herzschrittmacher, Versicherungen, künstliche Darmausgänge. Muss man das nicht bewahren? Erhalten, festhalten um jeden Preis, höchstens ein wenig aufpolieren, hier und da noch etwas feilen, aber bloß nicht dran rütteln?

Die Beratungsstelle ist leicht zu finden, und ich komme

sofort dran. Nun habe ich verpasst, mir etwas zurecht-
zulegen. Stehe im Sprechzimmer, dem man versucht hat,
mit bescheidenen Mitteln eine freundliche Atmosphäre
einzuhauchen, und mein Kopf ist leer. Ich starre auf die
Poster von Picasso und Matisse, die in praktischen Wech-
selrahmen an den cremegelben Wänden hängen. Nackte
Frauen in erstarrter Opulenz, die mir nichts zu sagen
haben. Mein Anliegen?

Die Beraterin begrüßt mich mit vibratoreicher Stimme und bietet mir einen Platz an. Sie ist eine rundliche
Frau Ende vierzig mit rosigem Teint, bunter Brille und
sportlichem Kurzhaarschnitt. Einzelne lange, rotgefärb-
te Strähnen fallen ihr in Stirn und Nacken. Als ich klein
war, hatten nur Punks solche Frisuren, heute weisen sie
ihren Träger als energisch, humorvoll und flexibel aus.
Die schmalen Lippen der Dame sind kirschrot angemalt,
ihre Fingernägel pink lackiert. Irgendwie ahne ich, dass
wir aneinander vorbeireden werden.

Sie schiebt mir ein Glas Wasser mit Aprikosenge-
schmack und ohne Kalorien hin. Dann kommt sie gleich
zur Sache, mit einer Art, die sie selbst wohl als pro-
fessionell und offenherzig empfindet. Warum ich einen
Abbruch in Betracht zöge, will sie wissen. Warum? Die
Walküren mit den Superschenkeln stieren ungerührt aus
ihren Plastikrahmen, sie wüssten bestimmt besser, was
zu sagen und zu tun wäre an meiner Stelle, als echte Voll-
blutfrauen wüssten sie Bescheid. Ich war noch nie eine
richtige Frau, auch wenn ich nicht weiß, was darunter zu
verstehen ist, und erst recht nicht, was ich sonst sein sollte, wenn keine Frau. Wie soll ich mit diesen Fetzen im
Kopf jetzt vernünftig erklären, was ich auf dem Herzen
habe, diese Frage, die ich unter dem Herzen trage?

Im Übrigen kommt mir das Ganze, ehrlich gesagt, weniger vor wie ein Frauenproblem, selbst wenn es im Bauch einer Frau stattfindet, als wie ein Menschenproblem oder ein Menschheitsproblem. Die Frage der Reproduktion. Was für ein Wort, Reproduktion, ich spüre genau, dass es falsch ist, denn was wäre da zu reproduzieren, ich bestimmt nicht, und das Leben im Allgemeinen ist auf meine Gebärfreudigkeit nicht angewiesen. Das, worum es geht, ist furchterregend konkret und spezifisch und gleichzeitig so grundsätzlich, dass meine Worte herumwirbeln wie Blätter im Wind. Was ich sage, wird sofort falsch, sogar bevor ich es sage, in meinem Kopf noch, so dass ich gar nicht genau weiß, was ich sage und was nicht, und womöglich immer weniger sage. Und von Satz zu Satz weniger weiß.

Mein Gegenüber seufzt. Jaja, unterbricht die Frau mich freundlich, aber bestimmt und kommt auf das Finanzielle zu sprechen. Rechnet mir vor, wie ich Schwangerschaft und Muttersein finanzieren könnte. Legt eine Liste der staatlichen Leistungen vor mich auf den Tisch mit den Adressen und Telefonnummern der jeweiligen Behörden, wo sie zu beantragen sind, sowie eine Liste mit Stiftungen, an die ich mich für weitere Hilfe wenden könnte. Broschüren, Flyer.

Zum ersten Mal stellt sich mir das Problem der Finanzierung meines Kindes. Darüber hatte ich mir nicht die geringsten Gedanken gemacht. Ich war nicht darauf gekommen, dass die Existenz oder Nichtexistenz eines Kindes in einem derart reichen Land vom Geld abhängen könnte.

Die Beraterin lehnt sich zurück, sieht mich kurz an durch ihre dicke Brille und senkt dann den Blick, als hätte sie der Zimmerecke rechts hinter mir eine dringliche Mitteilung zu machen. Sie raunt mit gesenkter Stimme.

»Im Vertrauen, wenn Sie Kinder wollen, ist es immer noch am einfachsten mit einem gut verdienenden Mann. Suchen Sie sich einen Mann und hängen Sie Ihren Beruf an den Nagel, am besten für sechs, sieben Jahre. Wenn Sie mehrere Kinder wollen, für zehn. Ich weiß, es klingt schrecklich und ist nicht das, was man hören möchte, aber Kinder und Beruf, das geht schlecht zusammen, immer noch, machen Sie sich nichts vor. Später können Sie wieder einsteigen ins Berufsleben, quer, jenseits der Karriereleiter, auf der Sie ohnehin abgehängt, man kann eben nicht alles haben. Also, Teilzeit. Und ich sage Ihnen, das reicht. Eine vollberufstätige Frau mit Kindern arbeitet im Schnitt achtzig Stunden die Woche, darüber gibt es eine Statistik, vierzig bezahlte und vierzig unbezahlte. Wenn Sie also bezahlt halb arbeiten, kommen Sie auf sechzig. Das sollte genügen, und vielleicht leben Sie dann länger.«

Diese Art von Beratung hatte ich nicht erwartet. Erst bin ich verblüfft, dann wage ich einzuwenden, dass Kinder heutzutage meiner Ansicht nach nebenbei zu laufen hätten, mehr oder weniger, schließlich bekomme man nicht mehr acht oder neun oder vierzehn wie früher. Ich selbst sei Einzelkind, der Haushalt sei bei uns, soweit ich mich erinnerte, schon vor dreißig Jahren Nebensache gewesen.

Die Frau setzt ein schiefes Lächeln auf. Die Unterschätzung der Haus- und Erziehungsarbeit, behauptet sie spitz, sei eben die große Falle, in die Frauen heutzutage tappten. Eine Fehleinschätzung mit fatalen Folgen. Insbesondere die Hausarbeit sei eine Mischung aus Über-

und Unterforderung, die geradewegs in die Depression führe. Ob mir bekannt sei, dass Hausfrauen diesbezüglich eine der gefährdetsten Gruppen darstellten?

Die Dame beginnt mir ernsthaft auf die Nerven zu gehen. So ungehalten, wie ich es einer Fremden gegenüber fertigbringe, stelle ich klar, dass ich mitnichten gekommen sei, weil ich daran dächte, Hausfrau zu werden. Dass ich im Haushalt wahrscheinlich eine Niete sei, aber bislang keinerlei Probleme damit gehabt hätte. Dass ich in der Tat wenig Ahnung vom Muttersein hätte, mir allerdings auch nie in den Sinn gekommen sei, daran als Beruf zu denken. Vielmehr sei ich der Meinung, dass Kinderkriegen nach wie vor etwas Natürliches und Normales zu sein habe und dass ich Bemühungen, diese Vorgänge zum Ausnahmezustand zu erheben, abwegig und falsch fände.

Die Beraterin beugt sich so weit vor, dass ich ihr Haarspray und ihren Atem rieche. Künstliche Kirsche, muffiges Marzipan. Ich solle mir von ihr als erfahrener Mutter ruhig mal etwas sagen lassen, sie meine es gut.

»Ob man die Hausarbeit nun zum Beruf erhebt oder nicht, es ist eine Arbeit, und wenn man Kinder bekommt, muss man sie machen. Dieses Betätigungsfeld bietet keine Erfolgserlebnisse, man wird nicht gelobt, nicht befördert und erreicht keine höhere Gehaltsklasse. Die Socken stinken täglich neu. Täglich ist dieselbe Wäsche auf dieselbe Leine zu hängen. Wenn ein Paar Socken gestopft ist, bekommt das nächste Löcher. Ist eine Mahlzeit eingekauft, zubereitet, gegessen und abgeräumt, wird es Zeit für die nächste. Diese Arbeit kostet nichts, deswegen ist sie selbstverständlich. Fällt gar nicht weiter auf. Alles sauber, alles lecker, alles wie immer. Es fällt nur auf, wenn sie nicht gemacht ist. Nichts auf dem Tisch, darunter lauter Krümel? Staubmäuse in den Ecken? Klo dreckig? Kühlschrank leer? Das fällt auf.

Eine Weile geht alles gut. Was zehrt, sind die Jahre. Als Hausfrau bist du dazu da, zu pflegen und zu erhalten, aber du hast keine Chance. Die Teflonbeschichtung bekommt Kratzer, der Wasserhahn verkalkt, das Badezimmer schimmelt, der Holzboden wird grau. Alles wird alt und unansehnlich, wird schmutzig und geht kaputt, dagegen kämpfst du ununterbrochen an. Unterdessen wirst du ebenfalls alt und unansehnlich. Ich wiege jetzt 93 Kilo. Frustessen nennt man das. Soll ich Ihnen ein Geheimnis verraten? Sisyphos war eine Hausfrau.«

Mit leisem Stöhnen kramt die Beraterin ein Papiertaschentuch aus der Schublade, tupft sich die Schweißperlen von den Schläfen und murmelt etwas von Scheißhitzewallungen. Endlich habe ich mich so weit gesammelt, sie zu unterbrechen und ihr in gereiztem Tonfall entgegenzuhalten, dass, wer sich heute von Haushalt und Kindern schlucken lasse, selbst schuld sei, dass es nicht umsonst jede Menge modernes Gerät zur Vereinfachung der stupiden Arbeiten gebe und dass die Zeiten der Hauswirtschaftsschulen und Hausmütterchen und der Mädchen für alles endgültig vorbei seien. Einen in Bangladesch gefertigten Socken zu stopfen, für den man einen Euro bezahlt habe, sei nicht nur überflüssig, sondern auch dumm, und mir persönlich verschaffe es sogar Befriedigung, ab und an eine löchrige Stinkesocke in den Müll zu schmeißen, daran merke man schließlich, dass die Dinge im Fluss seien. Und wenn sie wirklich etwas zu meinen Putzgewohnheiten wissen wolle, so müsse sie zur Kenntnis nehmen, dass ich nur putzte, wenn mir auffalle, dass es dreckig sei, und das komme höchstens alle vier Wochen vor. Denn zum einen produzierte ich nicht viel Dreck, zum anderen achtete ich vielleicht auch nicht darauf, da ich nämlich mehr auf andere Dinge in meinem Leben achtgäbe, woran sie klipp und klar ersehen könne, dass eine Lebensweise jenseits von Haushaltsfragen möglich sei, und diese Lebensweise gedächte ich beizubehalten, in jedem Fall beizubehalten, egal, wie ich mich entscheiden würde beziehungsweise gerade wenn ich mich doch für ein Kind entscheiden sollte, und zwar allein schon aus Verantwortung für das Kind.

Die Beraterin kneift die Lippen zusammen. Ist sie zornig? Sie nimmt die Brille ab und wischt sich den Schweiß von den Wangen. Oder sind es Tränen? Plötzlich sieht sie nur noch traurig aus, sie tut mir leid.

Sie spricht leise und mit Bedacht.

»Ich habe mich auch einmal wild und frei gefühlt, vor zwanzig Jahren. Wie Sie. Das Gemeine ist, es passiert unmerklich, Stück für Stück werden Sie immer blöder im Kopf. Eines Tages bemerken Sie, dass Sie, wenn Sie mal eine Minute Zeit haben, über Fugenreiniger nachdenken. Und dann fragen Sie sich, was schiefgelaufen ist. Sie stehen vor einer schmierigen Kachelwand und erkennen Ihr Leben nicht wieder. Ich habe studiert. Theaterwissenschaften. Ich habe etwas gewollt. Hatte sogar einen Job, drei Jahre lang, Kulturmanagement. Und wie habe ich die letzten siebzehn Jahre verbracht? Das kann ich Ihnen sagen.«

Sie holt tief Luft, dann legt sie los, mit einer so schneidenden Stimme, dass ich zusammenzucke. Ein dramatischer Bruch, die Theaterwissenschaften nehme ich ihr ab. Sie hackt wie eine Nähmaschine.

»Mit modernem Küchengerät! Zum Beispiel Ceran. Drüberwischen, Topf drauf, Pfanne drauf, Rädchen drehen, an. Ganz einfach, heutzutage. Also weiter, sagen wir, Kartoffeln und Eier. Kartoffeln waschen, schälen, Telefon klingelt, hinrennen, Topf kocht über, zurückrennen, Deckel runter, tropft, Eier in die Pfanne, autsch, das spritzt!, Schellen an der Haustür, hallo, mein Schatz, aber den Ranzen nicht in die Ecke, den Ranzen ins Kinderzimmer! Aber erst Füße abtreten! Mütze nicht auf den Fußboden!

Eier brutzeln, Herd runterdrehen, Tischlein deckt sich nicht. Hilf mal! Aua? Hingefallen? Weh getan? Hose kaputt? Schürfwunde? Pflaster oder Salbe? Kuss? Eier kalt, schnell Teller her. Teller voll, Salz, Pfeffer, lecker, leer im Nu. Reicht nicht? Nachtisch? Teller schmutzig, Gabeln schmutzig, Krümel unterm Tisch, Ceran verschmiert, Kacheln voll mit Bratfett. Aufzusaugen, abzuwaschen, blankzuputzen. Hilf doch mal! Ich in der Zeit schnell die Waschmaschine. Hausaufgaben? Füller kaputt? Geodreieck weg? Muss sowieso einkaufen. Aber erst der Herd. Nein, erst die Waschmaschine. Aber die Spülmaschine nicht vergessen! Nicht dahin die Schüsseln, die Schüsseln nach oben! Nicht mit den Zinken nach unten, die Gabeln! Vorsicht mit den Gläsern, wir haben nur noch fünf, klirr, kaputt. Mist, verdammter, Kehrblech, aber dalli.

Ich eben einkaufen. Tintenpatronen. Für abends Hackfleisch und Nudeln. Und Paprika, gesund. Für morgens Milch und Brot und Joghurt und Müsli und Bananen und Tee. Und sechs neue Gläser zum Kaputtbrechen. Auf Vorrat. Butter und Schinken und Salami und Käse. Zwölf Eier. Ein Kilo Joghurt. Drei Kilo Äpfel. Ein Kilo Müsli. Vier Liter Milch. Ein Kasten Mineralwasser. Ein

Kasten Saft. Katzenfutter. Duschgel. Spülmaschinentabs. Der Wagen so schwer, kaum noch zu schieben. Warteschlange. 105 Euro 99, der Spaß. Tüten. Drei, vier, sechs Tüten. Und flugs nach Hause.

Geheul, durch die Haustür schon. Gestritten? Weggenommen, gehauen, nicht gelassen? Ruhe jetzt! Helfen gefälligst! Mama müde! Auspacken, einpacken, verwahren. Klassenarbeit, morgen? Mathe, Nawi, Englisch, Deutsch? Na, dann schnell, wieso nicht vorher, zisch ab, frag dich ab, wenn ich fertig, aber erst die Einkäufe, das Abendessen, Bolognese.

Ceran, wie gesagt. Drüberwischen, Topf drauf, Pfanne drauf, Rädchen drehen, an. Alles ganz einfach. Schon wieder Geheul. Gehauen? Telefon. Mann heute später. Leider bis sieben. Überstunden. Sitzung. Doch bis acht, leider, oder halb neun. Natürlich unbezahlt. Geheul. Was, gebissen? Gekratzt? Viel Spaß im Büro. Blutet? Ruhe jetzt! Pflaster drauf, Salbe drauf, nein, erst Salbe, dann Pflaster.

Topf kocht über, Fett raucht. Ruhe! Raus mit euch! Mama Nervenzusammenbruch! Nein, nicht fernsehen! Kein Computer! Lasst die Gummibärchen liegen! Macht das Ding aus! Fett schwarz, noch mal von vorn. Nein, nein, ich heule nur von den Zwiebeln. Nicht schlimm. Geht einfach nach nebenan. Macht, was ihr wollt. *Wickie und die starken Männer,* na gut, bis zum Abendessen. Nur lasst mich jetzt kochen. In Ruhe. Noch mal neu.

Ein ganz normaler Tag. Aber nach so einem Tag kriegen Sie es garantiert nicht hin, noch ein gutes Buch zu lesen. Nach so einem Tag schaffen Sie es nicht einmal, sich noch die Beine zu rasieren. Zum Sex haben Sie sowieso keine Lust mehr. Entschuldigung, ich bin achtundvierzig, ich rede offen über so was. Stattdessen ertappen Sie sich dabei, wie Sie den neuen Fugenreiniger ausprobieren. Mit letzter Kraft.«

Die Frau schnauft wie eine Dampfmaschine. Lehnt sich zurück, hält sich die Brust. Dann, gehaucht:

»Natürlich sind Kinder herrlich. Ich möchte meine nicht missen. Zum Glück weiß man vorher nicht, was einen erwartet. Aus duftenden rosigen Babys, die man den ganzen Tag knuddeln möchte, werden patzige Computerfreaks, die man nicht mehr mit der Zange anfassen mag. ›Fette Sau‹ hat mein Großer neulich zu mir gesagt. Fette Sau, das müssen Sie sich mal vorstellen. Traurig, nicht wahr? Natürlich lieb ich ihn trotzdem. Siebzehn Jahre Erziehungsarbeit. Seit fünf Jahren Asthma. Und voriges Jahr haben sie bei mir Burn-out diagnostiziert.«

Die Beraterin atmet flach, es rasselt, wenn sie Luft holt, ihr Gesicht ist rot. Sie wird doch keinen Heulkrampf kriegen? Oder Atemnot, blau anlaufen und vom Stuhl kippen? Nein, sie beugt sich tief über ihre Papiere und wischt sich nochmals an den Augen herum. Dann rückt sie ihre bunte Brille zurecht und beginnt im Routinetonfall zu reden, als wolle sie mich loswerden.

»Also, genießen Sie Ihre Freiheit. Mit oder ohne Kind. Wenn Sie möchten, können Sie sich nächste Woche den Schein abholen. Überlegen Sie es sich. Die finanzielle Seite haben wir ja besprochen. Noch Fragen?«

Sie schiebt mir die Broschüren und Flyer hin. Stumm nehme ich die Papiere entgegen. Sie hat alle Geschosse aufgefahren, von der gescheiterten Karriere der jungen Mama über den immer abwesenden Versorgergatten und die sexuell frustrierte Hausfrau bis zum kindlichen Undank. Alles, wogegen seit nunmehr einem Jahrhundert Generationen von Frauen sich wehren. Und diese Person mit ihren flippig roten Strähnen behauptet, wir wären keinen Schritt weitergekommen. Und verkörpert es durch ihr Leben. Noch Fragen!

Auf der Straße schimpfe ich vor mich hin, halblaut, das kann man heutzutage, weil alle denken, man telefoniere. Frustbeule mit Nagellack, Walross mit bunter Brille. Ich entspanne mich etwas, den Gegner auf seine lächerlichen Einzelteile zu reduzieren funktioniert immer.

Der Park trägt mir den Duft von blühenden Bäumen entgegen. Ich laufe quer über die Wiese, und Frau Paul kommt mir in den Sinn. Frau Paul mit ihren zwei Weltkriegen, fünf Kindern und fünf politischen Systemen. Anscheinend ist es mit dem Kinderkriegen umso einfacher, je schwieriger das Leben ist. Ich verspüre Lust, das Kind zu bekommen, einfach um zu zeigen, dass ich es kann, um dem Walross zu beweisen, dass es unrecht hat. Umkehren und der Beraterin diese Entscheidung mitteilen, triumphierend, jetzt gleich?

Der Mut verlässt mich so schnell, wie er gekommen ist. Ich scheue weder die Arbeit noch die Armut. Aber bislang bin ich Opfer, habe mir die Welt und mein Leben nicht ausgesucht. Wenn ich Leben gäbe, würde ich dann nicht zum Täter? Überschritte ich damit nicht die magische Schwelle, hinter der man nicht mehr schreien und jammern darf und behaupten, dass man nichts dafür kann?

Ich erklimme den Hügel. Durch das Geäst mit seinen jungen, leuchtenden Blättern sehe ich die Plattenbauten schimmern. Wände aus Hochhäusern, Reihe um Reihe. Tausende von Menschen darin. In jeder Reihe, in jedem Haus, auf jeder Etage Kämpfe, Hoffnungen, Flüche, Verstummen. Die Tausenden vermehren um noch einen? Fernsehen, Pralinen und Fertigpizza, die Sonderangebote der Woche, Krankheiten, Sehnsucht, Streit und Schweigen. Alles geben, da hinein, mein eigen Fleisch und Blut?

Von oben hat man einen guten Blick auf die Gegend. Am grünsten ist der jüdische Friedhof. Die Luft ist staubig und flimmert vor Hitze, die würdigen alten Bäume verschwimmen zu einem wogenden See, darin die Giebel steinerner Grabmale wie graue Segel. Über den Wipfeln leuchtet ein quietschgelbes M. Das ist neu. Muss kürzlich eröffnet haben, Fast Food am Friedhof. Ich empfinde einen Stich in der Herzgegend, etwas wie Demütigung. Diese Regung ist nutzlos, überflüssig. Doch mein schiefes Lächeln versucht Souveränität vorzugeben, wo keine ist. Der Strudel beginnt zu wirbeln.

Unwillkürlich denke ich an meine erste Demütigung, die wahrscheinlich gar nicht die erste war, aber so tief, dass sie alle davorliegenden überschattet und ich den Begriff Demütigung immer mit dieser einen verbinde. Dabei ist die Erinnerung in Dunkel gehüllt, ich vermag nicht zu sagen, was Fakt, was Vorstellung ist. Klar ist nur, es handelt sich um Öfen.

Wir besuchten mit der Schulklasse eine Art Konzentrationslager, ich vermute, dass es sich um ein kleines Durchgangslager handelte, die Busfahrt war nicht weit. An den Namen des Ortes erinnere ich mich nicht. Ich erinnere mich an fast nichts.

Ich war schlecht vorbereitet. Meine Eltern hatten es vermieden, mit mir über die Judenvernichtung zu sprechen. Später behaupteten sie, sie hätten mich schonen wollen, ich gehe davon aus, dass sie das Thema für sich selbst ebenfalls mieden, weil es schlicht zu furchtbar war. So falsch dieses Meiden ist und wie hitzig ich sie in meiner Jugend dafür angeklagt, ja verachtet habe, so unmöglich ist es mir heute, sie dafür tatsächlich zu verurteilen. Wie kann man von einem Normalsterblichen verlangen, dem Medusenhaupt ins Auge zu blicken?

Als ich in der Schule vom Holocaust erfuhr und meiner Mutter fassungslos davon berichtete, war sie peinlich berührt. Als hätte ich vor der Zeit meine Jungfräulichkeit verloren. So ähnlich reagierte sie, als ich erstmals meine Monatsblutung bekam. Es passte ihr nicht, dass ich ihr zum Mittagessen sechs Millionen ermordete Juden auftischte, und sie behauptete, dass die Zahlen umstritten seien, möglicherweise übertrieben, dass es sich eventuell um nur fünfeinhalb Millionen handele.

Seit dem Lagerbesuch habe ich unvermeidlicherweise so viele Dinge gehört und Bilder gesehen und Berichte gelesen, dass sich alles überlagert. Wahrgenommenes und Vorgestelltes ist nicht mehr zu entwirren, geschweige denn in eine zeitliche Reihenfolge zu bringen. Ich kann nur ein Bild zweifelsfrei dem Lagerbesuch zuordnen, und an dieses eine Bild, in dem meine Erinnerung gebündelt oder vielmehr ausgelöscht ist, erinnere ich mich umso genauer, haargenau, immer wieder, wenn dieser Strudel beginnt. Es ist das Bild eines Ofens mit geschwärztem Rand, eines Ofens zum Verbrennen getöteter Menschen.

Ich glaube nicht, dass in dem Lager wirklich Öfen vorhanden waren, ich nehme an, dass nur Fotos von eben jenen Öfen, die sich in entfernteren, größeren Lagern befanden, ausgestellt waren. Doch vielleicht ist diese Vermutung bereits eine Ausflucht, ein mentaler Trick, der Versuch eines Abwiegelns.

Woran ich mich mit einer erschreckenden Genauigkeit erinnere, die womöglich überhaupt keine Genauigkeit ist, sondern das Gegenteil von Genauigkeit, denn vielleicht ist es nur die Intensität des Schreckens, die mir Genauigkeit vorgaukelt, um sich unter diesem Deckmantel in wild gewordene Imagination zu verzerren – was ich jedenfalls stets vor mir sehe, bevor ich dann gar nichts mehr sehe, ist der Ruß, der am Rand des Ofens haftet, die Schwärze der runden Öffnungen, eine Schwärze, die jenen Sog ausübt, dem ich damals nicht standhalten konnte und heute genauso wenig standhalten kann.

Das Gewahrwerden, dass ich in einer Welt lebte, in der solche Öfen möglich waren, dass ich Teil der Gattung, sogar des Volkes war, welches diese Öfen erschaffen hatte, verursachte eine Erschütterung in mir, die, wie ein unterirdisches Beben, zunächst ohne sichtbare Auswirkungen blieb, doch die innere Struktur unter solch eine Spannung setzte, dass Jahr für Jahr der Schaden offenbarer wurde. Ein Riss frisst sich vom Grund bis zur Oberfläche, aus dem Riss wird ein Spalt, aus dem Spalt ein Abgrund.

Plötzlich kommt es mir vor, als hätte mein Leben sich mit jenem Lagerbesuch, ich mochte vierzehn gewesen sein, subtil in ein Warten verwandelt, das bis heute anhält. Warten auf das Ende des Albtraums? Auf Erlösung? Wann, das war die Frage, die ich mir immer wieder, beinahe ununterbrochen stellte. Zwar legten sich im Laufe der Jahre andere Fragen darüber. Was studiere ich, schaffe ich den Abschluss, wenn ja, wozu, wie verdiene ich mein Geld, liebe ich Thomas, liebe ich Frank, liebe ich Olaf? Beantwortet hat sich die Wann-Frage jedoch nie.

Neben mir keucht ein Jogger vorbei, quält sich mit hochrotem, verbissenem Gesicht vorwärts, um gesund zu bleiben, fit zu bleiben, schlank zu werden. Bloß gesund und fit und schlank, um zu dem Leben zu passen, das ihm in Film und Fernsehen vorgesetzt wird. Ein verzweifeltes Unterfangen, er ist ein molliger Typ mit roten Haaren, wie ein Model wird er nie aussehen.

Auf einer Bank sitzt ein Mädchen mit Magersucht und Stöpseln im Ohr, ihre Finger gleiten in irrwitzigem Tempo über die Tastatur ihres Smartphones. Ein Sportstudiotyp mit Kampfhund an der Leine und Hamburger in der Hand setzt sich auf die Bank daneben. Hat seine eigenen Stöpsel im Ohr. Er verschlingt den letzten Happen, dann zückt auch er sein Smartphone. Die beiden stieren abwechselnd auf ihr Display und auf die Hundehaufen vor den Bänken. Immer aneinander vorbei. Plötzlich bin ich mir sicher, dass Kinderkriegen ausgeschlossen ist.

Es klingelt. Nach kurzem Schreck bemerke ich, dass es mein eigenes Handy ist. Habe ich diesen dummen Klingelton ausgewählt? Wann soll das gewesen sein? Zu lange hat mein Handy geschwiegen, im Beruf hänge ich durch, privat hat kaum jemand die Nummer. Die einzige Freundin, mit der ich seit der Schulzeit immer Kontakt hielt, hat sich monatelang nicht gemeldet. Unser letztes Gespräch über Psychopharmaka kann man nur als Zerwürfnis bezeichnen.

Olafs Stimme. Am Apparat ist Olaf! Ich stehe hier auf dem schäbigen Hügel, blicke auf Europas größten jüdischen Friedhof und höre Olafs Stimme aus dem Himalaya. Er ist in einem wunderschönen Dorf auf 4000 Meter Höhe und hat ausnahmsweise Empfang. Und dachte, er meldet sich mal.

Aha.

Hat mir einiges zu sagen.

Aha.

Sehnt sich nach mir.

Ja?

Jetzt bekomme ich Herzklopfen, etwas verzögert, dafür umso heftiger, so heftig, dass es mir die Sprache verschlägt.

Er sagt, dass wir alles falsch gemacht hätten. Dass wir alles richtig gemacht hätten, außer, dass wir nicht zusammengeblieben seien. Dass es die beste Entscheidung seines Lebens gewesen sei fortzugehen. Dass er niemals ohne mich hätte gehen dürfen. Dass Asien ein Paradies sei. Dass es das Paradies wäre, wenn ich da wäre. Dass er auf der Dachterrasse seines kleinen Berghotels sitze und über aufblühende Rhododendren auf den weißbedeckten Machapuchare blicke, der mit Sicherheit der schönste Berg der Welt sei. Dass er noch nie etwas so Schönes gesehen habe. Dass er nicht wisse, ob er Deutschland je wieder aushalten könne.

Als ob ich nicht wüsste, dass der Machapuchare der schönste Berg der Welt ist und Deutschland schwer auszuhalten. Ich möchte etwas erwidern, aber er will mir jetzt etwas vorlesen, aus einem Buch, das er gerade gekauft hat, in einem Laden, in dem zwischen pappigen Keksen und chinesischen Nudeln ein paar gebrauchte Bücher im Regal stehen, im Zehnquadratmeterdorfladen, auf 4000 Höhenmetern, in dem es nichts als das Allernötigste gibt, hör zu, sagt er, und ich höre zu:

An dem Tag, an dem Krishna die Erde verließ, begann das dunkle Kali-Zeitalter. Für die Menschen wird das Dasein von Jahrhundert zu Jahrhundert schwieriger, immer mehr schlechte Gewalthaber werden regieren, und Kinder, Frauen und sanfte Lebewesen wie die Kühe werden unnötig leiden müssen. Die

Menschen werden Geld und schöne Kleider für immer wichtiger halten und danach trachten, sich durch Betrug und Lüge alle Wünsche zu erfüllen. Vielen wird es unmöglich, diese Mühsal zu ertragen. Sie entfliehen, verstecken sich in Gebirgstälern und ernähren sich von Honig, Wurzeln und Kräutern. Die meisten werden nicht älter als dreiundzwanzig Jahre, aber sie preisen sich glücklich, den schlechten Lebensverhältnissen in der Gesellschaft entkommen zu sein.

Ja, Wahnsinn, sage ich.

Dass ihm jetzt alles klar sei. Dass ich recht gehabt hätte mit der Internetbuchse. Dass wir der Gegenwart beraubt würden, dass sie, die Gegenwart, schon so weit weg von uns sei, dass wir sie gar nicht mehr bemerken würden und unmerklich unser Leben immer verschöben, auf morgen, auf die nächste Minute, auf den Urlaub oder am besten gleich auf die Rente. Unterdessen erwarte uns im Rechner stets das Update von gestern, der Virenschutz von vor einer Stunde und das Wetter auf den Balearen. Und wir drückten gehorsam die Knöpfchen, trotz des Ziehens im Nacken, trotz des Zuckens unterm Auge, trotz Kopfschmerz, Nervenleiden, Mausarm. Tausend nette Singles möchten uns kennenlernen. Attraktive Singles in deiner Stadt. Ein besseres Leben. Liebe, kein Zufall. Eine Million attraktive Akademiker. Allergikerwetter, Ozonwarnung, fünfunddreißig ungelesene E-Mails. Dass das eine Form von Wahnsinn sei. Dass es Wahnsinn gewesen sei, von mir wegzugehen, weil ich das Wirklichste sei, was ihm im Leben je begegnet wäre. Dass er mich wahnsinnig vermisse. Meine Haut, meinen Geruch. Ein Fleisch werden, was das bedeute, habe er mit mir verstanden, und wenn irgendetwas in seinem Leben real gewesen sei, dann das.

Olaf trifft den wunden Punkt. Wie immer. Die Sache mit der Haut. Aber ich hatte doch festgestellt und beschlossen und mir klargemacht, dass das nicht ausreicht, dass Haut und Geruch einfach nicht reichen, um ein gemeinsames Leben zu führen. Ich, hier auf meinem Schutthügel, 3900 Meter unter Olaf, bin langsam, viel zu langsam, er spricht schon weiter.

Dass ihm das Streiten, das Schweigen, die Fremdheit zwischen uns inzwischen irreal vorkämen. Ob ich mal darüber nachgedacht hätte, was eigentlich die Substanz davon sei. Ob ich sie nicht ebenfalls gar nicht mehr greifen könne. Wirklich sei doch im Grunde nur diese Energie, die zwischen uns existiert habe, oder, ja, wieso solle man es nicht beim Namen nennen, die Liebe, und die könne er durchaus noch spüren, er spüre sie sogar deutlicher als je zuvor, und er sei zu der Gewissheit gelangt, dass es nur darum gehe. Darum, so viel wie möglich davon zu bekommen beziehungsweise zu produzieren beziehungsweise selbst zurückzutreten, um dem Wunder einen Ort zu geben und eine Form. So sehe er das inzwischen. Ein Liebesgefäß werden. In gewisser Weise sei die Liebe unpersönlich.

Hat er unpersönlich gesagt? Ja, er wiederholt es sogar.

Unpersönlich, eine übergeordnete Kraft, der man sich hinzugeben habe. Das heißt, wenn man überhaupt vor die Wahl gestellt werde, denn die meisten, davon sei er überzeugt, könnten diese Kraft nicht einmal ansatzweise erfahren, darum seien ja alle so unglücklich. Dass sie zwischen uns tatsächlich existiert habe, sei nicht so selbstverständlich, wie wir es vielleicht angenommen hätten, wie ich es vielleicht immer noch annähme, er hingegen sei inzwischen zur gegenteiligen Ansicht gelangt, nämlich,

dass diese Kraft eine Ausnahme, ein Wunder und ein Geschenk sei, welches wir fahrlässig verspielt hätten. Nicht
umsonst sei er älter als ich, und mit ein wenig Distanz
könne er nun sicher sagen, dass er mit mir zusammen
sein wolle, jetzt und höchstwahrscheinlich für immer.

Älter als ich! Ich hasse es, wenn Olaf darauf anspielt.
Lumpige fünf Jahre, und deswegen weiß er alles besser.

Mit ein wenig Distanz von 9000 Kilometern?, zische
ich ins Telefon.

Olaf wischt die Bemerkung weg wie einen Krümel,
denn er hat mir noch mehr mitzuteilen.

Dass er mir genau sagen könne, woher er seine Sicherheit nehme, er habe nämlich ausprobiert, testweise, mit
anderen Frauen zu schlafen –

Hat er testweise gesagt?

– und sei erschrocken gewesen, regelrecht erschrocken,
weil er sich mit ihren Körpern gelangweilt habe. Dass er
mich, kurz und gut, brauche, mich und keine andere, um
das Wunder des Lebens zu erfahren und zu manifestieren
und hervorzubringen, ob ich das begriffe und ob ich jetzt
bitte den nächsten Flieger nehmen könne.

Das Handy klebt in meiner Hand, mir ist heiß, mein
Herz klopft, und ich weiß nicht genau, ob vor Wut. Er
hat also sein Glück bei anderen Frauen gesucht, testweise, ist gescheitert und zu dem Schluss gekommen, dass
er mich lieber zurückhätte? Bin ich zornig, eifersüchtig
oder fühle ich mich ertappt, weil ich in seinem Verhalten
meines erkenne, wie in einem Spiegel?

Er sagt, dass ich was sagen solle. Dass er am liebsten
gar nicht reden würde, sondern mich halten, mich aufsaugen, Haut und Haar, nie mehr loslassen, das sei das
einzig Wahre.

Mein Herz klopft stärker, wahrscheinlich nicht vor Wut. Mir ist, als könnte ich Olaf riechen. Seine Wärme spüren. Woher dieser Spuk? Wo ist mein Überdruss, mein Freiheitsdrang? Ich hatte mich nach der Trennung hervorragend gefühlt, beschwingt, so gut wie lange nicht. Wann ist diese Empfindung verblasst? Wodurch? Warum kann man sich auf sich selbst so schlecht verlassen?

Ich muss endlich etwas sagen, dringend. Es sagen.

Olaf, hör auf. Hör zu.

Meine Stimme versetzt mir einen Schrecken, sie klingt gequetscht und viel zu hoch.

Hörst du mich? Ich bin schwanger. Hallo?

Ein Rauschen, Knacken, dann wieder Olaf.

Bist du da? Ja, die Verbindung. Nahe der tibetischen Grenze. 4000 Meter, ja. Hast du mich verstanden? Ja. Schwanger. Wirklich, natürlich wirklich! Sag doch was.

Er lacht. Er lacht und klingt dabei so von Herzen froh, dass es nicht zum Aushalten ist.

Ich vermute, dass es von dir ist, schiebe ich hinterher, wobei ich meiner Stimme einen metallischen Klang verleihe. Also höchstwahrscheinlich.

Jetzt schweigt er. Punkt für mich.

Ob ich eben höchstwahrscheinlich gesagt hätte. Die Verbindung.

Ja, er habe richtig verstanden, ich hätte höchstwahrscheinlich gesagt.

Schweigen.

Bist du da? Olaf?

Ein Krachen, ein Tuten, Stille. Hat den Apparat hingeknallt auf den Tisch seiner winzigen Terrasse mit Blick auf den Machapuchare. Schönheit und blühende Rhododendren hin oder her, Olaf hat das Handy auf den Tisch gepfeffert und auf Beenden gedrückt.

Von wegen Punkt für mich. Spuk oder Zauber, es ist vorbei. Was hat mich bloß geritten? Wieder allein in der Stille meines schäbigen Hügels, liegt mir die Antwort klar vor Augen: infantile Machtspiele. Dabei hätte ich ihm leicht sagen können, dass ich das Gleiche getan habe wie er, testweise, und mit dem gleichen Erfolg. Im Gegensatz zu ihm nur einmal. Ich hätte ihn erinnern müssen an das hilflose Drama unserer letzten Tage, in dem wir uns wie Ertrinkende aneinanderklammerten, nur um eine halbe Stunde später die Tür zu knallen, den Schlüssel um-zudrehen, keine Chance mehr zu sehen, an diesen Film, der sich mehrfach wiederholte, bis er endlich riss, und in dem wir mindestens einmal ein biologisches Risiko eingegangen waren, dieses aufgrund meiner Anatomie angeblich minimale Risiko, das uns im Vergleich zu dem Aufruhr unserer Seelen so winzig erschien. Das nun aber doch, im Gegensatz zu dem Aufruhr unserer Seelen, die allergravierendsten Folgen nach sich zog, höchstwahr-scheinlich.

Ich hätte ihm die Gleichheit unserer jeweiligen Schuld oder Unschuld vor Augen führen können, hoffend, dass die Ungleichheit der zu tragenden Konsequenzen ihm von allein auffallen würde.

Wieso bleiben mir die Worte im Hals stecken, wenn es darauf ankommt? Es wäre hundertmal besser gewe-sen, wirr draufloszureden, als Olaf diese zwei oder drei kalten Sätze hinzuwerfen, an denen nicht zu rütteln ist, während der Rest, das große Durcheinander, auf das es doch ankommt, ungesagt blieb.

Der Typ mit dem Bullterrier steht auf, sein Hund

pinkelt an die Brennnesseln und läuft ihm mit hängender Zunge nach. Die Magersüchtige auf der Bank sitzt genauso da wie vorher, als wäre in ihrer Welt die Zeit stehengeblieben. Das gelbe M leuchtet vor sich hin. Vielleicht ist wirklich die Zeit stehengeblieben, für alle außer diesem Typen und seinem Terrier? Ist überhaupt etwas passiert? Mein Herz rast noch. Doch das kann man von außen nicht hören, bis in den Himalaya erst recht nicht, das höre nur ich.

Ich drehe mich um und gehe. Irgendwohin. Nicht denken. Nur an den nächsten Schritt. Hier ein Blatt. Da eine Kippe. Noch ein Blatt, ein anderes, Eiche, da ein Stöckchen. In den Arm nehmen und nie mehr loslassen. Ja, wenn das möglich wäre. Tränen fallen zur Erde, der ist es egal, sie ist sowieso feucht. Ein Spaziergänger, ich sehe seine Hose, braun, und seine Schuhe, schwarz. Irgendwie atmet man immer weiter.

Wieder klingelt das Handy, diesmal bin ich schneller dran, als der alberne Ton braucht, einmal auszuklingeln. Olafs Stimme, sein Atem wieder da. Spuk zurück. Ich lehne mich mit dem Rücken an einen Baum. Himmel und Wolken. Als käme ich aus einer dunklen Kiste ans Licht.

Klopft mein Herz so laut, oder ist das deins?, fragt Olaf. Lacht. Jetzt bleibt mein Herz fast stehen. Er sagt, dass er mich liebe, von wem das Kind auch sei, dass es ja höchstwahrscheinlich von ihm sei, dass er jetzt nicht fragen werde, von wem, verdammt noch mal, es noch sein könnte, und ob ich nun, verdammt noch mal, zu ihm geflogen käme, jetzt erst recht, mit dem nächstmöglichen Flieger, in seine Arme und so weiter.

Mehr Tränen, auf die salzigen alten frische dazu. Ein

Klumpen im Bauch, die Kehle zugeschnürt, mein Herz ein Sack Zement. Warum kann ich nicht ja sagen?

Olaf, ich weiß nicht, ob ich das Kind bekommen kann. Beziehungsweise ich glaube, dass ich es nicht kann. Oder will. War eben bei der Beratung. Damit ich mir in drei Tagen den Schein abholen kann.

Pause. Eine schreckliche Pause. Dann ein Räuspern.

Und: Ob ich von allen guten Geistern verlassen sei.

Er klingt heiser. Was soll ich antworten, außer ja vielleicht, wer weiß, kann sein.

Unser Kind, sagt er. Seine Stimme zittert, schlagartig wird mir klar, ihm laufen die Tränen. Auch sein Kind. Allerdings ja nur höchstwahrscheinlich. Die Stimme überschlägt sich, weil jetzt die Wut kommt. Ob ich ihn eigentlich liebte. Ihn je geliebt hätte. Ob ich überhaupt wen lieben könne.

Schweigen. Mein Schweigen.

Kann ich sagen »ich liebe dich«, wo ich drauf und dran bin, die sogenannte Frucht unserer sogenannten Liebe in mir sang- und klanglos zu eliminieren? Hygienisch, medizinisch und juristisch einwandfrei um die Ecke zu bringen? In meinem Kopf rast es, ich bringe nur ein Nuscheln über die Lippen. Ob er jetzt an meiner Liebesfähigkeit zweifeln wolle, oder was.

Da schreit Olaf mich an, eine furchterregende Stimme brüllt aus dem Telefon, ob es mein Ernst sei, dass ich das Leben, was da in mir heranwachse, mir nichts, dir nichts um die Ecke bringen wolle.

Diese merkwürdigen Gedankenübertragungen zwischen uns. Denke ich noch, bevor ich böse werde. Der Zorn packt meine Eingeweide, kriecht heiß meinen Hals hinauf.

Ob er sich zufälligerweise so ganz am Rande mal gefragt hätte, wie es mir gehe? Für wen er mich halte, wenn er annehme, ich könnte mir nichts, dir nichts etwas, nein, sagen wir es ruhig, sagen wir ein Kind, einen Menschen oder wenigstens das Potential dazu umbringen? Ob er sich ansatzweise vorstellen könne, ob er überhaupt versuche, sich vorzustellen, mit welchen Gedanken und Zweifeln und Schmerzen ich mich seit Tagen quälte, wohlgemerkt quälte, während er, der wahrscheinliche Vater, an der tibetischen Grenze herumwandere und die schönen Ausblicke genieße? Ob auch nur entfernt die Frage seine Gedanken gestreift habe, wie ich meine Zeit verbrächte, nämlich damit, in Gullys zu kotzen und mir die Augen auszuheulen?

Ich will nicht heulen. Ich beiße mir auf die Lippe. Angriff ist die beste Verteidigung.

Er habe ja das wunderbare Talent, sich auf die schönen Dinge im Leben zu konzentrieren. Meine Haut, mein Geruch, das habe ihm gefallen, so habe er, da alles so schön und voller Energie gewesen sei, seinen Samen in mir abgelegt, um sich anschließend, als es weniger schön und energievoll wurde, aus dem Staub zu machen, weil nämlich meine Seele, die zugegebenermaßen dunkel sei, wenngleich nicht viel dunkler als Seelen im Allgemeinen, sobald man das Kunstlicht ausschalte, weil diese Seele ihm wohl zu schwierig gewesen sei und er bevorzugt habe, schnell wieder Internetzugang zu bekommen. Jetzt allerdings, nachdem durch die Höhenluft sein Hormonspiegel gestiegen sei und nach ein paar Zufallsbekanntschaften, die seinen Geschmack nicht getroffen hätten, falle ihm plötzlich ein, mich anzurufen, aus 9000 Kilometern und 4000 Höhenmetern Entfernung, um mir

112

Vorwürfe zu machen, mich sogar anzuschreien, weil ich über ein Kind von ihm nicht in Jubel ausbräche.

Das war böse von mir. Ungerecht. Aber auch passend. Eine wilde Mischung aus Wahrheit und Gemeinheit, echtes Leben. Ich ahne bereits, was ich dafür ernten werde, und genau das bekomme ich auch.

Dass ich verkorkst sei, voller Negativität. Ein Opfer der übersättigten Gesellschaft, dekadent, unbeweglich, armselig. Eine Überzüchtung, die sich im Selbsthass zerfleische, das hätte ich selbst gesagt, nur habe er es nicht geglaubt, nicht glauben wollen, nun aber hätte ich den Beweis erbracht, endlich sehe er ein, wie recht ich gehabt hätte, ich sei unnütz, zu nichts zu gebrauchen, eine Hypertrophie. Sagt Olaf leise und bitter.

Mit aller Schärfe, die mir Demütigung und Scham verleihen, zische ich zurück, dass es mir keinerlei Befriedigung verschaffe, recht zu haben, recht gehabt zu haben, dass mich das Rechthaben sogar ganz gewaltig ankotze, dass ich nichtsdestotrotz entgeistert sei, wie allein die Tatsache meiner Schwangerschaft ihn plötzlich meine persönliche Freiheit in Frage stellen lasse, wo gerade er die Freiheit doch immer so hochgehalten habe.

Das mit der Freiheit keife ich. Pause, es hat gesessen. Leiser, mit falscher Sanftheit, fahre ich fort:

Dass die einzig mögliche Erklärung für seinen Sinneswandel wohl die Biologie sei, die ihn eingeholt habe, die Angst zu sterben, der Fortpflanzungswahn, nicht umsonst sei er ein paar Jahre älter als ich. Bedauerlicherweise würde ich als Überzüchtung jedoch nicht zum Weiterführen seiner Gene taugen, oder habe er geglaubt, imstande zu sein, mich mit einem Spritzer, durch die Befruchtung einer Eizelle, in eine gesunde deutsche

Hausfrau zu verwandeln oder in eine fröhliche Hochlandnomadin mit fettigen Zöpfen, was letztlich, darüber dürfe man sich keinesfalls hinwegtäuschen, exakt das Gleiche sei? In dem Fall habe er sich gründlich verkalkuliert. Vermutlich hormonell bedingt.

Olaf schnappt nach Luft. Ist sprachlos. Setzt zu einer Antwort an. Schluckt. Hält inne.

Sein Schweigen verwirrt mich, ich fühle mich bloßgestellt. Durchschaut Olaf meine Tirade und sieht dahinter etwas, was ich selbst nicht wahrnehmen kann, jedenfalls nicht jetzt, in diesem Augenblick, wo mich die Zerstörungswut reitet, oder ich sie, zügellos, an den Sattel geklammert, und sie galoppiert mit mir davon?

Olaf ist der einzige Mensch, der mich manchmal besser versteht als ich mich selbst. Und es nicht sagt, aus Rücksicht. Aus Einsicht. Eine Wärmewelle durchläuft meinen Körper, Wörter kreisen wild in meinem Kopf und wollen sich formieren, durch den Nebel meiner Wut hindurch. Zu einer Entschuldigung? Oder doch zu »ich liebe dich«? Ich habe das noch nie zu einem Mann gesagt, außer einmal, und da merkte ich gleich, dass ich log.

Olaf räuspert sich am anderen Ende der Leitung. Ich merke, dass er versucht, seiner Stimme einen so trockenen Ton wie möglich zu geben, als er sagt: Bitte tu es nicht.

Und hat schon aufgelegt. Elektronisches Tuten, Himalaya weg. Weg die Stimme, weg die Terrasse mit Blick auf den schönsten Berg der Welt, Olaf weg. Mehr Tränen, wieder oder immer noch, es ist mir egal, ich wische mir schon gar nicht mehr im Gesicht herum. Laufe kreuz und quer, spüre meinen Körper nicht mehr, bin nur noch ein Gedankenwirbel. Liebt er das Kind mehr als mich? Wen liebe ich?

Raus aus dem Park, blindlings. Vor mir hält eine Straßenbahn. Da weiß ich plötzlich genau, wohin ich will. Ich springe hinein, ich will zu meiner Frauenärztin, auf der Stelle. Ich werde nicht im Wartezimmer warten, ich bin ein Notfall, an allen vorbei werde ich ins Behandlungszimmer stürmen und der Dame an den Kopf werfen, dass ich offenbar fruchtbar bin, biologisch völlig intakt, was sie sich eingebildet habe mit ihrer Diagnose, jetzt hätte ich den Salat und sie solle ihn gefälligst wegmachen, und zwar bitte sofort. Bevor ich zur Besinnung komme.

Wie eine Sardine sitze ich in der Tram, feucht und salzig. Tränen und Schweiß vermischen sich und sind kaum zu unterscheiden. Lauter Menschen um mich herum, doch ich bin sicher, keiner merkt, dass ich heule.

Aussteigen, umsteigen, in Horden hoch aufs Gleis, gerade kommt die S-Bahn. Rein, Tür zu, los und weiter. Der Wagen ist fast leer, nur ein Penner in der Ecke und ein paar Kids mit Handys und Kopfhörern, ich wimmere unauffällig vor mich hin. Wünschte, ich könnte damit aufhören. Es ist stickig, und irgendwer stinkt, wahrscheinlich der Penner. Deswegen sitzt hier keiner. Die Kids sind so mit Ton und Bild zugekleistert, dass sie Gerüche nicht mehr wahrnehmen. Oder Schleimhäute vom Uhu-Schnüffeln kaputt?

Ich starre auf den Boden und konzentriere mich auf meine Füße. Sitze, lasse mich transportieren. Die Sohle am Rand meiner Sandalen müsste mal festgeklebt werden. Nicht mit Uhu, mit Pattex. Zehennägel sollte man schneiden. Die Stimme des öffentlichen Nahverkehrs wie aus Plastik, sie informiert mich, dass ich beim nächsten Halt umsteigen muss. Dem Strom folgen, durch den

Strom treppauf, treppab, zwischen Ringeltops und Karo-
brüsten, Blümchen, Bildchen und Sprüchen ich als blass-
rotes T-Shirt.

Auf dem Gleis piept schon die Bahn, ich schaffe es soeben durch die Tür. Ergattere einen Sitzplatz. Neben mir
Bürger mit Taschen, mit Koffern, mit Akten, mit Tüten.
Wir brausen auf Stelzen in Höhe des dritten Stocks durch
die Stadt, ich schaue in fremde Wohnungen und fremde
Büros und frage mich, wie so viele Leben auf so engen
Raum passen. Beim nächsten Halt steht ein Mädchen mit
unförmigem Möbelpaket vor der Tür, alle rücken unwil-
lig zusammen, so passt auch sie noch hinein. Sie lächelt
und schert sich nicht um Blicke, ist glücklich mit ihrem
Zweimeterpaket. Passt. Soll wohl ein Regal werden, oder
gar ein Schrank? Während ich mich das frage, ertönt die
nächste Ansage. Die Plastikstimme informiert mich, dass
ich in der falschen Bahn sitze.

Dem Strom gefolgt und prompt falsch eingestiegen.
Falsche Richtung. In Gedanken, zu schnell, genau verkehrt. Würde einem im Freien nie passieren. Passiert nur
in einer Kunstwelt aus Treppen und Shops und Gängen.
Einmal falsch eingestiegen, Tür schließt, und man rast
los, nicht dem Ort zu, an den man wollte, sondern genau
in die entgegengesetzte Richtung. Gefangen zwischen
gescratchten Scheiben und schwitzenden Leibern, Neck-
tops und Laptops, spüre ich, zum zweiten Mal heute und
deutlicher diesmal, meine Zerstörungswut. Sitzt mir im
Nacken wie ein Rabe auf dem Hexenbuckel. Mein Dämon, ein Doppelgänger mit Eigenleben.

Der Drang, etwas kaputtzumachen, zu zerbrechen, in
Grund und Boden zu stampfen. Die Genugtuung, dass es
weg ist, tot, nicht wieder aufstehen kann? Ein Glas gegen

die Wand werfen, das befriedigende Geräusch des Zersplitterns, eine Tür eintreten, dass das Holz kracht, einen Brief zerreißen mit lautem Ratsch, in tausend Fetzen. Da hat man etwas geschafft. Wenn auch nichts geschaffen, wenigstens geschafft. Fakten geschaffen: kaputt. Der Welt seinen Stempel aufgedrückt. Sich behauptet. Gegen sich selbst vielleicht, gegen das eigene Wohl, gegen das Allgemeinwohl sowieso. Aber behauptet!

Die schreckliche Vorstellung, dass ich, würde ich mich umdrehen, dem Dämon ins Gesicht blicken könnte, ihn betrachten wie ein Spiegelbild. Wage es nicht, mich zu bewegen. Wage es nicht, aus Angst, da könnte wirklich etwas hocken, hinterrücks, ein fieser Vogel mit roten Augen und schiefem Grinsen. Eine grausame, abstoßende Fratze, und schon auf den ersten Blick wäre klar, dass sie mir gleicht. Ich stiere auf das Antigrafittimuster der Kunststoffpaneele, rase in die falsche Richtung und rühre mich nicht. Bin ich dabei, verrückt zu werden, jetzt gerade, in diesem Moment? Merkt man es, wenn man verrückt wird?

Mein Nacken verkrampft sich schmerzhaft, ich schließe die Augen. Am Schmerz kann man sich festhalten. Wer Schmerzen hat, kann sich leidtun und hat recht. Der andere ist schuld und hat unrecht.

Oder ist es umgekehrt, alles immer genau umgekehrt, und Schmerz nichts als ein Indiz, dass ich mir selber schade?

Der Rabe nagt an meiner Halsmuskulatur. Ich habe keinerlei Lust, verrückt zu werden. Werde bis drei zählen und dann in die Scheibe blicken, in den Spiegel, der Wahrheit ins Gesicht.

Drei. Vor dem Fenster kein Schwarz, kein Spiegel,

sondern heller Himmel und ein großer gelber Stoff. Kein
Rabe, kein Gesicht, nicht ich, sondern das Museum mit
einem Banner, auf dem steht: TIBET – KLÖSTER ÖFF-
NEN IHRE PFORTEN. Tibet! Ohne nachzudenken, stürze ich zur Tür und hechte hinaus, lachend. Erst als ich
auf dem Bahnsteig stehe, fange ich an, mich zu wundern.
Tibet, wohin Olaf unterwegs ist seit zwei Monaten, mit
Flugzeug, Bus und zu Fuß, über Gipfel, Pässe, Flüsse,
fällt mir vor die Füße, wenn ich bis drei zähle.

Aus dem Bahngebäude tretend, lache ich immer noch,
lauter sogar. Das Leben ist ein Wunder, meistens merkt
man es nicht. Und meine Frauenärztin? Mir fällt auf, dass
sie nie behauptet hat, ich müsse nicht verhüten. Vielleicht sollte ich nicht ihr Behandlungszimmer stürmen.
Muss sowieso erst den Schein haben. Allerdings wäre
es angebracht, sie in Kenntnis zu setzen. Um mich zu
informieren, wie alles vonstattengeht. Telefonisch einen
Termin vereinbaren? Während ich überlege, zerrinnt
die Gewissheit, was ich will. Erst zerrinnen die Gefühle, dann der Tatendrang, was ich eben noch wusste und
wollte, verpufft wie ein Tropfen auf einem heißen Stein,
zerrieselt wie Sand.

Gern würde ich aufhören, ein Spielball zu sein, der
ohne Sinn und Verstand durch eine Welt aus Umständen
titscht. Jetzt durch das Sommer-Sonne-Spree-Gewimmel.
Horden von Touristen. Alle sind gekommen, weil sie es
wollten, mit Bussen oder zu Fuß oder mit der Bahn, sie
haben ihr Kommen geplant und ausgeführt und sind zur
vorgesehenen Zeit am vorgesehenen Ort. Manche von
weit her, aus Spanien, Amerika, China, Hut ab, das ist
Entschlossenheit, andere aus Sachsen oder Schwaben
oder Friesland, auch das geht nicht ohne Vorsatz und Tat.

Bildungsbewusste Rentnergrüppchen, flanierende Paare, Familien mit kreischenden Kleinkindern. Ich setze einen Fuß vor den anderen und komme mir vor wie eine Aufziehpuppe. Als folgten alle anderen ihrem Verstand und Vergnügen, nur ich einem Zwang.

Die Treppen des Museums sind leer. Flirrende Hitze liegt über dem Stein. In der Halle atme ich auf, die Luft ist kühl und unbewegt. Lärm und Gewirr dringen durch die dicken Mauern herein, als wären sie eine ferne Erinnerung. Lästig, aber vorbei. Ich schreite über den zweihundertjährigen Marmor, zwischen klassizistischen Säulen hindurch, nicke dem starken Mann zu Pferd vertraulich zu und wechsele Blicke mit hübschen griechischen Göttinnen. Was macht zwischen ihnen der unansehnliche Typ mit dem Bierbauch und dem gelben Schnäuzer? Als Museumswärter gibt er mir höflich zu verstehen, dass ich hier nicht wohne.

Gebetsfahnen markieren den Eingang zur Sonderausstellung. Er wird von einem Männlein bewacht, das aussieht, als könne ich es einhändig in die Luft heben. Ich wedele flüchtig mit meiner just erworbenen Eintrittskarte und betrete den ersten Raum. Er ist dem Rad des Lebens gewidmet, kunterbunte Kreise aus Bildern an allen Wänden. Der Lauf der Dinge als Comic, Belehrungen für Analphabeten, auf dass auch sie den Pfad zur Erleuchtung finden. Das Wichtigste in Kürze. Ursache und Wirkung, der Kreislauf der Inkarnationen. Die Sphären von Mensch und Tier, Göttern und Geistern, zwei Sorten Hölle, eine heiße und eine kalte. Auf einer Tafel steht, dass die Buddhisten es als unermessliches Glück betrachten, als Mensch geboren zu sein, weil man nur in der Sphäre des Menschseins lernen, erkennen und aus dem Rad des Lebens aussteigen kann. Das können nicht einmal die Götter. Momentan fände ich es nicht unattraktiv, als Katze wiedergeboren zu werden oder als ein schöner großer Vogel.

Ich passiere eine Stellwand mit bescheiden anmutenden Exponaten. Es sind ungeschickte Zeichnungen einfacher Mönche, die besten Ratschläge für ein Leben in eisiger Höhe, ohne Strom, ohne Heizung, ohne Arzt. Gemalte Gesundheitsratgeber und Energiespartipps, Sozialarbeit der Klöster. Die meisten Bilder sind eindeutig, zeigen das Händewaschen oder das Sammeln von Holz. Einige verstehe ich nicht, wahrscheinlich, weil mir die Problemstellung unbekannt ist. Vor einer einsamen Hütte zwischen grünen Hügeln, unter blauem Himmel mit rosa Wolken kopuliert ein Mann mit einer Kuh. Ist das ein Vorschlag oder eine Warnung?

Ein Dasein, das täglich ums Essen, Beten und Überleben kreist. Auf zehn Geburten sieben Sterbefälle, das hat mir ein Dorfschamane im Hochland Westnepals erzählt. Er meinte selbst, er sei kein guter Schamane, seine Ausbildung konnte nicht abgeschlossen werden, weil sein Lehrer zu früh verstarb. Was blieb ihm übrig, als mit dem zu arbeiten, was er eben gelernt hatte? Seine Praktiken halfen bei Rotznasen, Fieber, Gelenkschmerzen und Magenverstimmungen. Geburten waren nicht sein Gebiet. Meistens starb das Kind, manchmal die Mutter, ab und zu beide. Das, fällt mir jetzt ein, hätte ich Olaf erwidern sollen. Von wegen Paradies.

Im nächsten Raum empfängt mich ein Buddhagesicht voller Zartheit. Es erinnert mich an frühe Madonnenbilder, und ich wundere mich plötzlich, dass Buddha ein Mann ist. Für andere sorgen, sich hingeben, dienen,

dulden, in dieser Hinsicht ähneln Buddhas Lehren den
alten weiblichen Tugenden unseres Kulturraums. Inter-
essanterweise sind diese Tugenden durch die Emanzi-
pation der Frau beinahe gänzlich aus dem Bewusstsein
verschwunden, und zwar aus dem Bewusstsein beider
Geschlechter. In der Praxis mögen hier und da noch
Reste zu finden sein, in mancher Krankenschwester oder
Kindergärtnerin. Doch wenn man eine Frau heute als
sanft, duldsam und aufopferungsvoll bezeichnet, denkt
jeder, sie sei ein bemitleidenswertes Mäuschen. Würde
jemand es wagen, einen Mann mit denselben Attributen
zu belegen, stünde er als Schwächling und Idiot da, heute viel mehr als vor fünfhundert Jahren. Jeder, egal ob
Mann oder Frau, muss ein forscher, potenter Egoist sein,
um als ganze Portion zu gelten, je unersättlicher, desto
besser. Und weil ungebremster Egoismus schwerlich
eine Tugend sein kann, ist das Wort Tugend selbst dabei,
ein Fossil zu werden.

Der Raum ist groß und lichtdurchflutet, von allen
Seiten umringen mich farbenprächtige Buddhas in
unterschiedlichen Posen. Alle strahlen Gleichmut und
Sanftheit aus. Schluss mit Begehren, Kampf und Zorn,
stattdessen Glück durch Verzicht. Wie anders müssen
Menschen sein, die mit dieser Bilder- und Gedankenwelt
aufwachsen? Ihre psychische Struktur muss sich fun-
damental von der unseren unterscheiden, wird uns doch
seit dem Kindergarten vorgemacht, dass man sich durch
das Leben kämpfen muss, sich durchsetzen, etwas aus
sich machen und dass Glück Besitz sei.

Die übermächtige Harmonie des hellen Raumes
macht mich nervös. Im Rausgehen bleibt mein Blick an
einem stark nachgedunkelten Bild neben der Tür hängen.

Es zeigt einen tiefblauen Buddha im Lotossitz. Junger, wohlproportionierter Körper. Beinahe füllig, nichts asketisch Ausgemergeltes, ein starker Leib, der Geborgenheit ausstrahlt, das Blau verleiht ihm Unerschütterlichkeit. Das Schildchen darunter sagt: Adibuddha, uranfänglicher Buddha.

Eine Vaterfigur ohne Rauschebart und Zornesfalten? Immer zeugender, immer junger Vater aller Dinge? Kein alter Mann mit Rauschebart, der vor Urzeiten gezeugt hat und nun sein Werk betrachtet, um es zu richten.

Die blaue Gestalt hat eine weibliche Figur vor dem Bauch sitzen, die ich nun genauer betrachte. Ich traue meinen Augen kaum, man möchte meinen, das ist geschlechtliche Vereinigung. Eine kleine weiße Frau umschlingt den Buddha mit Armen und Beinen, ihr Gesäß ruht auf seinen in Meditationspose verschränkten Händen. Die weiße Frau hat den Kopf so weit in den Nacken gelegt, dass ihr Gesicht horizontal zum Gesicht des Buddhas zeigt, geradewegs in den Himmel hinauf. Dabei berührt ihr Mund beinahe seinen. Von wegen Entsagung. Mit dem Mann im Schoß heil und ganz wie ein Kind im Mutterleib.

Der Islam sieht in der Vereinigung von Mann und Frau die Vorstufe zum Paradies. Die Buddhisten etwa auch? Erleuchtung als Schrei der Erfüllung? Wie ein Schlag trifft mich die Erinnerung an die namenlose Freude, die mich packte, wenn Olaf das Innerste meines Körpers berührte. Hitze steigt in mir auf, ich rette mich um die Ecke und blindlings in eine abgedunkelte Kammer.

Plötzlich erscheint mir alles, was ich bisher über Sexualität gehört und gedacht habe, als ausgemachter Blödsinn. Ebenfalls, dass die Menschen die Liebe suchen, ihr hinterherrennen, sie verlieren, dass sie vergeht und so weiter. Ein Riesenirrtum. Die Liebe ist einfach nur eine Nummer zu groß für uns, nichts ist eine größere Bedrohung für unsere kleine Existenz als die Liebe. Sie ist der Super-GAU, das, was eine Supernova für Sterne ist. Die meiste Zeit verbringen wir damit, sie kaputtzukriegen oder vor ihr wegzurennen. Alle sind berufen, aber wer ist schon auserwählt? Mir rinnt der Schweiß aus allen Poren. Was mich zusammenhält, ist doch in erster Linie eine gewisse Kleingeistigkeit, an nichts klebe ich mehr als an meinen Schranken, und der Kitt für diesen mentalen Kleinkrämerladen ist die Eigenliebe. Mein T-Shirt klebt, ich schwitze wie ein Schwein.

Meine Augen gewöhnen sich an die schummrige Kammer. Zwanzig oder dreißig Goldfigürchen nehmen Umrisse an, stehen, sitzen, tanzen in einer Wandvitrine. Manche sind dick, andere vielarmig, sie halten die verschiedensten Gegenstände. Der Text auf der Tafel erklärt nicht viel mehr, als dass es sich um Götter handelt. Eine Frauengestalt zu Pferd ist besonders hübsch, Göttin wie Reittier sind fein gearbeitet, und wie die Dame aufrecht dasitzt, wie das Pferdchen seine Beine wirft, wirkt kraftvoll und grazil zugleich. Ich trete näher heran.

Über den runden Brüsten der Göttin prangt eine Kette aus Totenschädeln. Das Pferd trabt über wehrlose, nackte Menschenleiber. Sie liegen mit dem Bauch nach unten, mit der Nase im Sand, die Gliedmaßen verrenkt. Verreckt? Totgetrampelt? Der Sattel, auf dem die Reiterin so anmutig thront, hat einen Kopf. Auch eine Hand! Hat Füße! Es ist gar kein Sattel, der Sattel ist eine Menschenhaut. Sie ist so über den Pferderücken gelegt, dass Gesicht und Geschlecht an der Stelle der Steigbügel baumeln. An Hals und Schweifansatz des Pferdes greift je eine Hand einen Fuß.

Auf dem zugehörigen Schildchen steht ein bizarrer tibetischer Name, den ich überlese, weil ich ihn mir ohnehin nicht werde merken können, und darunter, sehr klein gedruckt, die Erklärung: Schutzgottheit, Erscheinungsform der Göttin der Weisheit. Ich weiß nicht, wie lange ich stehe und starre, vom Schild auf die Figur und wieder zurück. Göttin der Weisheit. Habe selten etwas so Schreckliches gesehen.

Leute betreten die Kammer, laufen die Vitrinen ab und verschwinden wieder. Niemand nimmt Anstoß. Entweder sie sehen nicht hin, oder sie haben die Tibeter von jeher für schauerliche Barbaren gehalten. Oder meinen sie, weil man im Museum ist, habe man sich über nichts zu wundern?

Wovor soll diese grässliche Göttin uns beschützen? Vor uns selbst? Eine Drohung an den Doppelgänger? Wenn du dich deiner Wut hingibst, wird die göttliche Wut dich treffen, wird dich zerquetschen wie eine Fliege und sich deinen Schädel um ihren göttlichen Hals hängen, zum Zeichen ihres Sieges. Sie wird dir die Verblendung aus den Eingeweiden schneiden, mit dem Skalpell, ohne Betäubung, gnadenlos präzise, lebenslang, gute Arbeit, du kannst ihr zusehen dabei, bis du tot bist. Auf der Leiche deines Dämons wird sie ihr Pony tänzeln lassen, auf den im Staub liegenden Gliedmaßen deiner Unzulänglichkeit ihren Triumph feiern über die drei Geißeln der Menschheit: Dummheit, Gier und Zorn.

Wie auf Eiern gehe ich durch die hellen Säle zurück, während die Gedanken als Schnellzüge durch meinen Kopf brausen. Wie der Künstler sich das ausgedacht hat und was er für ein Mensch war? Ob solch eine Ikonographie noch funktioniert nach den Schrecken des letzten Jahrhunderts? Kann der Mensch eine Zerstörungswut entwerfen, die der des Menschen überlegen wäre? Ob ein Tibeter den Zweiten Weltkrieg mit göttlichem Wirken in Verbindung bringen würde, die 56 Millionen Tode, Soldatentode, Lagertode, Bombentode, Hungertode, und kein einziger wie der andere? Ob Götter ferngesteuerte Drohnen in die pakistanischen Berge schicken, damit sie in abgelegenen Bauerndörfern explodieren?

Draußen Lärm und die aktuelle Sommermode. Wieder Touristen. Wie gut wäre es, ein Tourist im Leben zu sein, in der Geschichte. Eigentlich vom Mars und nur als Beobachter hier, zu Besuch, auf der Durchfahrt, die Rückkehr zu überlegener Zivilisation und Marsmenschlichkeit gewiss. Ich würde ungläubig den Kopf schütteln, lächelnd, im Vorübergehen, ein bisschen mitleidig und ein bisschen gleichgültig.

Ich glaube, ich bin dehydriert. Seit heute Morgen habe ich nichts getrunken. Sehnsüchtig blicke ich auf die bunten Schirme der Pseudostrandbars am anderen Flussufer, auf die leicht bekleideten jungen Leute mit mintgrünen und orangefarbenen Drinks in der Hand. Gern ließe ich mich in einen der Liegestühle sinken, setzte meine schicke Sonnenbrille auf die Nase und täte, als gehörte ich dazu. Im knappen Schatten der mausgrauen Häuserwand schiebe ich mich in die entgegengesetzte Richtung.

Am Ende der kleinen Seitenstraße finde ich einen Kiosk mit Außenstehtisch. Aus dem Verkaufsfenster leuchtet mir eine Knollnase entgegen, beinahe so rot wie die Titelseiten der Wochenmagazine daneben. Beim Näherkommen gewinnt sie an Geographie, die Poren werden Krater, rot mit schwarzen Tupfen. Ihr Besitzer ist ein Trinker mittleren Alters, mittlerer Größe, mittleren Gewichts in Jeans und Holzfällerhemd. Ihm fehlt die Hälfte seiner Zähne, die verbliebenen Exemplare changieren zwischen Ocker und Dunkelbraun. Wenn der Mann spricht, pfeift seine Lunge dazu im Takt.

Ich kaufe eine Limonade und stelle mich an den Tisch. Der Verkäufer zieht sich ins Dunkel seiner Bude zurück, eine Dame mit modischem Rassehündchen kommt die Gasse entlang und verschwindet, ich bleibe allein mit dem Plastiktisch und blicke wunschlos auf Zigaretten, Schnäpse und Pornohefte. Der entfernte Lärm lässt die Stille noch stiller erscheinen. Ich entspanne mich ein wenig. Die in erotischer Pose festgefrorene Frau vor meiner Nase hat einen schönen Po, aber wenig Anmut. Irgendwie erheitert mich das.

Hat die menschliche Mittelmäßigkeit nicht etwas Beruhigendes? Grobe, allgemeine Bedürfnisse auf grobe, allgemeine Art befriedigen. Ersatzbefriedigungen und Prothesen. Pralinen als Liebesersatz, Pralinen mit Schnaps als Schnapsersatz. Zigaretten, Nikotinetten, Elektrozigaretten. Ruhe. Eine grobe, allgemeine Ruhe, die hier ein wenig drückt, da zwickt, die allen etwas abverlangt, die man besser nicht unter die Lupe nimmt. Aber immerhin Ruhe.

Das Covergirl ein Blatt weiter trägt Lederslip, Lederkorsett und Stiefel, sie haben ihm eine Peitsche in die Hand gedrückt, Hörnchen auf den Kopf gesetzt und einen Schwanz an den Hintern geklebt. Von wegen Vereinigung. In der Freizeit will man auspeitschen oder der Ausgepeitschte sein, treten oder getreten werden, gezwungen und ausgeliefert sein oder unbezwinglich. Einmal im Leben. Ab und zu. Nachts. In der Mittagspause, auf dem Klo. Oder doch lieber nur im Kopf.

Man hält sich in Schach. Der Teufel, nur auf Papier. Papphörner. Im Magazin, auf Video, im Netz, als Film im Kopf. Der Teufel ist eine zwanzigjährige Blondine aus Tschechien, aus der Ukraine, aus Weißrussland. Der schönen Teufelin einen Sabberfleck auf die Peitsche machen, einen Spermafleck aufs Korsett. Auf die Glossy Page wichsen, mit einer Kuh kopulieren, schlafen gehen.

Je älter man wird, desto größer das Bedürfnis, fest und traumlos zu schlafen. Zu dem Zweck sich einen Schluck genehmigen. Jeden Tag einen Schluck, ein paar Schlucke. Nicht vor vier. Vor vier nur Schnapspralinen. Nach dem Mittagessen. Je mehr man sieht von der Welt, es bevorzugen, sich in eine bessere Welt zu trinken. Aber nicht vor 14 Uhr. Nicht vor 11. Nicht vor dem Frühstück. Zum Frühstück Schnapspralinen. Mit dem Flachmann zum Paradies, jedes Jahr ein Stück näher. Von Jahr zu Jahr weniger wichsen. Irgendwann gar nicht mehr. Geht auch ohne.

Der menschliche Rahmen. Nicht gerade Glück. Aber es geht. Die Zähne verlieren, in Ruhe, Stück für Stück, dafür einen schönen gelben Schnurrbart wachsen lassen. Keine Ausbrüche, keine Zusammenbrüche mehr, nur gepflegte Sollbruchstellen. Wenn etwas bricht, gibt es ein trockenes Knacken, ist kaum zu hören.

Erst jetzt bemerke ich, dass das Heft mit dem Teufelchen gar kein Wichsblättchen ist, sondern eine Zeitschrift namens *psychologie für sie*. Der Titel lautet »Abgründe unserer Seele – wie Phantasien zu Wegweisern zum Glück werden«. Ich schnaube. Vielleicht sollte es auch ein Lachen sein, jedenfalls verschlucke ich mich an meiner Limo, und die Ruhe ist dahin. Hustend mache ich mich davon, ohne die Knollnase noch eines Blickes zu würdigen. Was zählt, ist doch nicht die Frage, ob ich ein Teufelchen bin oder gern eins wäre oder ob mein Partner das sexy fände. Wahrscheinlich zählt nicht einmal die Frage, ob ich letztlich eine Kleinfamilie gründe, und wenn ja, ob das ein Glück wäre. Das sind nichts als Ablenkungsmanöver. Rädchen im Getriebe einer gigantischen freiwilligen Gehirnwäsche.

Ich sehe mein Kind in einer gespaltenen Gesellschaft, deren Mehrheit an der Armutsgrenze lebt. In einer zerfallenden Europäischen Gemeinschaft. Auf einem erkalteten Kontinent ohne Golfstrom, in einer Tundra, Pampa, aus der die Menschen in Horden fliehen, aber nicht in den Süden, denn da ist Wüste. In einer Welt, in der keiner mehr weiß, wohin er fliehen sollte. In einer Welt der Gewalt und des Terrors, im Krieg um Strom, Ressourcen und sauberes Wasser, im Kampf von Reich gegen Arm und Arm gegen Reich, Nordsüdkrieg, Bürgerkrieg, Global War. Mein mögliches Kind in einer unmöglichen Welt.

Zu viel Zeitung gelesen? Die falschen Magazine? Überhitzung, Paranoia? Beim Gehen reibt die Hose gegen meine Schenkel, es ist viel zu heiß für Mai. Der Tag steht im Zenit, ich fühle mich schwer wie ein Stein. Alles erscheint unwirklich. Im Himmel über mir bäumt sich ein weißes Wolkenross auf, macht den Hals rund, prescht vorwärts. Will durchs Blau zur großen grauen Wolkeninsel, die seine Heimat ist. Für ein paar Augenblicke scheint es, als würde es sich nähern. Es nähert sich aber nicht. Indem es mit den Hufen schlägt, voller Kraft und Stolz, lösen seine Umrisse sich auf. Schmelzen in der

Sonne. Das Wolkentier schiebt sein ganzes Sein der Insel zu, doch der Abstand bleibt konstant. Es wird nicht ankommen. Je mehr es schiebt, desto mehr schwindet es. Es schüttelt die Mähne, die Mähne wird zu Fetzen, die Fetzen zu Schleiern, die Schleier zu nichts. Der Schweif löst sich auf, der Hals windet sich und schmilzt ebenfalls. Das stolze Ross, ein Gespinst. Als flüchtiger Nebel mag es schließlich zu seiner Insel gelangen, aufgelöst in tausend Partikel. Unsichtbar geworden, erreicht es den rettenden Hafen, den es nicht mehr braucht. Lautlos, ohne Widerstand steigt es auf zur Mutterwolke. Ist das wirklich?

Wie ein Fluss rauscht die Straße, unüberquerbarer Strom. Die Ampel zeigt Rot, die Abgase verschlagen mir in der stehenden Luft den Atem. Ich versuche mir den Wald vorzustellen, der hier vor fünfhundert Jahren war, ein finsterer Nadelwald wahrscheinlich, den Bären und Wölfe durchstreiften. Ist das unwirklich? Ein LKW bläst mir seinen Gestank ins Gesicht, ich lese SPRUDELNDES LEBEN FÜR SIE und grinse. Wasser mit Aromastoff, wie heute Morgen bei der Beraterin. Dahinter noch ein Laster: FÜR IHR TRAUMBAD UNTERWEGS. Ist das wirklich? Bei Grün hurtig auf die andere Seite, niemals stehenbleiben. Wer sich an die Regeln hält, wird nicht gefressen.

Ich erreiche die Brücke. Der Fluss führt jeden Tag, jede Minute anderes Wasser, nie dasselbe, seit ungezählten Jahrtausenden. Jeder Status ist eine Fiktion, Stabilität Einbildung. Der Himmel ist auf den Fluss gefallen, er tanzt mit den kleinen Wellen, seine Oberfläche ein immaterielles, hypnotisches Flimmern aus Schwarz und Silber. Mit plötzlicher Klarheit empfinde ich Wachstum und Verfall in mir, diesen unentwirrbaren Mischmasch aus Wachstum und Verfall, der jede Sekunde durch meine Zellen geht. Ich höre ihn rauschen, als rauschte die Zeit in mir, der unüberquerbare Strom, der vielleicht gar kein Strom ist, sondern ein Wind ohne Richtung und Grenze und Ufer.

Etwas stößt mich von hinten an, ich taumele, schreie auf vor Schmerz. Ein Radfahrer hat mich gestreift, sein Lenker hat meinen Arm erwischt. Er steht vor mir auf der Straße, rot vor Wut, die Finger um den Lenker gepresst, dass die Gelenke ganz weiß werden, und brüllt: Scheiße! Hans guck in die Luft, oder was! Ist das wirklich? Es ist alles meine Schuld, ich bin auf den Radweg geraten. Dass es meine Schuld ist, mindert nicht das Brennen auf meiner Haut und das Ziehen im Armmuskel. Vorsichtig drücke ich die Hand auf die schmerzende Stelle, murmele eine Entschuldigung und lasse den unbeirrt weiterschimpfenden Radfahrer stehen.

Ich betrete das Bahngebäude wie ein Hund, der seinen Auslauf für heute bekommen hat, einmal Gassi, dann ab, marsch, zurück in den Zwinger. Im Gleichschritt mit dem Vordermann durch einen rotgekachelten Tunnel, bloß nicht berühren, der untere Teil ist goldbraun vor Dreck und Urin. Vorbei an GEIZ IST GEIL, ICH BIN JA NICHT BLÖD und Opernprogramm, davor hocken traurige Punks mit Bier und Kötern. Ein Obdachloser steht an der Treppe herum und bettelt. Ich gebe ihm nichts. Nicht, weil ich nicht will, sondern weil mir zu spät einfällt, stehen zu bleiben, und dann ist es mir peinlich, zurückzugehen, auch wenn es nur fünf Schritte sind. Obwohl es ein wirklicher Obdachloser mit einem wirklichen Pappbecher für wirkliche Münzen ist.

Müde erklimme ich die Treppen. Irgendwie kriege ich

die Füße nicht auf den Boden. Ich trete fest auf beim Stufensteigen, stampfe fast, in der Hoffnung, dass die Wirklichkeit dadurch wirklicher werde. Was haben die letzten Generationen eigentlich aus der radikalen Ausbeutung der Erde, aus der unablässig zunehmenden Macht über die Materie, aus dem ins Unermessliche anwachsenden Reichtum gemacht? Dies und das. Ein bisschen mehr Sicherheit für alle, ein bisschen mehr Freiheit, ganz und gar keine Brüderlichkeit. Was da ist, soll nicht für alle reichen. Haben oder nicht haben, es lebe der kleine Unterschied. Daheim sowieso und in Übersee erst recht. Statt gleicher und gerechter wird diese Welt stetig perverser, was die Verteilung von Wohlstand angeht.

Was habe ich persönlich aus Macht und Wohlstand dieses Landes, aus Denken und Wirken meiner Vorgänger, aus meinem Wissen, meiner Bildung gemacht? Ich habe profitiert. Nahrung, Kleidung, sogar Reisen waren selbstverständlich. Ich habe Geschmack ausgebildet, kann ein schönes Haus von einem hässlichen unterscheiden, anspruchsvolle Musik von sentimentaler, ich erkenne eine gotische Kirche und eine romanische und eine barocke, das Maß der Statuen von Michelangelo rührt mich zu Tränen, und ein schöner Mantel von Gucci gefällt mir besser als Billigklamotten aus Bangladesch. Und? Ich habe mir Gedanken gemacht. Viele Gedanken. Getan habe ich praktisch nichts. Beinahe muss man sich fragen, ob meine Bildung mich eher gelähmt hat als vorangebracht.

Der Zug fährt ein. Der Nahverkehr ist trotz gelegentlicher Pannen gut organisiert. Davon habe ich keine Ahnung, schimpfe nur, wenn etwas schiefgeht. Dabei sind die Leistungen Europas im Bereich Infrastruktur erstaunlich. Züge von Berlin nach Moskau, von Wien nach Konstantinopel, von Paris nach Peking. Wieso kommt mir das vor wie ein Traum, wie Nostalgie, eine Erinnerung an etwas, das untergegangen ist? Wird mein Kind noch eine ähnliche Reisefreiheit erleben, wie ich sie hatte? Werden die No-go-Zonen wachsen wie giftige Pilze? Das Zweistromland, Bagdad, Aleppo, Damaskus, diese Ursprünge städtischer Kultur, Märchenorte meiner Kindheit, Wiegen der Zivilisation, sind schon befallen. Auch die Vororte von Paris und Brüssel.

Das Abteil ist eine dampfende Blechbüchse, die Luft zum Schneiden. Ein chinesisches Paar steigt ein, sie sind jung und hübsch und gutgelaunt. Die englischsprachigen Reiseführer weisen No-go-Zonen für Dunkelhäutige in Berlin aus, Chinesen haben bislang, glaube ich, nichts zu befürchten. Die beiden lachen und hantieren mit dem Stadtplan, lachen lauter. Sind sie verliebt, oder sind sie aufgeschmissen? Es heißt, Chinesen lachen, wenn sie ratlos sind. Entweder kommt dem Paar hier alles furchtbar seltsam vor, oder sie können die Straßennamen nicht lesen.

An der langen braunen Wand des Museums schmieren Bauarbeiter die Einschusslöcher aus dem letzten Krieg zu. Ich würde am liebsten aus dem Zug springen und sie aufhalten, denn sie zerstören für immer das beste Denkmal der Stadt. Die Chinesen würden es nicht verstehen, sie freuen sich, dass die Wand wieder ordentlich ist und aussieht wie neu.

Die Chinesen werden also die Weltherrschaft übernehmen. Im Grunde ergibt das Sinn, immerhin stellen sie über zwanzig Prozent der Weltbevölkerung. Und schon immer war China das Reich der Mitte. Was zählen zwei-

hundert Jahre Schwächeln gegenüber viertausend Jahren
ununterbrochener Geschichte? Eine kurze Anpassungs-
schwierigkeit, schon überwunden. Die Idee europäischer
Überlegenheit winkt uns adieu mit asiatischem Lächeln.

Aber wie sollen ausgerechnet die Chinesen wissen,
wo es langgeht, ausgesetzt im Niemandsland zwischen
gescheitertem Kommunismus und scheiterndem Kapita-
lismus? Ihrer eigenen Revolution nicht mehr sicher, von
der Tradition unwiederbringlich abgeschnitten, ohne ei-
nende Religion? Es ist kaum ein Volk vorstellbar, welches
ideell mehr schwimmt als die Chinesen. Man kann nur
hoffen, dass sie schnell etwas erfinden. Aber auf welcher
Grundlage, die über Geldgier und Machtstreben hinaus-
ginge?

Das Paar hält lächelnd Händchen. Vielleicht doch nur
verliebt. Was immer mit ihnen los ist, sie haben einander.
Halten einander sorgsam fest. Sogar als der Mann den
Plan zusammenfaltet und den Reiseführer wegpackt, tut
er es einhändig, um die Freundin nicht loszulassen, sie
hält ihm mit ihrer freien Hand die Tasche auf. Ich weiß
gar nicht, warum ich immer deprimierter werde. Als vor
meinem Fenster die vertrauten Werbeschilder erscheinen, EUROLAND FRESSNAPF TEPPICHWELT, bin ich
erleichtert, aussteigen zu können.

Ich rempele gegen die in den Wagen drängenden
Menschen, denen nichts ferner liegt, als einen Schritt
zurückzutreten. Die Sechsgeschosser empfangen mich,
dann komme ich an der ausgebrannten Baracke gegenüber dem Jobcenter vorbei. Zwischen Müll und Unkraut
liegt eine Matratze mit grünen Schimmelflecken, davor
ein angekokelter Turnschuh. Auf die rußgeschwärzte
Wand hat jemand in großer roter Zitterschrift die Worte

ALLES MEINS gesprüht. Früher hätte ich sofort ein Foto davon gemacht.

Als ich um die Ecke biege, überkommt mich beißender Neid. Auf wen oder was? Auf das chinesische Paar. Auf ihren Aufschwung und ihre Liebe und ihr Gelächter. Mich packt eine solche Sehnsucht nach Olaf, dass ich am Lieferanteneingang eines Bürohauses stehen bleibe und mich an die schmuddelige Häuserwand lehne. Glücklich sein mit Olaf, für immer. Wieso sollte es unmöglich sein? Ein besiegeltes Glück mit Ehevertrag und Unterschrift und goldenem Ring. Selbst noch mit grauen Bartstoppeln und Glatze und schiefem Altersgrinsen glücklich, glücklich mit Grund, gründlich und bedacht. Ein Pakt, solide wie ein Schweizer Präzisionsprodukt. Glück als Lebensaufgabe und als Pflicht. Daran glauben für immer, bis zum letzten Atemzug. Wäre das nicht erstrebenswert, und wäre es nicht zutiefst vernünftig? Was kann man der andauernden Zerstörung von allem, der natürlichen und der menschengemachten, Besseres entgegensetzen?

Zitternd fingere ich mein Handy aus der Tasche. Meinen Stolz überwinden, meine idiotische Lähmung. Ich wähle Olafs Nummer. Jetzt den kleinen grünen Hörer drücken.

Eine Sekunde, zwei, drei, zwanzig. Keine Verbindung. Hat sich wieder auf den Weg gemacht, seinen 9000 Kilometer weit entfernten Weg, und sein Handy im Rucksack verstaut. Noch einmal versuchen. Zwei Mal, drei Mal. Olaf bleibt unerreichbar. Läuft vielleicht durch dichten Wald ohne Empfang, durch ein tiefes Tal, eine Schlucht, einen Funkschatten.

Geduld bewahren. Geduld und gute Gedanken.

Ist das Erbe der sogenannten sexuellen Befreiung

viel mehr als Vereinzelung und Unglück? Auf der Suche nach persönlicher Erfüllung wird der Partner zum Pornodarsteller und genügt schon bald nicht mehr. Also wechselnde Partner, Kontaktbörse, dann Swingerclub, Gruppensex, Drogen dazu, und wenn alles irgendwie öde geworden ist oder einfach zu ungesund, macht man eine Therapie. Doch die Distanz, die man zu jedwedem Gefühl bekommen hat, das Misstrauen anderen und erst recht sich selbst gegenüber, sind nicht wegzutherapieren. Vielleicht verliebt man sich noch einmal, aber daran glauben kann man nicht mehr. Unterdessen hat man an den entscheidenden Dingen des Lebens, wie zum Beispiel dem Kinderkriegen, vorbeigelebt, denn Kinder zu haben ist mit dieser Art von Freiheitsbegriff nicht diskutabel.

Ich wähle noch einmal, wieder keine Antwort. Immer noch das Funkloch? Mir fällt ein, dass es in Nepal Abend sein muss, ich rechne nach, halb acht. Um die Uhrzeit ist Olaf sicherlich nicht weitergewandert. Hat er sein Telefon ausgeschaltet? Nase voll von mir? Hat sich einen schönen Platz auf einer Panoramaterrasse gesucht, einen Drink bestellt, und gerade in diesem Augenblick, während er die Sonne hinter dem schönsten Berg der Welt untergehen sieht, beschließt er, mich, die ich endlich mit hüpfendem Herzen auf diesem Stück Waschbeton hocke, ein für alle Mal abzuschreiben. Wozu sind meine Gefühle gut, wenn sie immer zu spät kommen?

Ich klebe wie eine Fotomontage an der schmuddelgelben Wand, schlecht ausgeschnitten, schlampig aufgeklebt. Ein Anfängerfehler. Irrtümlich in ein falsches Leben gerutscht, falscher Körper, falsche Zeit, falscher Planet. Muss nun die ganze Zeit nach Hause wollen, zu meinem richtigen Körper und Planeten, jede Minute dieses verdammten irrtümlichen Lebens, und habe keine Ahnung, wie ich hinkommen könnte. Heimat. Bei dem Wort versiegen die Tränen sogleich und ich werde zynisch. Aber wann hört das Ziehen in der Brust auf?

Die Einfahrt zum Lieferanteneingang ist unkrautfrei. Die Mülltonnen stehen im Mülltonnenhäuschen. Europa umgibt mich gleich einer sicheren Festung, ich hämmere dagegen und schreie, dass ich rauswill. Trete gegen das Mülltonnenhäuschen. Weitergehen, so tun, als wäre nichts. Jeder Schritt verkehrt, eine Lüge. Bin eigentlich gar nicht da. Schön einen Fuß vor den anderen setzen, nicht auffallen.

Schritt für Schritt zerbrösel der eben noch solide erschienene Glaube an Olaf und mich zu einem unansehnlichen Häufchen. Einmal mehr. Meine plötzliche Sehnsucht, die vermeintliche Wärme, nichts als ein kurzer Schwächeanfall, ein Rückfall in die Werte des 19. Jahrhunderts. Romantische Liebe, Mutter-Vater-Kind als quasireligiöse Einheit, was für ein Blödsinn. Eine junge Erfindung, und sie hat eindeutig nicht funktioniert. Ich mache die Augen zu, ein Jammerlappen. Mag mich zu Hause ins Bett legen, mir die Decke über den Kopf ziehen und ein paar Jahrhunderte schlafen.

Als ich in den Fliederweg biege, sehe ich in einiger Entfernung Herrn Scholl vor mir hergehen. Bloß keinen Smalltalk jetzt. Bitte wacker voran, Herr Scholl, und kräftig ausgeschritten, nehmen Sie von mir keine Notiz. Meine Fähigkeit, einen Fuß vor den anderen zu setzen, ist äußerst labil, ein hauchdünnes Seil, auf dem ich über meinem eigenen Abgrund balanciere.

Ich drossele meinen Schritt. Mir fällt noch auf, dass

Scholls Rücken merkwürdig gebeugt aussieht, anders als sonst, da sehe ich den ganzen Mann schon zu Boden gehen. Er stolpert, strauchelt, scheint einen Moment in der Luft aufgehängt, dann liegt er platt wie eine Wanze auf der Straße. Ich renne hin. Ihm rinnt Blut aus der Nase, er schaut mich an, schnauft. Und versucht einen Plaudertonfall.

Tja, gestürzt. Über die eigenen Füße. So was Dummes. Feuchte Blätter.

Ich will ihm aufhelfen, da packt Herr Scholl sich an die Nase, wackelt daran. Wohl gebrochen, brummt er mürrisch.

Ich frage ihn, ob ich einen Krankenwagen rufen soll.

Ach was, sagt er. I wo. Die Nase zu richten lohnt nimmer. Schönheitsoperation, na, für wen denn. Ins Jenseits nimmt man den Zinken nicht mit. Bleibt er eben bisschen schief. Für die paar Jahre. Wenn überhaupt.

Er macht keine Anstalten, aufzustehen. Ich sehe mehr Blut an seinem Kopf. Doch den Notarzt holen?

Herr Scholl seufzt. Seufzt tief. Vor einer Woche die Frau gestorben. Im Krankenhaus, an Fehldiagnose. So schnell kanns gehen. Ohne Grund.

Schrecksekunden. Bedauern ausdrücken, schnell. Großes Bedauern, obwohl ich gar keine Worte dafür habe, innen drin sprachlos bin.

Ach ja, sagt er. Sie haben sie noch im Kühlhaus. In einem Schubfach. Zu ihr darf ich nicht. Im Krieg habe ich meinen eigenen Vater mit den Händen aus dem Schutt gewühlt und was von ihm übrig war, im Kochpott nach Hause getragen. Da blieb er, bis wir ihn begruben. Meine Frau liegt im Kühlhaus, im Schuber, neben lauter Leichen, die sie nicht kennt.

Gestammel meinerseits. Im Herzen tragen. Körper zweitrangig. Glaub ich dran? Passen Sie auf sich auf, geben Sie auf sich acht.

Ja, danke, immer doch, seit 1929 schon. Aber seit der Todesnachricht drei Mal gestürzt. Heute das dritte Mal. Seit dem sechsten Lebensjahr nicht mehr gestürzt, und jetzt in einer Woche drei Mal. Kann nur der Anfang vom Ende sein.

Ohne nachzudenken, beginne ich zu lügen. Ich lüge sonst nie, bekomme Schweißausbrüche, wenn ich etwas zu vertuschen habe. Doch augenblicklich sprudeln die Lügen so munter aus mir hervor, dass ich selbst staune, neben dem Lügen gleichzeitig mein Lügen bestaune. Die Blätter seien dieses Jahr besonders rutschig, auch sei schlechter gefegt als sonst, oder weil wenig Wind gewesen sei, lägen die feuchten Blätter überall herum, auf jeden Fall sei ich auch schon ausgeglitten, das müsse gar nicht am Alter liegen, und modrige Blätter seien schlimmer als Glatteis –

Jaja, sagt er nur. Und: Macht keinen Spaß, alt zu werden.

Er weiß, es ist Mai, die Blätter hängen so gut wie alle noch fest an den Bäumen, und wegen der Hitze ist, was immer am Boden liegt, so trocken, dass es zerbröselt, wenn man darauftritt. Herr Scholl ist alt, aber nicht blöd. Jetzt kommt ihm ein ganzer Schwall Blut aus der Nase. Plötzlich spricht er mit völlig veränderter, dünner Stimme:

Sechs Jahrzehnte lang hab ich meine Mutter gesucht in den Trümmern. Ich sammele keine Steine. Bin auch kein Geologe, hab immer nur so getan. Zur Tarnung. Ich will nur meine Mutter finden. Ist in dem Bomben umgekommen. Habe sie so lange gesucht, aber nie gefunden. Nichts von ihr. Dabei hätte doch wenigstens ihr Ring das Feuer überstehen müssen oder ihre Halskette. Ich hätte auch ihren Schädel erkannt, jeden Knochen hätte ich erkannt. Aber nichts übrig. Keine Spur mehr von ihr. Dabei war sie so schön.

Er schluchzt. Dann, als erwachte er aus einem Traum, rappelt er sich plötzlich auf.

Muss hoch, krächzt er, wacker voran.

Ich bin abermals sprachlos. Bevor ich ihn daran hindern kann, versucht er sich aufzusetzen, verdreht die Augen und sinkt zurück. Ich kann ihn soeben auffangen. Vorsichtig lege ich ihn auf den Asphalt, greife zum Handy und rufe endlich den Notarzt. Hoffentlich nicht zu spät. Zum ersten Mal in meinem Leben bin ich uneingeschränkt froh über das Gerät.

Herr Scholl hat die Augen geschlossen. Ich bringe ihn in die stabile Seitenlage und rede irgendetwas, damit er merkt, er ist nicht allein. Ist er bei Bewusstsein? Zum Glück höre ich ihn ab und zu schnaufen. Fünf Minuten kommen mir vor wie eine Ewigkeit. Ich bin überwach, alles scheint näher und greller und schärfer umrissen als gewöhnlich, der Pflasterstein flackert in der Hitze, oder flackert es in meinem Kopf? Meine Füße kribbeln. Kaum vergehen die Sekunden. Ich habe keine Ahnung, ob Scholls Zustand lebensgefährlich ist. Schlaganfall? Kreislaufkollaps? Herzinfarkt? Ich wünschte, ich würde mich auskennen. Endlich höre ich den Krankenwagen.

Nun geht alles blitzschnell. Unter den geübten Händen der Sanitäter kommt Herr Scholl rasch wieder zu sich. Er schlägt die Augen auf, blickt sich um und sammelt seine Sinne. Als er mich erkennt, deutet er ein Nicken an. Bevor er auf seiner Trage im Wagen verschwindet, wendet er sich noch einmal um und ruft mir mit schwacher Stimme, aber deutlich hörbar zu: Was für ein schöner Tag! Bleiben Sie immer jung.

Damit schließt sich die Klappe hinter ihm.

Schöner Tag! Herr Scholl auf seiner Trage, er, der vor einer Woche seine Frau verloren hat, nach sechs Jahrzehnten Ehe, und selbst in einem ungewissen Zustand schwebend, sieht, während ihm das Blut aus der Nase läuft, den schönen Tag. Und ich?

Sobald ich wo hinschaue, wird es dort dunkel und trüb. Immer muss ich die Tragödien sehen, die Dreckecken, Zerschlagenes, die Last ungelebter Dinge, ich, Seherin der Schmutzränder, der desolaten Rückstände, des traurigen Halblebens, das seinem bösen Ende zufault. Halden aus Angst und Pulverfässer von Lügen, so viel gärendes Zeug, dass ich es nicht über mich bringe, ein Kind da hineinzusetzen. Herr Scholl, achtzig, mit gebrochenen Knochen, proklamiert den schönen Tag. Einer von uns ist auf dem falschen Dampfer. Einer von uns ist so vollkommen auf dem Holzweg, dass man nicht weiß, ob man lachen oder weinen soll. Mir dreht sich der Kopf. Ich?

Ich lehne mich an eine alte Kastanie. Sich gegen Baumstämme zu lehnen beruhigt ungemein. Da steigt mir ein Duft in die Nase. Dass es so etwas gibt, einen solchen Duft! Ich lasse die Augen halb geschlossen und gehe der Nase nach. In einem schäbigen Aluminiumregal stehen zwei kleine Büsche mit großen gelbweißen Blütentrauben. Die Farbe leuchtet warm vor dem Ultramarin des Himmels, ein Weiß wie Buttercreme und alte Spitze. Um die süßen Dolden summen Bienen und goldgelbe Hummeln.

Das Regal gehört zu einem Blumenladen, der in einer Holzhütte vor einem Zweifamilienhaus untergebracht ist. Da stapft schon die Verkäuferin heran. Eine Blondine mit hochtoupiertem Haar, Anfang sechzig, zu jung für dieses Viertel. Frührente? Wegrationalisiert? Zwangspensioniert? Der Laden, ein Zubrot für eine allzu magere Altersversorgung. Wie sie zuckelnd ihre Schultern bewegt, wie der Kopf auf dem Hals leicht wackelt, erinnert sie mich an ein schmollendes Riesenhuhn. Scheint beleidigt zu sein über die Störung, ihre Stimme klingt wie gespannter Draht.

Ob ich denn auch was kaufen wolle oder hier nur ihre Blumen bewundern?

Natürlich weiß ich, dass Trost und Duft und Freude flüchtig sind, nicht zu halten und ganz bestimmt nicht käuflich. Aber mich überkommt ein Hunger nach Lieblichkeit, wie ich es von mir gar nicht kenne. Vielleicht aus Trotz beschließe ich, die Gewächse zu erwerben. Sie zu bezahlen und einzupacken und nach Hause zu tragen, um Duft und Cremeweiß zu besitzen. Warum, verdammt noch mal, muss ich immer schlauer sein als ich selbst?

Ich deute auf die zwei Töpfe. Dass ich gleich beide kaufen möchte, alle, die sie hat, beleidigt die Verkäuferin offenbar schon wieder. Sie steckt die Büschlein in zwei Plastiktüten, so missmutig, dass ich hoffe, die Blüten fallen nicht ab vor Schreck.

Dass ich es wage, mich nach dem Namen der Pflanzen zu erkundigen, ist ebenfalls ein Fehler. Sie mault, den könne sie mir nicht sagen, weil das Schild verlorengegangen sei, nicht ihr, natürlich, sondern ihrem Mann, und das nicht zum ersten Mal, sie wisse gar nicht, zum wievielten Mal, jedenfalls habe sie das Schild nie zu Gesicht bekommen und müsse nun vor den Kunden den Kopf hinhalten. Ich unterbreche sie und frage nach der Pflege.

Pflege?

Ihr bleibt der Mund offen stehen. Ich habe sie aus dem Konzept gebracht. Sie verkauft nicht Blumen, weil sie Blumen mag, sondern weil es ein Geschäft ist. Die Blumen interessieren sie nicht. Die Rente ist jämmerlich. Ich bohre weiter.

Licht, Schatten, Wasser? Besondere Bedürfnisse?

Bedürfnisse? Sie reißt die Augen auf.

Normal. Im Sommer gießen.

Sie ist ein zorniges Nachkriegskind, das sich um sein Wirtschaftswunder betrogen fühlt, um die Medaille für besondere Verdienste um den Sozialismus oder um seine persönliche Wende. Egal, was ihr im Leben noch passieren wird, sie wird es umdeuten in das Gefühl des Betrogenseins, in einen Anlass zur Wut. Ich sage: Was für ein schöner Tag!, und mache mich aus dem Staub.

Die Buttercremedolden quillen heraus aus den Tüten, zwei, drei Bienen verfolgen mich. Ich muss an Oma Elsbeth denken, die der Verkäuferin zwanzig oder dreißig Jahre voraushat, vor allem aber einen Krieg. Die immer wusste, was schön und gut ist. Sie hatte die einzige wahrhaftige Wahrheit mit Löffeln gefressen, mit Mühe und unter Schmerzen: Das Leben ist schlimm genug, man muss es sich so nett wie möglich machen. Auf dem Asphalt liegen Kippen und Blütenblätter mit braunem Rand. Die Wahrheit liegt auf der Straße, sie ist ein schäbiges altes Ding, langweilig, niederdrückend und höchstwahrscheinlich viel weniger wahr, als man allgemein annimmt.

142

Atme die Luft ein, die warm und dicht und geladen ist. Den schönen Tag aufsaugen wie einen Löffel Honig. Eine Amsel setzt sich auf einen Busch zu meiner Rechten und schickt einen Triller in die Welt. Urplötzlich das Gefühl, ihre Sprache zu verstehen. Ich lächele sie an. Einen Vogel anlächeln, das ist wohl blödsinnig, denke ich, gleichzeitig freue ich mich. Ich lächele auch den Busch an und den Zaun und die Bordsteinkante. Ein irrlichterndes Glucksen regt sich in meinem Bauch, in meiner Lunge, lässt meine Schultern zucken und steigt mir den Hals hinauf. Ich möchte mich ausschütten vor Lachen. Vielleicht bin ich verrückt. Vielleicht ist das egal.

Ein Windstoß, das Licht ändert sich, als wäre eine Lampe ausgeknipst worden. Ein violetter Vorhang hat sich vor die Sonne geschoben, es blitzt, dann grummelt der Donner. Ein erster Tropfen trifft meine Haut, perlt meinen Arm herunter und fällt zu Boden. Ich sauge den Duft der nassen Erde ein. Die Dolden riechen stärker durch die Feuchtigkeit, die Bienen summen aufgeregt durch den Regenguss, sie können sich zum Fliehen noch nicht entschließen. Heiße Luft tanzt über der Straße und fährt durch die Baumwipfel, nimmt alles mit, was trocken ist. Kreisel aus Blüten und Staub über dem Asphalt, pfeilschnell flüchtende Insekten.

Plötzlich ein Krachen, so laut, dass ich vor Schreck in die Luft springe. Hoch in die Luft, kopflos, instinktiv, die Tüten purzeln sonst wo hin. In meinem Kopf dröhnt es nach. Der erste Gedanke: eine Bombe. Ich öffne die Augen und blicke mich angstvoll um. Von Explosion keine Spur. Aber eine hohe Esche, keine fünfzig Meter entfernt, ist in der Mitte geborsten. Der Länge nach klafft im Stamm ein tiefer Spalt.

Meine Hand hat sich am Vorgartenzaun festgekrallt, ich stehe gekrümmt. Offenbar hatte ich Todesangst. Noch immer habe ich Gänsehaut, mein Atem rast, ich fühle mich fiebrig. Der Regen fällt wie eine Dusche, ich hebe meine Stirn in die Tropfen, beruhige mich. Ich sammele meine Tüten vom Gehweg auf. Die Büschlein sind umgefallen, ein Teil der Erde ausgekippt. Ohne Eile, ohne Ärger schaufele ich die Erde mit den Fingern in die Plastiktöpfe zurück. Plötzlich wird mir bewusst, dass ich mir die ganze Zeit über mit der anderen Hand den Bauch halte. Tatsächlich, ich halte mir schützend den Bauch, als wollte ich etwas darin vor Schaden bewahren. Etwas, das mir ebenso wichtig ist wie meine eigene Unversehrtheit. Frag- und gedankenlos mindestens ebenso wichtig wie ich selbst.

Ein Schreck, anders als der erste, lautlos, in Zeitlupe. Ich halte meinen Bauch fester. Es ist etwas in mir drin, mitten in mir. Eine Erschütterung in meinem Kopf wie das lautlose Einstürzen von Gebäuden im Film, sie wächst sich aus, schleudert mich in Zeitlupe aus mir heraus, ich schwebe irgendwo über meinem Kopf. Allmählich, es lässt sich Zeit, geht aus dem stummen Einkrachen etwas anderes hervor, ein Ton, ein Puls, ein Herzschlag. Nicht meiner. Von oben, weit oben, wie Trommelwirbel aus den Wolken, triumphierend, auf mich niederprasselnd, rasendes Glück.

Tränen rinnen wie Bäche und werden vom Regen gleich weggespült. Olaf hat recht. Ob er nun da ist oder nicht, etwas von mir wissen will oder nicht, ich habe es verstanden, die einzige Möglichkeit ist Bejahung. Abzuwägen ist nicht nur sinnlos, sondern zerstörerisch. Ja sagen, ja ja ja, und zwar zu allem, sonst ist man verloren.

Ich stehe mitten im Unwetter, mutterseelenallein, selig heulend auf dem Gehweg.

Nicht allein. Etwas in mir lebt.

Als ich endlich weitergehe, gehe ich so vorsichtig, als sei ich mir nicht sicher, ob ich noch gehen kann. Als sei mein Körper nicht mehr der bekannte Körper. Als müsse ich das Gehen vielleicht neu erlernen. Als müsse ich vielleicht alles neu erlernen. Bin ich leicht oder schwer? Muss ich mich festhalten, um nicht wegzufliegen? Andererseits kommt es mir vor, als wären meine Füße nicht auf, sondern in der Erde, von der Erde kaum getrennt, wie Wurzeln in den Boden reichend, in ihn eindringend, mit jedem Schritt neu.

Seltsam. Das, woran es mich am meisten erinnert, ist Liebemachen. Dicke, warme Regentropfen fallen auf meinen Körper, darüber streift der Wind. Schritt für Schritt Liebe machen mit der Erde. Mein Haar gehört der Brise.

AUGUST

Unmöglich, bei dem Wetter im Haus zu bleiben. Ich setze mich mit meinem Frühstück auf die Terrasse. Der Himmel strahlt, die Luft ist warm, im Halbschatten funkeln Reste von Tau auf den Blättern. Hinter den Sechsgeschossern ziehen zwei graue Wolken dahin wie bedächtige Wale. Der Obstduft ist fast penetrant.

Durch das Küchenfenster sah ich in Frau Pauls Garten die ersten Äpfel auf dem Boden liegen. Wenn ich sie nicht aufsammele, werden sie fortan in die Verwesung übergehen, Stück für Stück. Ich muss sie unbedingt holen und die schönsten Frau Paul bringen. Ins Heim. Frau Paul endlich besuchen.

Bei meinem Einzug hatte die alte Frau mir ihre Tulpen gezeigt, unscheinbare grüne Spitzen, die soeben aus dem Boden lugten. Hatte erzählt, lachend und mit weit ausgebreiteten Armen, wie sehr sie sich auf die Tulpenblüte freue, damit beginne für sie immer schon der Sommer. Das war Anfang März.

Als die Knospen aufbrachen, war sie nicht mehr hier. Ihr einen Strauß zu bringen – der Gedanke kam und ging. Sechs Wochen darauf reiften die Johannisbeeren. Ich solle mich beizeiten an ihren Büschen bedienen, hatte Frau Paul zu mir gesagt, die Beeren seien für sie viel zu viele, und mit Zucker und Milch schmeckten sie am besten. Ich plante, sie mit einem Körbchen davon im Heim zu überraschen. Aber bis heute habe ich ihr keine Tulpen gebracht und nicht eine Johannisbeere gepflückt. Mir war übel, anfallsweise, nicht nur morgens, sondern stundenlang, an schlechten Tagen von früh bis spät.

Ich ernährte mich von Tütensuppen, einerseits aus Kraftlosigkeit, andererseits, weil sie billig waren, vor allem aber, weil sie mir verrückterweise plötzlich schmeckten. Am besten schmeckte mir Pilzcremesuppe, die ich sonst verabscheue. Dazu knabberte ich rohen Blumenkohl. Wie man sich selbst so fremd werden kann. Schwangerschaft bedeutet Enteignung, unser Fleisch und Blut macht, was es will.

Eine Zeitlang hatte ich große Angst vor der Geburt. Jetzt bin ich ruhiger. Überhaupt werde ich seit einigen Wochen täglich froher. Vielleicht habe ich endlich begriffen, dass mein Kind nicht mir gehört, nicht einmal mein Bauch, alles nur geliehen, wie das Leben selbst. Diese schrecklichste aller Tatsachen kommt mir plötzlich vor wie die größte Befreiung. Je dicker ich werde, desto leichter wird mir ums Herz. Eigentum ist eine willkürlich erfundene Formalität. Oder eine sprachliche Fehlkonstruktion? In welche Abgründe die Grammatik führen kann. Ich bin für die Abschaffung der Possessivpronomen.

Es ist so warm, dass ich nur einen Toast hinunterkriege und den Joghurt nach der Hälfte stehen lasse. Lieber lege ich mich auf meinen Platz in der Sonne. Aus Kartons und Tüchern habe ich mir einen Wandschirm gebaut, der mich von der Straße aus unsichtbar macht. Es sieht ein bisschen nach Slum aus, aber ich beginne gar nicht erst darüber nachzudenken, was die Nachbarn wohl von mir halten. Hinter dem Wandschirm liege ich nackt auf einem Handtuch und biete meinen Körper der Sonne dar. So habe ich die letzten Wochen verbracht. Meine Glieder schmelzen, gießen sich auf die warmen Steine wie Honig aus einem umgekippten Glas. Jede Pore saugt Licht, und das Licht wird nicht weniger dadurch.

Vom medizinischen Standpunkt her sind Sonnenbäder sehr ungesund. Das ist mir bewusst, ich benutze Sonnencreme mit Schutzfaktor 30, um dem Krebs vorzubeugen. So weit gebe ich auf mich acht, funktioniere noch.

Mein Kopf liegt im flirrenden Halbschatten, den die Bäume des Nachbargrundstückes werfen. Das je nach Lichteinfall verschiedene Grün der Blätter lässt sich nur mit dem Wort Glück beschreiben. Es füllt mich völlig aus. Vor ein paar Jahren habe ich Computeranimationen in einer Kunstausstellung gesehen. Komplexe bewegliche Muster, die mich beeindruckten. Wie lange ist das her? Die Muster der Blätter über mir sind unvergleichlich komplexer, nuancierter, verrückter. In ständiger Bewegung begriffene Überlagerungen, atemberaubend schillernde Räumlichkeit, astreines 3-D.

Mein Blut sprudelt, in meinem Kopf wird es warm. Ist mir schwindlig? Ich lege mir die Finger auf die Augen. Mein Blut rauscht wie ein Symphonieorchester. Oder sind es die Blätter? Sie säuseln, raunen, zischen, klappern, bringen Geräusche hervor, für die ich keine Namen habe. In unserer Sprache sind die Bäume stumm, weil ihre Laute von geringer Bedeutung für das menschliche Überleben sind. Unsere Vokabeln wären andere, wenn wir Eichhörnchen oder Amseln oder Borkenkäfer wären. Das leise Prasseln, mit dem die Blätter aneinanderschlagen wie unzählige Trommeln, sollte man es in Anklang an die Pappeln pappeln nennen?

Haarsträubend komplexe Taktverschiebungen. Habe das Gefühl, gleich platzt etwas in meinem Kopf, mit einem Riesenknall, in einer Sekunde, und dann werde ich alles verstehen. Alles wird zu mir sprechen, ohrenbetäubend laut, jedes Ding und alles gleichzeitig, und gleichzeitig werde ich den Verstand verlieren. Mein Verstand wird mit ein paar Saltos aus meiner Schädeldecke springen, vielleicht auf den nächsten Baum, zu den Borkenkäfern, oder geradewegs in den Himmel. Ich halte mir mit den Händen das Hirn fest. Das ist der Selbsterhaltungstrieb. Schön drinbleiben, Hirn. Denk was. Wer scharf nachdenkt, kann nicht weit springen.

Ist Musik der immer aufs Neue scheiternde Versuch, aus der Komplexität der Erscheinungen um uns etwas Schöneres zu machen als sie selbst? Eine Nachahmung, eine Vereinfachung? Der Versuch, Ordnung hineinzubringen, eine für uns greifbare Struktur? Vielleicht ist Kunst nichts als Abdämpfung. Eine für das menschliche Gemüt erforderliche Verdunkelung, um den überbordenden Glanz, den wir weder fassen noch ertragen können, hinter einem schützenden Schleier doch aufleuchten zu lassen.

Zum Teufel damit. Ich bin plötzlich so froh. Froh in allen Poren, weil der Himmel auf meiner Haut aufliegt. Ich spüre, wie meine Zellen sich mit der Luft vermischen. Eine jede Grenze nur eine Scheingrenze, gibt es gar nicht. Ich merke, wie der Himmel in mich dringt und ich in ihn, er mit seinem Sauerstoff und ich meinem CO_2, oder ist es umgekehrt? Unter Einwirkung von H_2O und Licht, oder war das bei den Pflanzen? Bei den Pflanzen, die tagein, tagaus Stärke herstellen, Stärke und Zucker, die Süße des Lebens. Wer sagt, dass ich keine Blume bin?

Ich atme flach, leicht, merke kaum, wie ich atme. Unterdessen arbeiten meine Alveolen auf Hochtouren, ohne mein Zutun, 300 Millionen Alveolen auf 80 Quadratmeter Lunge. Oder hat die Hautatmung übernommen? Meine Haut ein Röhrchensystem, Stigmen und Tracheen, keine Lunge. Vorbei der Zwang, den Brustkasten zu heben und zu senken, ich bin eine Libelle, muss nur den Hintern schwenken, um Luft zu tanken. Aber ich schwenke nichts, ich bin reglos. Ich bin ein Einzeller, bedarf keiner Vermittlung mehr, keiner Organe, der Sauerstoff diffundiert von allein in mich hinein. Mein Stoffwechsel ist der Wille der Materie, was immer das sein soll, Materie, zur Entropie. Die Gase möchten sich verteilen, überall zugleich sein, so sind sie, sie gehen, wohin sie wollen. Lasset die Moleküle zu mir kommen, Sauerstoff und Treibgas und Helium, ohne Unterschied, ich könnte weder nackter noch beschützter sein, sauge alles auf und gebe alles zurück, als Einzeller, ohne das Geringste zu tun.

Meine Glieder melden Schmerz. Zu lange verharrt. Als ich mich aufrichte, knacken meine Knochen. Kein Einzeller. Die Zeit kommt zurück, obwohl ich sie nicht gerufen habe. Ich wische mir den Schweiß vom Bauch und löffele meinen Joghurt aus.

Was soll mir Kunst, Musik. Wie jämmerlich das ist. Diskurse über Brechung, Ironie, Zitat und Zerstückelung, Kunstwerke über Kunstwerke, die Frage des Bezuges und worauf sich das Bezogene bezieht, das interessiert mich überhaupt nicht. Ich lese auch nicht mehr. Die paar Kunstbücher, die ich besaß, habe ich ins Antiquariat getragen und mir von dem Erlös Tütensuppen gekauft.

Ich glaube, ich beginne mich für das Leben zu inter-

essieren. Ich drehe mich auf die Seite, so erdwärts wie
möglich, auf den Bauch geht nicht mehr. Mein Blick hält
sich fest an dem hartgewaschenen blassroten Frottee.
Ein Fadengebirge, steiler als der Grand Canyon. Unter
meinem Ellbogen krabbelt mühsam eine Ameise hervor.
Ich hätte sie beinahe zerquetscht. Sie richtet ihre Glieder,
erschrocken oder erleichtert oder gefühllos, wer weiß,
und stiefelt weiter durch die Fadenlandschaft. Auf und
ab und auf und ab, Frotteeschlinge um Frotteeschlinge.
Muss anstrengend sein. Ich puste sie von einem Gipfel
hinunter auf das Pflaster. Andere Wesen wären nach
dem Sturz tot, der Chitinpanzer hält das aus.

Das Tierchen reiht sich in sein Sozialgefüge ein, locke-
res Ameisenstraßengewusel. Ich folge ihm mit den Augen. Ich hatte Bio-LK, hätte Insektenforscherin werden
können. Jahrelang habe ich nicht mehr daran gedacht.
Kameras interessierten mich mehr. Jetzt ist es mir ein
Rätsel, warum.

Was, wenn ich die Tatsache an mich heranließe, dass
das menschliche Dasein eine Facette unter unauslotbar
vielen Ausformungen des Lebens ist? Dass zahllose Mit-
geschöpfe, die Luft und Licht mit uns teilen, vollkommen anders strukturiert sind als wir und ein dementspre-
chendes Verhältnis zur Welt unterhalten? Was bedeutet
die Tatsache, dass ein anderes Bewusstsein, ein anderer
Daseinsmodus zweifelsfrei existiert, also möglich ist?

Ich nenne die Ameise Anna. Ameisen sind grundsätzlich weiblich, männliche Ameisen leben nur ein paar
Stunden im Mai oder Juni und werden, nachdem sie die
Königin begattet haben, vom übrigen Volk als Nahrung
betrachtet. Das Volk besteht ausschließlich aus Arbeite-
rinnen, das heißt Wesen, die sich von früh bis spät um

151

andere kümmern. Ihnen geht es um nichts als Eier und Larven, um Nahrung für den Nachwuchs und Vergrößerung des Wohnraums. Eine gewöhnliche Kolonie kann in sechs Jahren 40 Tonnen Erde umwälzen. So viel zum schwachen Geschlecht.

Eine Ameisenkönigin lässt sich einmal im Leben befruchten und nimmt dabei mehrere hundert Millionen Spermien auf, die sie fünfundzwanzig Jahre lang in sich aufbewahren kann. Ihr Leben währt, solange die Spermien sich halten, sie verbringt es damit, täglich ein paar hundert Eier zu legen. Bei jedem Ei entscheidet sie selbst, ob sie es befruchtet oder nicht. Aus befruchteten Eiern werden Weibchen, aus unbefruchteten Männchen. Die meisten Eier befruchtet sie folglich.

Die größte entdeckte Ameisenkolonie erstreckt sich von der Riviera nach Westspanien, sie ist über 5700 Kilometer lang. Die Mitglieder dieser Kolonie bekämpfen sich niemals, alle sind verwandt, sie erkennen sich als Schwestern. Weil Ameisen über Jahrhunderte mit dem Menschen mitgereist sind, auf Seglern, Frachtern und in Flugzeugen, erkennen Mitglieder der Superkolonie sogar bestimmte japanische und kalifornische Ameisen als Schwestern. Ihre Welt hat sich schneller globalisiert als unsere.

Ich hoffe ja, dass auch wir bald so weit sind. Eine Hautfarbe für alle, irgendwas zwischen Nougat und Karamell, und alle Geschwister. Wenn sowieso bald jeder auf diesem Globus Jeans trägt, Marlboro raucht und Cola trinkt, dann soll man sich wenigstens vertragen. Ich würde sagen, die Frauen übernehmen den Staat und bilden ein globales Netzwerk aus Schwesternrepubliken, die blutjungen Männer werden nach der Begattung zu knusprigen Grillbraten gemacht und die Kinder sind König.

Anna kriecht in ein Loch. Kriecht wieder heraus. Sie läuft mit ruckartigen Richtungswechseln umher, betastet dies und das mit ihren Antennen. Folgt sie einem Duft, einer Pheromonspur? Am ausgiebigsten betastet sie jedes Schwestertier. Ameisen verständigen sich olfaktorisch und taktil. Mit den Fühlern tauschen sie Informationen aus, je nachdem, ob sie sich schnell, langsam, klopfend oder streichend befühlen, hat es eine andere Bedeutung. Mir fällt ein, dass man das Betrillerung nennt. Ist mir im Kopf geblieben, all die Jahre. Nachdem Anna sich in Schlangenlinien mehr oder weniger Richtung Norden orientiert hat, wendet sie sich nach der Betrillerung gen Südost. Wer sagt ihr, was sie tun soll? Ihr Instinkt? Die Gemeinschaft? Hat sie Vorgesetzte?

Wir sind viel zu sehr in dem verhaftet, was ist. Ich glaube, dass Mitbestimmung in kleinen Verwaltungseinheiten beginnen muss, die über große Autonomie verfügen. Unser größter Irrtum ist der Glaube, dass die Menschen kontrolliert werden müssen, beschnitten, bevormundet und belogen, weil sie es selbst so wollen, dass man ihnen Wegweiser, Schranken und Stacheldraht ins Leben stellen muss, weil sie das brauchen, um sich wohlzufühlen, weil ohne Boss nun einmal nichts läuft und mit Boss das Leben sowieso schöner ist. Dass man die Menschen vor sich selbst beschützen muss, um die Katastrophe zu verhindern. Historisch ist das einigermaßen widerlegt, die Steinzeit lief sozial gesehen ziemlich gut. Hierarchien waren auf natürliche und freiwillige beschränkt, die Grundlage für Entscheidungen war nach jetzigem Kenntnisstand kein König und kein Chef, sondern das Geflecht.

In einer Ritze liegt ein Brotkrümel, der mir vom Teller

gefallen ist. Warum rennt Anna daran vorbei? Keinen Appetit? Ameisen verfügen über Kröpfe. Wenn eine der anderen Hunger signalisiert, wird sie aus deren Kropf versorgt. Sozialen Magen nennt man das. Nicht jeder für sich, sondern alle für alle mit dem Ziel, dass jeder genug hat.

Ich mag nicht glauben, dass die Menschen den Ameisen so weit nachstehen. Ich kann nicht umhin, anzunehmen, dass auch sie im Kern kooperative Wesen sind, keine Alleinkämpfer und keine blutrünstigen Horden. Auch wenn meine Mutter das immer behauptet hat: Der Mensch sei das schlimmste Raubtier. Ich glaube an eine temporäre Fehlentwicklung. Was mich erschreckt, ist, wie weit der gnadenlose Konkurrenzkampf die Menschheit anscheinend gebracht hat. Vielleicht ist Glück ja der größte Entwicklungshemmer.

Anna eilt hektisch umher, jedes Mal knapp an dem Leckerbissen vorüber. Ist das Arbeit? Nach mehreren Minuten landet sie am Ausgangspunkt. Mir kommt das ziemlich unterbelichtet vor. Als ich die Verfolgung gerade aufgeben will, findet sie endlich den Krümel. Betastet ihn, hebt ihn auf, legt ihn nach wenigen Zentimetern wieder hin. Schon schlapp? Sie biegt im rechten Winkel ab und macht sich davon. Bravo, Anna. Ein Prachtexemplar. Bleibt zu hoffen, dass sie wenigstens eine Duftspur gelegt hat.

Eine zweite Ameise kreuzt ihren Weg und betrillert sie. Berta. Ich hoffe, Berta erhält die richtige Info. Anna kriecht zurück ins Loch, Berta ändert nach dem Zusammentreffen ihren Kurs, nähert sich dem Krümel, schlägt im Abstand von einem Zentimeter einen Haken, verfehlt den Happen haarscharf und verschwindet im Dickicht

eines Grasbüschels. Ciao Berta. Von wegen Pheromonspur.

Ich versuche es noch mit Christa, Dora und Else, doch
ich kann keinen Sinn in den Zickzackwegen entdecken.
Der Krümel wurde zwei Zentimeter bewegt und liegt
immer noch da. Zu hart getoastet? Irgendjemand hat mir
erzählt, die Funktionsweise unseres Gehirns sei mit der
eines Ameisenhaufens vergleichbar. Wenn das stimmt,
muss man sich über nichts wundern.

Ein gigantischer Schatten fällt auf die Hügel und Täler
des Waschbetons. Eine Riesenpranke senkt sich auf die
Ameisenstraße und macht Frieda fast den Garaus, soeben gelingt es dem Winzling, sich in die Senke zwischen
zwei Kieseln zu retten. Das Pelzmonster bemerkt nichts
davon, stupst mir unschuldig an den Bauch. Warum
kann ich nicht so ein Pelzmonster sein? Vertrauensvoll
schmiegt der Kater seinen Kopf in meine Hand. Das ist
schön. Diese Handlung kann ich verstehen.

Ich tauge nicht zur Wissenschaft. Mir fehlt die Geduld,
die Unerschütterlichkeit, die Fähigkeit, Langeweile auszuhalten. Ich habe immer gleich Gefühle. Irgendwie
scheine ich zu glauben, dass man mit Gefühlen die Welt
erkennen kann. Aber wer sagt eigentlich, Annas Gekrab-
bel müsse eine Funktion erfüllen? Vielleicht ist es Über-
schwang, reine Lebenslust. Jahrtausendelang kam es
den Menschen nicht in den Sinn, daran zu zweifeln, dass
Tiere Freude haben, viele an ganz ähnlichen Dingen wie
wir, an Licht, Sommer, Gras, an einem Duft, und dass sie
aus Freude handeln. Erst als die Menschheit anfing, selbst
die Lust an der Welt zu verlieren, wurde sie geizig und
suchte überall nach Funktion. Warum sollten niedere
Geschöpfe glücklicher sein als wir? Wenn wir uns selbst

in Mittel zum Zweck verwandeln und der Optimierbarkeit unterwerfen, wieso sollten andere sinnlos Freude haben dürfen? Das Vergnügen hat wenigstens der Fortpflanzung zu dienen oder muss den Verdauungsapparat fördern.

Der Kater wälzt sich auf den Rücken und lässt sich den Bauch kraulen. Er wirkt so gelassen und zufrieden, dass ich nicht umhinkomme, ihn für weise zu halten. Erkenntnis ist Schnurren. Macht das Wollen das Leben so schwer?

Was mir aus einer Biographie über Rosa Luxemburg, die ich mit fünfzehn oder sechzehn gelesen habe, als Einziges unauslöschlich im Gedächtnis geblieben ist, ist ein Brief aus dem Gefängnis, in dem sie die Kohlmeisen vor ihrem Gitterfenster beschreibt. Sich wünscht, so zu sein, ein Vogel auf dem Felde. Sich fragt, ob sie ein missglückter Vogel in Menschengestalt ist. Zugibt, dass ihr die Meisen näher sind als der nächste Parteitag. Ist es bei mir umgekehrt? Sehne ich mich wie verrückt nach einem gesellschaftlich relevanten Leben? Versuche derweil, mich davon zu überzeugen, dass Freude alles ist und die Güte und das Gute für alle automatisch nach sich zieht?

Das Kind tritt mir in den Magen, ich wälze mich auf die andere Seite. Sanft wiegen sich die Baumwipfel, die Sonne wärmt mir den Rücken.

Ich beteilige mich nicht an Wahlen, es sei denn, es handelt sich um Direktabstimmungen, denn ich glaube nicht an die repräsentative Demokratie. Ich glaube, dass wir vom Geld regiert werden, Politiker dienen Konzernen. Und die Grenzen verschwimmen zusehends, der Abgeordnete, der es dem Firmenchef recht macht, bereitet seine zweite Karriere vor. Das glauben immer mehr Menschen, was die lukrative Laufbahn des Abgeordneten jedoch nicht hindert.

Hinter das Grün über mir schiebt sich eine Handvoll Wattewolken. Ich schwebe mit ihnen, segele durch das Blau. Von einer Wolke löst sich ein Fetzen, weht im Kreis herum wie der Schleier einer Tänzerin und wird immer dünner dabei. Jetzt ist er nur noch ein Hauch, eine Ahnung, dann nichts mehr, nichts als ein Gedanke. Mir bleibt beinahe das Herz stehen. Ich glaube vor Freude.

Von Leuten, die sich vom Geld regieren lassen, erwarte ich nicht viel, ich halte sie für einigermaßen dumm. Dass sie von mir das Gleiche denken mögen, macht den Graben nur größer. Sie widmen ihr Leben dem Geldfluss, ich fände es gut, das Geld abzuschaffen. Ich glaube, dass der Menschheit die kollektive Überwindung des Egoismus bevorsteht, den ich mir als eine Art Grippe der Humangeschichte denke. Hoffentlich ist es nicht die Pest.

Der Kater rollt sich in Embryonalstellung und verschränkt die Pfoten über dem Kopf. Hält sich vor Graus über meine Gedanken die Ohren zu. Schnurrt sich in den Tiefschlaf. Vom Schnurren behauptet man, es diene als Zeichen der Unterwerfung. Dabei weiß man nicht einmal, mit welchem Organ Katzen eigentlich schnurren.

Ich glaube an die Konsensdemokratie, an die Synthese aller Gegensätze, an Frieden, Güte und an das Paradies. Wenn ich einen Weg sähe, der vom Hier und Jetzt, von meinem Eigenheim im Tulpensteig in diese Richtung führen würde, egal wie steinig er wäre oder wie weit entfernt das Ziel erschiene, würde ich nicht zögern, ihn zu beschreiten. Ich will etwas, also glaube ich wohl daran, und kann es doch mit meinem wirklichen Leben nicht zusammenbringen. Ich liege hinter einem Wandschirm und warte. Das ist meine Einsamkeit.

Über meinem müden Hirn leuchtet der Himmel. Dieser unberührte Himmel, der die Erde umspannt, Tag und Nacht, in jede Richtung, seit unzählbaren Jahren. Er hat alles gesehen, alle Menschen, alle Taten und was vor den Menschen war. Von nichts blieb eine Spur. Qual, Freude, Unrecht, Güte lösen sich auf in diesem puren Blau, täglich neu. Nach menschlichem Ermessen ist das empörend. Ungerecht. Die Dissonanz krampft mir die Eingeweide zusammen. Untrügliches Zeichen des Menschseins.

Ach, meine Form verlassen. Keine Person mehr sein. Ein Wurm sein, der in der Erde schläft. Ein Fisch im Unterwasserwald, ein Tropfen im Sonnenlicht, ein Stein. Ein fester, grauer Kiesel, man kann ihn umherwerfen, wie man will, darauftreten und ins Feuer schmeißen, er bleibt sich gleich. Die Sonne macht ihn warm, der Schnee macht ihn kalt, aber er verändert nicht seine Form. Reines, messerscharfes Sein. Nicht mehr sprechen, nicht mehr denken, nicht mehr atmen, lachen oder einen Finger heben, ein paar Millionen Jahre lang.

Mir ist schwindlig. Mein Kreislauf holt mich ein. Ich kneife die Augen zu, möchte mich aufrichten, einen Schluck Wasser trinken. Von wegen Kiesel. Ich schwanke, greife nach dem Stuhl und halte mich fest, um wieder auf meinen Platz zu sinken.

Während ich auf diesem Tuch liege, brause ich schneller als jede Rakete durchs All. Wir fliegen mit 30 Kilometern pro Sekunde um die Sonne und 800 000 Kilometer pro Stunde auf das Zentrum der Milchstraße zu. Augen zu, Augen auf, das Wasserglas abstellen, atmen nicht vergessen. Auf meiner Terrasse beträgt die Geschwindigkeit des Kreisens der Erde um sich selbst etwa 1200 Stundenkilometer. Das Glas loslassen, den Klammergriff lösen. Ich weiß nicht, wie viele Teilchen in dieser Hand kreisen, und wie schnell, Mesonen, Hadronen, Leptonen, Universen in der Fingerspitze.

Natürlich ist die Annahme, dass es eine Terrasse gebe, ein Glas, feste Gegenstände, die um feste Gegenstände kreisen, eine kindliche. Jede Grenze ist eine bestimmte Art von Verbindung. Wird mein Kind das wissen? Wird es über die Naivität seiner Vorfahren lachen?

Ich ziehe das Handtuch glatt, auf dem mein anscheinender Körper durch das anscheinende Universum anscheinend braust. Weiß nicht mehr, wer oder was ich bin, erst recht nicht, wo, wie sollte man das wissen, bei dem Tempo.

Plötzlich fröstelt es mich. Zum ersten Mal seit Monaten. Schatten haben sich auf meine Terrasse geschoben, längere als gestern noch und früher. Der Sommer wird alt. Er war heiß und lang, ein 30-Grad-Sommer, ich dachte, er würde nie enden. Ich stehe auf. Als ich das Tuch zusammenlegen will, sagt etwas in mir, dass ich es hier nicht mehr brauchen werde. Diesen Gedanken gilt es abzuwehren. Ich falte das Handtuch ordentlich zusammen und lege es auf der Kommode bereit, für morgen, für übermorgen, für viele Tage.

Ich schließe die Tür mit dem seltsamen Gefühl, es könnte für lange sein. Oder für immer. Als schlösse sich eine Gruft. Nun fröstelt es mich erst recht. Entschlossen stapfe ich ins Schlafzimmer und ziehe eine Strickjacke an. Sterben muss man sowieso, noch vor einer Stunde erschien mir jede Angst lächerlich. Ich knöpfe die Jacke zu.

Leider sieht es aus, als trüge ich ein zu kleines Spannbettlaken. Ich habe das Ding monatelang nicht gebraucht. Wenn es heiß ist, braucht man nicht viel.

Kann kaum sagen, was ich bis zum Abend mache. Ein Pott Tee, alte Fotos, die mir seltsam wenig sagen, ein Buch, das ich bald sinken lasse. Ich bin zu voll, um es zu lesen, lege es auf den Stapel. Der Stapel wächst seit Monaten. Zuunterst liegt der dicke Karl Marx aus dem Keller, ein gutes Fundament, darauf ein paar Bücher über Schwangerschaft und Geburt, darauf mehrere Reiseführer. Kreta, Madeira, Andalusien, vom Wühltisch für 1,99. Die habe ich im Juni gekauft, da regnete es ständig. Ich lege die chinesischen Liebesgeschichten dazu.

Der Tee ist kalt. Die Zeit rauscht leise. Oder ist es die Heizung? Wind kommt auf. Der Mond, ein merkwürdiges Ei, scheint durch mein Fenster. Draußen ist es so hell, dass das Gras neongrün leuchtet. Die Wipfel biegen sich und fahren durch den Mond und seinen Hof wie in einem beweglichen japanischen Tuschbild. Ich bin mir nicht sicher, ob ich müde bin.

Im Schlafzimmer öffne ich das Fenster, bevor ich mich ausziehe. Sofort bekomme ich Gänsehaut, ich beeile mich mit dem Eincremen. Habe mir in der Drogerie eine Lotion gegen Schwangerschaftsstreifen gekauft. Ich will aus dieser Okkupation wenigstens so unversehrt wie möglich hervorgehen.

Als ich mich hinlege, ist das Laken kalt. Das Kind tritt an meine Bauchwand, rhythmisch, unablässig. Will nicht, dass ich schlafe. Will es mir etwas sagen? Versucht es auszubrechen? Ich fühle mich unglaublich wach. Oder schlafe ich schon? Aufgewacht im Traum?

Der Mond nur noch ein hellgrauer Fleck am anthra

zitfarbenen Himmel. Irgendwann fängt es an zu regnen. Gerüche steigen auf, Erde und Früchte und letzte Blüten, alles duftet. Ist das echt? Wetterleuchten ohne Laut, die Welt abwechselnd lila und schwarz, dazu Tritte in mir im Takt, die Bäume glimmen wie grüne Glut. Das ist doch nicht echt!

Im Morgengrauen grauer deutscher Nieselregen. Der ist bestimmt echt, so öde kann man nicht träumen. Aber das Morgengrauen hört gar nicht mehr auf, es bleibt stundenlang grau. Ich sehe mich selbst mit riesigen Augen auf dem Kissen liegen, es muss doch ein Traum sein, mit riesigen Scheinwerferaugen sehe ich mich und den waschechten deutschen Niesel, mein Kopf ist ein Leuchtturm, der in gleichförmigem Rhythmus das Zimmer bescheint, grau und lila, im Takt der Tritte, mein Laken leichenblass.

Es ist alles ein Traum.

Endlich schlafe ich ein. Als ich um halb zehn aufstehe, ist es still, kein Wind, die Vögel schweigen. Vor dem Fenster ist es nebelweiß. Der Vorhang, der den Sommer beendet. Ich denke an Frau Pauls Äpfel. Gleich nach dem Frühstück muss ich sie holen.

Kaum bin ich in der Küche, heulen Maschinen auf. Erschrocken stürze ich zum Fenster. Motorsägen. Ein Gärtnerkommando macht sich im Nachbargarten an die Arbeit, drei Männer in Grün fällen Frau Pauls Apfelbäume. Fällen den Nussbaum. Schneiden die Johannisbeerbüsche wie Papier mit ihren Motorsägen. Zerstampfen die Beete, das Gras, die Blumen. Ich weiß nicht, wie lange ich glotze. Mir kommt es vor, als wäre nach wenigen Minuten vom ganzen Garten nur noch Kleinholz übrig, Matsch und Apfelmus.

Die Ernte habe ich verpasst.

Im Wohnzimmer ist es so düster, dass ich das Licht anknipse. Erst nachmittags, als nebenan wieder Ruhe eingekehrt ist, wage ich mich nach draußen. Wie es drüben jetzt wohl aussieht? Vorsichtig lugen ein paar Lichtstrahlen durch die weiße Wolkendecke. Die Zwergkoniferen im Nebel, nur wenige Schritte entfernt, sehen aus wie verwunschene Gnome, die Tannen der Nachbarn sind stumm drohende Giganten.

Mir zu Füßen auf dem Pflaster liegt ein Nashornkäfer, fast wäre ich draufgetreten. Er liegt auf dem Rücken und zappelt. Genauer gesagt, handelt es sich um etwas mehr als die Hälfte eines Nashornkäfers, bestehend aus dem vorderen Teil des Leibes. Er wiegt den Kopf und strampelt nach gemessener Käferart mit drei Beinen. Ein viertes ist soeben von einer Ameise abgesägt worden, zwei Kolleginnen tragen es fort.

Zwanzig oder dreißig eifrige Beißer wimmeln um ihr Opfer und machen sich mit ihren erstaunlichen Mundwerkzeugen daran zu schaffen. Der Käfer nimmt sich in ihrer Mitte aus wie ein schwarzer Koloss. Ebenso majestätisch wie hilflos liegt er da mit seinem hochragenden Horn, rettungslos verloren, wie die Statue einer versunkenen Zivilisation im Wüstensand, während die fleißigen Schwestern ihn mit Mandibeln und Maxillen zerlegen und in Einzelteilen in ihren Bau schaffen.

Endlich staune ich über die Effektivität der Superviecher, die das Sechsfache ihres eigenen Körpergewichtes zu tragen imstande sind. Vor allem jedoch überkommt mich Ekel. Soll ich meinem ersten Impuls folgen und den Käfer den Nagetrupps wegnehmen, ihn irgendwo hinlegen, wo sie ihn nicht erreichen können? Dagegen spricht, dass es sein Leiden verlängern würde.

Ich weiß nichts über das Leiden eines halbierten Käfers, obwohl ich sogar eine halbwegs klare Erinnerung an das Nervensystem der Insekten habe. Ein Bauchmarkstrang mit paarigen Ganglien, das Ganze in drei Abschnitten, gemäß der Unterteilung des Kerbtiers in Caput, Thorax und Abdomen. Heißt das nun, dass der vordere Teil des Käfers nicht wahrnimmt, was mit dem hinteren passiert? Bio-LK hin oder her, den entscheidenden Punkt habe ich verpasst, und jetzt, wo die praktische Anwendung von Wissen nottäte, ist keines da.

Ich flüchte hinüber in Frau Pauls Garten. Was einmal Frau Pauls Garten war. Als ich über die kaputte Wiese stapfe, bin ich froh, dass sie das nicht sehen muss. Drei heile Äpfel finde ich noch. Ich hocke mich auf einen Baumstumpf. Wolken ziehen, doch hinter den Wolken ist der Himmel nicht blau, sondern weiß. Sie ziehen ohne das geringste Geräusch. Irgendwann schrecke ich auf. Weil alles still ist, weil ich plötzlich das Gefühl habe, die Zeit sei stehengeblieben. Oder ist furchtbar viel davon vergangen?

Als ich zurück auf meine Terrasse komme, ist von dem Nashornkäfer keine Spur mehr zu sehen. Sogar sein Horn haben die Ameisen davongetragen. Als Trophäe? Nein, die fleißigen Maschinchen kennen keinen Triumph, mit Sicherheit hat das Horn für sie irgendeinen grässlichen praktischen Nutzen. Wahrscheinlich zermahlen sie es mit ihren unglaublichen Kiefern zu Pulver und verfüttern es an ihre Larven.

Von Nordwesten zieht eine Wolkenwand heran, dunkel und schwer wie etwas Endgültiges. Ich gehe ins Haus. Habe keine Lust, das Licht anzuknipsen. Ich knalle die Tür fest zu.

163

NOVEMBER

Was für ein schöner Mai. Die Veilchen blühen, ich trinke eine Tasse Kaffee. Als ich den Kopf zum aufblühenden Rosenbusch wende, steht die Beraterin da. Ein Wind geht, lässt ihre Kleider und Haare flattern, die roten Strähnen bauschen sich wie nach Beute schnappende Würmer. Sie schreit: Der Winter kommt! Gehen Sie rein, machen Sie die Tür zu!

Blöde Ziege. Ich kehre ihr den Rücken. Mit dem Rücken zu ihr wird mir bewusst, dass etwas mit ihr nicht stimmt. Ich glaube, sie ist nicht wirklich die Beraterin, tut nur so. Eine Hexe? Ich nehme den Kochtopf, den meine Mutter mir gekauft hat, einen Qualitätskochtopf »made in Germany«, und schlage ihr damit auf den Kopf. Sie zersplittert wie Glas.

Was für ein bescheuerter Traum.

Ist es tatsächlich November? Kann nicht sein, die Rosen blühen. Als ich hinsehe, fällt gerade das letzte Blütenblatt zu Boden, es ist keine Knospe mehr an dem Busch. Ich nehme die Bäume unter die Lupe, die ihr sattes Grün der Sonne entgegenstrecken. Zugegeben, es sieht nicht nach Mai aus. Ich würde sagen Juli. Kräuselt sich da ein Blatt? Ich blicke es scharf an. Ich fixiere es streng. Es wird braun! Es welkt! Es fällt!

Das ist der Lauf der Dinge, es gibt keine Gerechtigkeit auf der Welt, nur Auslese. Ein paar Schwachmaten geben vorzeitig den Löffel ab, bleiben auf der Strecke, zu wenig Licht, nicht genug Kohlenstoff, also verblassen sie, schrumpeln, fallen ab. Die Unterprivilegierten. Loser halt. Immerhin sind es wenige, mitten im Juli.

Weiter hinten leuchtet der Ahorn golden. Golden? Seine Wipfel laufen rot an. Was soll das? Weichei. Zumindest die Linde ist grün, völlig grün, ich schaue nur auf die Linde. Werde nicht zulassen, dass in ein paar Augenblicken der Herbst über den Frühling siegt. Werde die Zeit aufhalten. Zur Besinnung bringen. Die Linde ist auf meiner Seite. Ein schöner Baum. Nein, sie macht schlapp. Verräterin! Ihre Blätter werden käsebleich, ein erstes fällt, dann noch eins.

Hör auf!, rufe ich der Linde zu. Halt!, brülle ich den Ahorn an. Blätter fallen rot und gelb und braun. Ich versuche sie aufzuhalten, hochzuwirbeln, zurück in die Baumkronen, wo sie hingehören im Juli. Selbst wenn es schon August wäre. Ich sammle die Dinger vom Boden auf, stecke sie an die Zweige, sammle und sammle, stecke und stecke. Sie bleiben nicht dran. Sie fallen vor meiner Nase herunter, auf mich drauf, es fallen immer mehr, vor meinen Augen werden sie braun und trocken, werden modrig und schwarz, werden Gerippe, werden Staub, ich kann nichts machen. Ich heule. Ich gebe auf. Es ist November, ich gebe es zu.

Die Haustür knallt. Ich sitze draußen, auf der Türschwelle, unter den Füßen modrige Blätter, die zu kehren ich versäumt habe. Meine Zähne klappern. Das Haus ist verschlossen. Nicht mehr mein Haus.

Fortziehen, vom Haus in die Hauslosigkeit. Etwas zu essen mitnehmen, wenigstens eine Thermoskanne mit heißem Tee. Aber kein Fenster steht offen, nirgends eine Ritze, alles zu. Weggehen, ins Dunkel. Ich höre meine Schritte auf dem gefrorenen Boden. Loslaufen, wohin auch immer. Gern hätte ich ein paar Kekse dabei. Gern wüsste ich ein Ziel. Laufe. Fort von hier.

Was für ein Traum. Kann ich bitte aufwachen?

Halt, schreit die Beraterin, Sie haben das Formular nicht ausgefüllt! Ich renne los. Die Hexe hechtet mir mit wehenden Kleidern hinterher, ihre roten Wurmfortsätze am Kopf winden sich wie zornige Schlangen, sie schwenkt etwas. Das Formular? Einen Revolver? Nein, es ist ein Wischmopp. Sie hält ihn wie einen Speer, sie will mich damit zu Fall bringen! Ich renne schneller denn je, sause mit Superschritten im Supersprint über Zäune, durch Gärten, hüpfe über FORTSCHRITT VOLKES WÜRDIGES HÄLMANN und in den Park hinein. Nichts kann mich aufhalten. Binnen Sekunden erreiche ich den Tümpel. Es ist nicht mehr als ein Sumpfloch mit einem Büschel Schilf in der Mitte, doch kaum gelange ich ans Ufer, beginnt alles zu wachsen, der Teich wird ein See, das Büschel eine Insel, und jetzt weiß ich, dass sie mein Ziel ist. Meine Insel. Mit einem Riesensprung bin ich da. Heimat.

Ich küsse den Sand. Ich umarme das Schilf. Ich benetze meine Augen mit dem heranspülenden Wasser für Schutz und Segen. In der Ferne sehe ich die Beraterin am anderen Ufer ankommen, eine zerfledderte Vogelscheuche. Ich habe keine Angst. Sie nimmt ihre Brille ab, die roten Würmer klappen nach unten wie erschlagen und hängen ihr schlaff auf den Schultern. Ich breche in irres Gekicher aus. Ich werfe mich in den Sand.

Da setzt die Vogelscheuche sich in Bewegung, in meine Richtung. Sie geht auf dem Wasser! Sie kann übers Wasser laufen, die Kuh! Im nächsten Moment steht sie vor mir. Ich gebe zu, ich habe sie unterschätzt. Sie ist gewachsen, wie der See. Hat auch nicht mehr ihr Beraterinnengesicht, ihre Züge sind gealtert und deformiert.

Jetzt mal zu den Fakten, Kind, sagt sie.

Das kommt mir schrecklich bekannt vor. War das nicht die Stimme meiner Mutter? Was für eine beknackte Vorstellung! Meine Mutter kann doch nicht übers Wasser laufen! Außerdem hat sie nicht solche Wurmhaare. Allerdings könnte sie zum Friseur gegangen sein, extra für mich, könnte rote Dreadlocks geordert haben, um mich zu täuschen. Zur Tarnung. Sie hat sich schon immer für geschickt gehalten. Für besonders einfallsreich. Und der pinkfarbene Nagellack? Meiner Mutter ist alles zuzutrauen.

Aber Mama ist tot! Kann sie deswegen übers Wasser laufen?

Die Frau redet auf mich ein, vorwurfsvoll und penetrant, ganz meine Mutter. Wie ich hier leben wolle, geschweige denn ein Kind ernähren. Meine Insel sei ja eine grässliche Einöde. Ich hätte mich natürlich um gar nichts gekümmert. Noch nie habe sie etwas so Trostloses gesehen. Ob ich hier mit dem armen Wurm verhungern wolle. Das sei doch kein Leben für ein Kind auf diesem Sandfleck, kein Leben für irgendwen, aber ein Baby würde hier gewiss vor Trübsal eingehen, wenn es nicht vorher schon hungers sterbe.

Ich will ihr zeigen, wie schön meine Insel ist. Doch wo eben noch das Schilf ragte, gucken nur schwärzliche Stummel aus dem Boden, wo der feine Sand lag, ist grauer Moder. Novemberwüste. Die Frau öffnet den Mantel, darunter kommt etwas zum Vorschein. Es schreit. Ein Säugling! Ist es meiner? Die Hexe wirft sich ins Kreuz und wiehert vor Lachen. Damit habe ich sie endgültig enttarnt, so lacht nur meine Mutter. Verdammt, das ist kein Traum, meine Mutter ist hier, das Kind kreischt wie am Spieß. Mein Kind! Ich muss es retten! Ich mache einen Hechtsprung.

Ich knalle mit dem Kopf gegen die Wand. Es ist die Wand hinter meinem Bett. Der Wecker piept. Morgens, kurz nach acht. Ich halte meine Beule und kneife die Augen zu. Zähle bis drei, bevor ich die Augen öffne. Draußen alles grau. So dunkel, dass ich nicht hochkomme. Kahle Zweige et cetera. Unmöglich aufzustehen.

Augen zu. Wo bin ich? War nicht eben noch Frühling? Ich schlinge die Arme um meinen Bauch, um das Kind darin so gut es geht zu umarmen. Mit jedem Tag wächst es in mir ein kleines Stück. Jeden Tag halte ich das Leben an die Welt. Ein halbes Jahr lang war mir schlecht. Zum Glück ist es vorüber.

Augen auf. Offen lassen, tapfer auf die kahlen Zweige starren. Sie regen sich nicht. Schwarze Stöcke in einer dunkel rottenden Welt. Noch kein Frost diesen Winter, man hat das Gefühl, alles sei von Pilzen und Fäulnis befallen. Aber bloß nicht trübselig werden. Habe schon einige November ausgehalten, warum nicht auch diesen?

Das Aufrichten wird mühsam mit dem dicken Bauch. Ich lehne mich gegen den Türrahmen und putze mir die Nase, die seit Monaten abwechselnd trieft und verstopft ist. Mein Bett sieht riesig aus, ein Meter vierzig mal zwei Meter, viel zu viel Platz für eine Decke und ein Kissen. Bald schon ein Baby mit mir in diesem Bett, in vier Wochen! Kaum mich an das Kind im Bauch gewöhnt, schon wird es ein Kind im Arm werden. Im Tuch, im Bett, im Kinderwagen, im Stuhl gegenüber. Ich freue mich, freue mich ganz unsäglich, anfallsweise, wie Blitze eine Nacht erhellen. Dazwischen Angst.

Ich würde mich gern anziehen. Ein absurder Gedanke hält mich davon ab. Der Gedanke, jemand könne im Kleiderschrank sein. Genauer gesagt, meine Mutter. Eigentlich kein Gedanke, sondern eine Gewissheit. Ich spüre ihre Anwesenheit, als sei sie im Zimmer, keine drei Meter entfernt, aus der Richtung des Schrankes. Wenn ich die Schranktür öffne, wird sie da stehen und mich ansehen mit ihren Augen einer Toten, mich anreden mit einer Stimme aus dem Jenseits.

Mich fröstelt, und ich komme nicht an meine Klamotten ran. Die von gestern sind in der Wäsche, die im Schrank unerreichbar. Das mühselige Leben mit mir selbst. Auf der Kommode liegt eine Strickjacke, die werfe ich mir über das Nachthemd und fliehe ins Bad. Macht die Einsamkeit mich irre? Oder das Schweigen? Den Wahnsinn abschütteln. Wasser laufen lassen, viel Wasser, das hilft.

Das Gratiswochenblättchen liegt noch auf dem Küchentisch. Darin, zwischen Werbung und Lokalpolitik, ein Artikel über den neuesten Kindesmord. Mit Rückblick auf andere Kindesmorde, an die Wand geschmetterte Babys, aus dem Fenster geworfene, verdurstete, vergiftete. Lauter Albträume. Kinderleichen im Park, im Kleidercontainer, im Blumentopf. Bin ich auch ein Albtraum? Wer kann sicher sein vor Psychosen, Hormonumschwüngen, Ausrastern? Was weiß ich schon? Bin ich die Grube, die mich zu Fall bringen wird, der Abgrund, in dem ich versinken werde, die Falle, die jederzeit zuschnappen kann?

Den Wasserkocher füllen, einen Teebeutel wählen. Wohlfühltee mit Zimt. Mein Start in den Tag. Vor dem Fenster reißen sie unterdessen Frau Pauls Haus ab. Lange war Ruhe, seit gestern sind sie wieder dabei. Heute mit Schaufelbagger. Die Schaufel sieht aus wie ein aufgerissenes Maul mit scharfen Zähnen. Ein Stahldrache, der ruhig vor sich hin arbeitet, mit System, ohne Temperament. Ich schaue zu, wie er die Mauern auffrisst, die vor fünfundfünfzig Jahren mühsam zusammengeklaubten Steine auseinanderbricht. Verschiedene Sorten, was eben aufzutreiben war. Ein Nachkriegshaus. Die alten Rohre ragen aus den Wänden hervor wie Arme, die sich gen Himmel strecken.

Ich hole Toast und Butter aus dem Kühlschrank. Was wohl stattdessen hingebaut werden wird? Ein styroporverkleidetes Energiesparhaus mit Carport? Ein umweltfreundliches Katalogdoppelhaus, und für jede umweltfreundliche Haushälfte zwei Garagen? Vielleicht sollte ich besser schnell Vorhänge kaufen. Oder Jalousien? Nehme ich Marmelade aufs Brot? Honig? Ich habe eine seltsame Abneigung gegen alles Süße entwickelt. Ganz hinten im Kühlschrank finde ich eine Packung mit zwei Salamischeiben. Schade, verschimmelt.

Hinsetzen. Der Stuhl ist kalt, ich schiebe mir das Wochenblättchen als Unterlage unter den Po. Einen Schluck Kaffee, Toast ohne alles. Das Kind drückt gegen meine Bauchdecke, ich lege die Hand auf die Stelle. Sein Fuß macht eine Beule, stakt so weit heraus, dass ich ihn fast greifen kann. Mein Kind anfassen, ihm die Zehen kraulen. Das Kind bewegt seinen Fuß, als wolle es mich streicheln. Jeder Tag ein Tag des Kampfes um Glück. Minutenweise manchmal Siege.

Der Kater kommt und springt mir auf den Schoß. Eifersüchtig? Er hat dickes, weiches Fell bekommen, es ist schön, die Hände darin zu vergraben. Er rollt sich zu einer Kugel ein, sein Kopf verschwindet zwischen allen vier Tatzen. Embryonalstellung. Die kleine Fellkugel bedient sich meiner, um wärmer zu werden, und gibt mir Wärme dabei. Mehr Vernunft in der Natur dieses Tieres als in den meisten Menschenhirnen.

Übrigens kenne ich seinen Namen nicht. Bestimmt hat Frau Paul ihn erwähnt, aber ich habe ihn im selben Augenblick vergessen, weil er mich nicht interessierte. Ihr Maunz oder Murr oder Schnurri, nicht die Bohne! Jetzt ist Frau Paul fort, und das Tier hat keinen Namen mehr. Ist schon über ein halbes Jahr namenlos. Vielleicht sollte ich endlich kapieren, dass es mein Kater ist. Einen Namen finden.

Marx?

Natürlich. Marx.

Marx schnurrt wie eine Nähmaschine, während sein Heim nebenan gefressen wird. Dann gähnt er. Katzen sind unsentimental und stinken aus dem Mund.

Frau Paul habe ich seit April nicht gesehen. Seit sie sich von mir verabschieden wollte und ich so tat, als sähe ich sie nicht. Habe mir ein Dutzend Mal vorgenommen, sie zu besuchen, habe es ein Dutzend Mal aufgeschoben. War zu beschäftigt gewesen mit meinem eigenen Leben. Ununterbrochen, Vollzeit. Zwanghaft. Das eigene Leben als Knast, das Leben draußen nur durch ein Guckloch sichtbar, mit Gitter davor. Sieben Monate Einzelhaft. Weiß nicht, wie ich es ausgehalten habe. Oder wie es eigentlich dazu kommen konnte.

Bis Mitte Juni war mir übel. Ich nahm nicht zu, sondern ab, die Ärztin hätte mich beinahe ins Krankenhaus gesteckt. Da wollte ich nicht hin, deswegen ließ ich ein paar Termine bei ihr ausfallen, bis es besserging. Ich zwang mich zum Essen, fünf, sechs Mal am Tag. Tütensuppe und rohes Gemüse.

Der Juli war besser. Da lag ich hauptsächlich auf der Terrasse herum. Eine merkwürdige Debilität hatte sich meiner bemächtigt. Ich starrte die Vegetation an, bis ich selbst anfing, Photosynthese zu betreiben. Den Wolken zuzuschauen war wie Fliegen. Jetzt kann ich mir nicht vorstellen, dass es jemals wieder so warm wird. Als am Ende des Sommers Frau Pauls Apfelbäume fielen, ging ich shoppen. Ich hätte mich zu sehr geschämt, sie zu besuchen, ohne Äpfel, mit leeren Händen.

Ich brauchte dringend neue Kleidung, nichts passte mehr, und Sachen für das Baby. Gleichzeitig wurde mein Geld knapp. Dagegen habe ich bis heute nichts unternommen, versuche lediglich, so wenig wie möglich auszugeben. Was braucht ein Baby? An dem wenigen, was mir einfiel, bin ich beinahe gescheitert. Sicher war es ein Fehler, ausgerechnet ins Zenter zu gehen.

Es war praktisch unmöglich, geschlechtsneutrale Kleidung zu finden. Anscheinend wissen heute alle außer mir, ob sie ein Mädchen oder einen Jungen erwarten. Ich wollte es nicht wissen. Bei der letzten Untersuchung sagte ich zu der Ärztin, ich ginge davon aus, es würde ein Junge. Sie grinste. Zu spät fragte ich mich, ob das etwas zu bedeuten hatte. Sollte ich nun rosa Strampler mit Blümchen kaufen oder die blau geringelten mit Bagger auf der Brust?

Der letzte Schrei in der Babymode für Mädchen sind kleine Jerseyrüschen. Für die Jungen gibt es neben den üblichen Autos und Dampfern tatsächlich Jogginghosen mit Tarnfleckenmuster. Diese Art von Kleidung kotzt mich wirklich an. Ich sehe einen Katalogjungen vor mir, der Klötze übereinanderstapelt, solche Klötze wie im Viertel gegenüber, und ab und zu eine Handgranate hineinwirft. Das Katalogmädchen piepst dazu und klatscht in die Hände, anschließend kratzt es seiner blondgelockten Puppe die Augen aus, weil sie hübschere Jerseyrüschen anhat. Wenn das die Realität ist, hätte ich besser abgetrieben.

Beim zweiten Anlauf, Wochen später, fand ich endlich ein weißes Stramplermodell mit gelben Bärchen, wovon ich drei Stück in Größe 56 kaufte. Die Bärchen hatten riesige Wasserköpfe und dumme Gesichter, aber zu Hause gelang es mir, die Applikation mit einer Nagelschere abzutrennen. Also ging ich ein drittes Mal ins Zenter und kaufte drei weitere Exemplare in Größe 62. Babys wachsen schnell, habe ich gelesen. Ich hatte sogar die Geistesgegenwart, zwei Baumwollmützchen und eine Packung Windeln mitzunehmen. Das ist also Babys stolzer Besitz, sechs Strampler, zwei Mützen und 24 Miniwindeln. Habe ich was vergessen? Ich glaube nicht, dass mein Baby Babymöbel braucht.

Seit Frau Paul fort ist, habe ich praktisch nur mit Herrn Scholl gesprochen, meistens notgedrungen. Beim letzten Treffen erzählte er mir, Frau Paul beginne allmählich doch, senil zu werden, sie fasele verrücktes Zeug über ihre Kindheit und rufe nachts nach ihrer Mutter. Unter diesen Umständen, da nehme er kein Blatt vor den Mund, wünsche er ihr ein schnelles Ende. Preußische Haltung. Wer nicht stehen kann, soll fallen. Wie viele Wochen ist das her? Vier? Nun steht er selbst nicht mehr, der Ostpreuße ist gefallen und nicht mehr aufgestanden. Herzinfarkt, der dritte. Heute wird er unter die Erde gebracht. Er hat es geschafft.

Komisch, wie die Menschen ihr eigenes, privates Schicksal absolvieren, auf Grundlage der Geschichte, die sie rudimentär in der Schule durchgenommen haben, doch im Grunde unbeeindruckt von ihr. Neben der laufenden Geschichte her lebend, auf der Suche nach privatem Glück oder einfach Erträglichkeit und dabei, ob sie wollen oder nicht, unablässig selbst Geschichte produzierend. Holterdiepolter, blind, wie es halt kommt, bevor sie etwas Entscheidendes kapiert haben, ist das Leben vorbei.

Drüben Lärm, etwas stürzt ein. Wo Frau Pauls Garten war, wächst die Grube für das Neue. Ich gehöre zu diesem Neuen, ob es mir passt oder nicht, aber es gleitet an meinem Wesen ab wie ein Fremdkörper, als gehörten wir nicht zusammen, substantiell, schon vom Baustoff her nicht. Ich habe als Kind mal versucht, ein Stück Teichfolie an eine Plastikschale zu kleben. Ich wollte einen Nymphenbrunnen für meine Barbie bauen. Ich versuchte es mit etwa zehn verschiedenen Klebern, keiner konnte die beiden Substanzen zusammenhalten. PVC und Polypropylen verbinden sich nicht. Materialfehler.

Inzwischen argwöhne ich, dass ein Gefühl von Fehlerhaftigkeit mehr oder weniger zur menschlichen Grundausstattung gehört. Wo man hinblickt, falsche Fuffziger. Jahrzehntelang dachte man, man sei der einzige, und dann bekommt man mit einem Mal diese Ahnung, dass in dem, was man für den trennenden Abgrund hielt, womöglich die Verbindung liegt. Es wäre einfacher gewesen, wenn mir irgendjemand das vor zwanzig Jahren mal gesagt hätte.

Nebenan ein lautes Rums. Dach weg. Über der Baustelle eine Novembersonne, die so blass ist, dass ich sie erst für den Mond gehalten habe. Eine zur Unzeit geschlüpfte Mücke fliegt gegen die Scheibe an, knallharte Doppelverglasung, kommt nicht raus. Ich würde ihr gern erklären, dass ihre Versuche vergeblich sind. Auch, dass sie draußen erfrieren würde. Sie fliegt und fliegt.

Ob Frau Paul bei der Beerdigung sein wird? Und ob sie mich erkennen wird? Oder bin ich bereits geschluckt von der Altersschwäche in ihrem Kopf, die die Vergangenheit abreißt wie der Schaufelbagger ihr Haus? Ich könnte ihr aus dem Matsch ihres Gartens eine halbierte Tulpenzwiebel mitbringen, damit sie sich erinnert, oder aus den Trümmern ihres Hauses ein Stück Badezimmerkachel.

Wieder rumst es. Das Haus wird zum Loch. Eisern, der Bagger, wacker voran, das Oberste zuerst, das Oberste zuunterst. Wie die fortschreitende Demenz, die sich die jüngsten Erfahrungen als Erste einverleibt. Am Ende stehen nur noch ein paar Ziegel der Kindheit übereinander, zum Schluss bleibt nichts als Mama. Das große Loch, mit dem alles angefangen hat. Die Schöpfung schreit nach Mama, ohne Unterlass, und mit dem letzten Schrei geht's ab in die Grube, Uterus der Erde.

Als Frau ist man seltsam dazwischen. Ein Wesen, das in dieses beständige Sterben hinein Kinder gebiert. Mit gespreizten Beinen über dem klaffenden Grab. Ich kippe den kalten Rest Wohlfühltee in meine Kehle. Der Tod war mir noch nie so nah wie jetzt, da ich ein Leben in mir trage, es halte, mache.

Auf meinem Frühstücksteller liegt der fad gewordene halbe Toast, die andere Hälfte quillt mir im Magen auf, als hätte ich Pappmaché gegessen. Ich frage mich, wo

Herr Scholl jetzt ist, wenn es ihn noch irgendwie gibt. Ich spüre keine Verbindung. Das beweist nichts. Ich stelle ihn mir friedlich vor, erleichtert, alles hinter sich zu haben. So oder so würde er nie Ärger machen. Disziplin bis zum Kühlhaus. Die Vorstellung dieser eiskalten Schubfächer verursacht mir sofort Platzangst. Ob das nach dem Tod automatisch aufhört? Ich verfüge hiermit, dass ich nicht in ein Kühlfach zu kommen wünsche, nicht beerdigt werden möchte, sondern so schnell wie möglich verbrannt.

Neben dem Teller die umrandete Karte. Nach kurzem Leiden. Abschied von Manfred Scholl. In Liebe und Dankbarkeit. Spenden an die deutsche Kriegsgräberhilfe. Statt Blumen. Beginn 10 Uhr. Hoppla, ich hatte 10 Uhr 30 im Kopf. Vorsichtig schiebe ich Marx von meinem Schoß. Nimmt er es mir übel? Nein, er gähnt gemütlich, reckt und streckt sich und wird dabei dünn wie eine Dauerwurst.

Ich sage: Ich geh schnell duschen, Karl.

Karl ist der Spitzname.

Wasser laufen lassen, bis es warm wird, dann ins Rauschen steigen, im Dampf die düsteren Gedanken auflösen. Viel heißes Wasser schadet der Umwelt und hilft der Psyche. Irgendwo knallt es. Eine Tür, ein Fenster? Unglücklicherweise fällt mir meine Mutter im Schrank ein.

Meine Mutter knallte mir die Haustür vor der Nase zu. Wir hatten uns gestritten, sie wollte einkaufen gehen, ich nicht. Ich war gerade sechs, noch kein Schulkind, sie knallte die Tür zu und ging. Zum ersten Mal in meinem Leben blieb ich allein, und mich überkam ein Gefühl der Verlassenheit, wie ich es seitdem nie mehr empfunden habe. Oder seitdem immer wieder, und immer wieder gleich, Anlass egal.

Als Ausgleich, um sie zu bestrafen, natürlich insgeheim, denn nie hätte ich sie so bestrafen können, dass sie es womöglich gemerkt hätte, nahm ich mir aus dem Kästchen mit den Münzen für die Straßenbahnfahrten eine Mark. Geklaut. Kaufte mir am Büdchen Schaumerdbeeren davon, zehn Stück. Wollte sie alle aufessen, aber nur die ersten zwei oder drei schmeckten. Nach der fünften gab ich auf, nach Hause tragen konnte ich sie nicht, also warf ich den Rest ins Gebüsch. Unter Tränen der Wut.

Wir sind alle schuldig, jeder auf seine eigene Weise. Sind derart schuldig, dass sich der Prozess nicht lohnt. Besser gleich freisprechen.

Es stimmt, meine Mutter hat ihre Macht missbraucht. Hat mir, dem Kleinkind, Fallen gestellt und mich ausgelacht, wenn ich hineintappte. Tapsirosi. Sie war jung und voller Unmut über die Beschneidung ihrer Freiheit, die ich darstellte. Vielleicht verzweifelt. Im großen Ganzen war sie als Mutter in Ordnung. Ich habe keinen Hunger und keinen Durst leiden müssen, war immer nett angezogen, sie hat mich nicht geschlagen, und geherzt hat sie mich zwischendurch auch. Als Kind fand ich ihren Geruch unwiderstehlich.

Ich seife meinen Körper ein, der im Körper meiner Mutter gewachsen ist, ein Geschenk, ungebeten oder nicht, das man niemals aufwiegen kann. Höchstens weitergeben. Freisprechen?

Mama, mit meinem Erscheinen habe ich deine Jugend beendet und dich an einen Mann gebunden, mit dem du nicht glücklich wurdest. Sprichst du mich frei? Komm aus dem Schrank raus, ich spreche dich frei. Freisprechen und endlich frei atmen können. Du und ich, jeder für sich.

Wenn du Atem hättest. Wenn Tote atmen könnten.

Die Seife gleitet mir aus der Hand, ich bücke mich, fische sie aus dem Wasser, beim Aufrichten stoße ich mir den Kopf, die Seife fällt wieder runter. Alles ist sinnlos, egal, wie man sich abmüht. Nie erreicht man, was man will, selbst wenn es einem vor der Nase baumelt. Am besten springt man von der nächsten Brücke.

Bin ich das? Nein, das ist Papa. Vererbte, eingebrannte Gedanken.

Papa, die blasse Figur. Kaum da. Ich sehe ihn in Pastelltönen. Wie hinter Glas. Aschblondes Haar, blassblaue Augen. Beigefarbene Pullover, manchmal blaugraue. Dünn. Überarbeitet. Abwesend. Hat mich nie ausgelacht, aber meine Mutter auch nicht ein Mal gestoppt. Mich nie in Schutz genommen. Schaute zu mit traurigen Augen. Vielleicht mit ungutem Gefühl, einem diffusen Unwohlsein? Vielleicht war er mit seinen Gedanken aber auch ganz woanders. Beim Chef, bei der missglückten Beförderung, bei den roten Zahlen des letzten Kontoauszugs? Er schwieg. Hat mich nie in den Arm genommen. Nie gedrückt. Kaum angesehen. Das ist schlimmer, als ausgelacht zu werden. Was für ein Schwächling!

Starb mit fünfzig an Krebs. Wollte nicht sterben, hat gekämpft, zwei Jahre lang. Wollte einen Neuanfang, es besser machen, zu sich kommen. Und schwand doch unabänderlich dahin, von Monat zu Monat. Nur Haut und Knochen zuletzt, die Augen seltsam groß. Zum ersten Mal strahlend.

Freisprechen! Schnell freisprechen!

Ich drehe das Wasser ab. Meine armen toten Eltern. Ich wusste gar nicht, dass unser Verhältnis so schlecht war. Stehe triefend in der Dusche, den Kopf an die kühlen Kacheln gelehnt. Armer Papa, zwei Chemotherapien, und dann rennt die Frau weg. Mich fröstelt. Warmes Wasser hilft, solange es läuft.

Wie wird man diesen Ballast los? Am liebsten würde ich Feuer an den ganzen Krempel legen. Mit Petroleum übergießen und anstecken. Abfackeln. Nie mehr wiedersehen, das Gerümpel, endlich leben.

Im Schlafzimmerspiegel erkenne ich mich kaum wieder. Nicht nur der Bauch ist dick, auch die Fesseln, und das Fleisch an den Oberschenkeln wellt sich. Neuerdings, seit ein oder zwei Wochen. Schnell zum Schrank, etwas anziehen. Steht darin meine Mutter, mit wehendem Haar? Zusammenreißen. Die Tür öffnen, mit einem Ruck. Muffige Winterklamotten. Ich brauche etwas Schwarzes, krame mein Wollkleid hervor und ziehe es über. Es ist eines der wenigen hochwertigen Kleidungsstücke, die ich besitze, ich sehe darin aus wie eine gestopfte Wurst. Ich weiß nicht, wie lang die Nähte die Spannung aushalten, ich ziehe es schnell wieder aus, schnell und vorsichtig, damit das gute Stück nicht reißt. Wäre schade drum, schließlich ist anzunehmen, dass das Leben nach der Entbindung weitergeht. Muss mich dazu anhalten, zu denken, dass das Leben nach der Entbindung weitergeht.

Stehe halbnackt und zitternd vor dem Spiegel und kann mich für kein Kleidungsstück entscheiden.

Seit der Trennung von Olaf eine Entscheidung nach der anderen. Verantwortung und Versagen, Schuld und Sühne sind plötzlich in mein Leben getreten, denn jede Entscheidung ist nicht mehr eine Entscheidung nur für mich allein. Was sage ich dem Vater, und wie, und welchem Vater? Olaf, der nicht da ist und sich nicht meldet und von dem mich 9000 Kilometer und ein halbes Jahr Schweigen trennen? Einem schmierigen Immobilienmakler, dessen Namen ich am liebsten vergessen würde? Nichts sagen, niemandem, Vater unbekannt? Endlich eine Welt ohne Väter? Ich habe alle Zeit der Welt, von nun an schuldig zu werden, vor mir, vor der Welt, vor Olaf. Und vor dem neuen Menschen in mir, den ich nicht fragen kann.

Ich ziehe den Glitzerpulli aus dem Schrank. Schwarz mit Silberfäden, ein Fummel aus dem Secondhandladen. Eher Club-Look als feierlich, außerdem ziemlich dünn, aber weit, Mode der Achtziger, ein Schlabberschnitt. Darunter ziehe ich schwarze Leggings. Mein Spiegelbild betrachtet mich nachdenklich und kommt zu dem Resultat Grufti-Weihnachtskugel auf japanischen Essstäbchen.

Mein Handy piept. Es sagt nicht mehr viel, nur noch, was ich mir selbst zu sagen habe. Weckerfunktion, Terminerinnerungen. Jetzt meint es, dass ich losgehen sollte. Ich gehe also los. Die Berechenbarkeit des Vorgangs macht mich zornig. Eine Demütigung. Es kommt mir vor, als wäre es das Handy, das mich fernsteuert, nicht ich, die das Handy bedient. Der Zorn dauert nicht lange an, trotzdem frage ich mich, wie man eigentlich so leben kann, wenn ein Nichts, für das man zudem selbst verantwortlich ist, solche Gefühle auslöst.

An meiner Rose vor dem Haus streckt sich ein neuer Trieb. Hat keinen Sinn im November. Wurde vom atlantischen Tiefausläufer getäuscht, ist zum Tode verurteilt. Schönes Foto, dieser frische, starke Trieb vor dem blechernen Briefkasten und den kahlen Ästen.

Ich stehe am Tor, friere und kann nicht weg. Nicht wegen der Rose. Wegen des Briefkastens. Öffnen oder nicht? Was, wenn Rechnungen drin sind? Langsam geht das Geld aus. Ich bin nicht mehr in der Lage, ein vernünftiges Foto zu machen, geschweige denn, ein verkäufliches. Zwar nehme ich hin und wieder die Kamera zur Hand, schaue mir die Welt durch die Linse an, suche Motive. Aber ich kann nicht mehr auf den Auslöser drücken. Als würde ich mit dem Abdrücken den Moment, die Wirklichkeit erschießen. Es ist mir widerlich geworden. Wenn ich sehr sparsam bin, werde ich noch ein paar Monate leben können.

Die Broschüren und Faltblätter der Beraterin habe ich natürlich nicht studiert. Habe die Dinger eine Woche lang auf dem Küchentisch liegen lassen, dann weggeschmissen. Hilfe anzunehmen ist schwierig genug. Bei Institutionen Anträge zu stellen, Formulare auszufüllen, die Bedürftigkeit zu begründen und sie anhand von Belegen zu beweisen übersteigt meine Möglichkeiten.

Das letzte Blatt vom Ahorn gegenüber schaukelt im Wind. Ich erinnere mich genau, wie ich Mitte April an dieser Stelle stand, vor sechseinhalb Monaten. Es war der Tag nach dem Schwangerschaftstest. Die Krokusse waren verblüht, die Tulpen sprossen, und endlich schlugen die Bäume aus. Die Blätter des Ahorns waren noch winzig und zusammengeknautscht, Falte für Falte raumsparend verpackt, man erkannte soeben die fünf kleinen Spitzen, die sich golden leuchtend ins Licht reckten. Die verrückte Gleichzeitigkeit von unbeugsamer Kraft und äußerster Zartheit trieb mir die Tränen in die Augen. Ich hatte selten etwas so Schönes gesehen.

Meine Finger werden blau, während ich hier her-

umstehe. Ich muss endlich der Wahrheit ins Gesicht sehen. Die Wahrheit ist, dass ich vermute, es könnte ein
Brief von Olaf im Kasten sein. Keine Ahnung, warum,
da ist plötzlich so ein Gefühl, als wäre etwas im Kasten,
das mich anzieht, Signale aussendet, beinahe, als wäre es
lebendig.

Wenn wir uns jetzt zusammenraufen würden, hätten
wir gerade genug Zeit, um noch schnell eine bürgerliche
Familie in einem viel zu kleinen Bungalow zu gründen.
Ob ich will oder nicht, mein Herz pocht viel zu schnell.
Meine Hand zittert, ich greife den falschen Schlüssel.
Panik vor der bürgerlichen Familie? Oder wilde Hoff-
nung? Die Schlüssel verheddern sich. Fallen hin. Muss
mich bücken. Das ist mühsam, ich fluche leise. Mit dem
richtigen Schlüssel die Hand zur Briefkastentür führen.
Die Tür knarrt.

Unter einer Gasrechnung lugen schräge Druckbuch-
staben hervor. Olafs Schrift! Kein Brief, eine Karte. Nach
sechs Monaten des Schweigens eine Ansichtskarte per
Nachsendeauftrag. Zum Ende hin wird die Schrift immer
kleiner, der Abschied steht quer an den Rand gequetscht.
Hatte mir wohl mehr zu sagen, als er dachte.

Die Briefkastentür fällt zu, ich schließe sie ab. Dabei
schaue ich meiner Hand genau zu. Sie zittert nicht, sie
tut ruhig, was ich ihr auftrage. Ich bin gefasst. Die Karte
lesen, Wort für Wort und der Reihe nach, wie es sich gehört. Beim dritten Anlauf schaffe ich es.

LIEBER LUX, PALDEN LHAMO IST EINE SCHÖNE
FRAU, ZUSTÄNDIG FÜR DIE ZERSTÖRUNG IHRER
FEINDE (DUMMHEIT, GIER, ZORN). SIE TÖTETE EI-
GENHÄNDIG IHREN SOHN, UM DIE GRAUSAMEN MEN-
SCHENOPFER IHRES MANNES ZU STOPPEN (EINER

DIESER IRREN HERRSCHER). WIESO HAT SIE NICHT DEN KÖNIG GEKILLT? IST DIE IDEE MEHR WERT ALS DAS LEBEN? – ICH WERDE ALT, ICH SUCHE DAS GLÜCK. ICH GLAUBE, DU NICHT. MEIN VATER HATTE EINEN SCHLAGANFALL, ICH KOMME SCHNELLSTMÖGL. ZU-RÜCK NACH D'LAND. VON HIER BRAUCHE ICH 5 TAGE NACH LUKLA, DANN HOFFENTL. MIT HELI NACH K'DU. BIN VIELLEICHT EHER DA ALS DIE KARTE.

Und quer über den Rand:

WEISS NICHT, OB ICH DICH SEHEN KANN/WILL. OLAF

Olaf in Deutschland, vielleicht in diesem Augenblick? Ich schlucke. Wer zum Teufel ist Palden Lhamo? Ich drehe die Karte um und falle fast hintenüber. Eine blaue Gestalt sieht mich an, sie hat gefletschte Zähne, schöne Brüste und reitet seitwärts auf einem Pferd, welches auf nackten Menschenrücken steht, um ihren Hals baumeln menschliche Schädel, ihr Sattel ist eine Menschenhaut. Diese Haut war also ihr Kind? Der Schrecken ist immer steigerungsfähig.

Das letzte feuerrote Blatt am Ahorn schaukelt immer noch, zögert einen Moment, dann fällt es. Ist das Leben mehr wert als die Idee, um jeden Preis? Auch das ist sehr zweifelhaft. Was würde meiner Ansicht nach lohnen, mit Blut bezahlt zu werden?

In meinem Leib rumort es. Das Baby ist so groß, dass es unangenehm wird, wenn es sich dreht. Ich drücke mit den Händen leicht gegen die Bauchdecke. Will das Geschöpf in mir beruhigen und zweifle gleichzeitig am Leben. Dabei ist kein Tyrann in Sicht, kein Mord und Totschlag in Reichweite. Meine Ideenwelt, lauter Ge-spenster.

Vielleicht ist die Reichweite das Problem. Es ist alles zu weit weg und hinter verschlossenen Toren, man weiß gar nicht, wen man töten sollte. Hier stehe ich und starre auf den trostlosen Ahorn, bin weder so schön wie Palden Lhamo noch so in Rage und fühle mich wie ein echter Waschlappen. Das Kind verpasst mir einen heftigen Fußtritt. Noch vor kurzem war das ein Gefühl, als würde es mich von innen kitzeln. Jetzt tut es weh. Ich als Hindernis, Olafs Glück im Weg? Zwei Tränen tropfen mir vom Kinn auf den Kugelbauch. Wenn Olaf mich so sähe, wäre er gerührt. Aber er sieht mich nicht. Niemand sieht mich. Selbstmitleid? Oder doch Zorn?

Ich muss all das hinter mir lassen, wenigstens für den Augenblick, ich muss los. Gehe drei Schritte, wacker voran. Am Gartentor überkommt es mich. Mein Unterleib wird hart wie Stein, ich hänge gekrümmt an der Klinke, zittere und hoffe, dass ich nicht umfalle. Das kalte Eisending in meinen Händen erscheint mir wie der Dreh- und Angelpunkt der Welt zu sein. Bloß festhalten. Mein Magen schiebt sich von unten gegen die Lunge, der Schmerz lässt mir die Haare zu Berge stehen. Tief atmen. In dreißig Sekunden ist es vorbei. Zwanzig. Fünfzehn. Ebbt schon ab. Gebärmuttertraining, Muskelübungen, angeblich normal. Seit Wochen geht es schon so. Übungswehen. Die Ärztin meinte grinsend: Wer früh Wehen hat, gebiert spät. Natürlich nicht immer. Aber meistens. Machen Sie sich keine Sorgen. Und schonen Sie sich.

Wie geht schonen?

Meine linke Hand hat sich so fest um die kantige Klinke gekrallt, dass rote Abdrücke zu sehen sind. Tut sogar ein bisschen weh. Mein Kopf braucht zwei, drei Minuten, um wieder zu arbeiten. Während ich peu à peu zu mir komme, merke ich, wie weit weg ich war. Das ist neu. Hormonausschüttungen? Lieber noch einmal hinsetzen. Alles da, Arme, Beine, Herz? Kopf noch auf den Schultern und Stimme vorhanden?

Ich setze mich auf den Stein, den Herr Scholl mir geschenkt hat, als er bemerkte, dass ich schwanger bin. Stand eines Morgens vor meinem Gartentor mit seinem Anhänger. Er habe etwas für mich, sagte er strahlend, oder eher für das Kleine, also für Mutter und Kind. Dann hievte er keuchend den Stein vom Wagen und platzierte ihn neben den Zwerglebensbaum, wo er jetzt liegt und auf unabsehbare Zeit liegen bleiben wird, vielleicht bis zur nächsten Eiszeit, ich jedenfalls kann das Ding nicht bewegen. Ein Geschenk für ein Baby, schwer wie ein kleiner Elefant. Es ist der Stein mit dem Pflaster.

Wird mein Kind darauf sitzen, wenn ich tot bin? Selbst schon mit grauen Haaren und klugen Gedanken? Gar mein Enkel? Wird er den Ahorn betrachten wie ich jetzt, nur dass der Ahorn dann kein magerer Steckling mehr sein wird, sondern ein Baum, dessen Wipfel den Himmel berühren?

Gedanken aus einer anderen Zeit, ich glaube keine Sekunde daran. Ich bin seit meinem fünften Lebensjahr neun Mal umgezogen, sechs Mal davon in den vergangenen zehn Jahren. Ich bin nicht der Mensch, hier eine Bungalowdynastie zu gründen. Meine Wurzeln reichen nicht tiefer als bis eben unter die Oberfläche. Und den Ahorn, der sich dort wild ausgesät hat, wird man nicht wachsen lassen, er wird der nächsten Säuberungsaktion des Gartenbauamtes zum Opfer fallen.

Herr Scholl ist, soweit ich weiß, zwei Mal in seinem Leben umgezogen, einmal, weil er ausgebombt wurde, und Ende der fünfziger Jahre, als er heiratete. Von da an hat er hier gelebt, bis zum Schluss. Die Steine, die er in seinem Leben bewegt und platziert hat, sind alle noch an Ort und Stelle, jeder einzelne. War es das, was er gewollt hat?

Ich schaue auf die roten Linien meiner Handflächen, auf die weiße Pflasterlinie des Steins. Gefühle, Gedanken, Gefühle. Eine Sackgasse nach der anderen, lauter Gespenster. Das Leben als Bandbreite energetischer Zustände erkennen. Bewegung, Licht. Emotionen sind Abfallprodukte. Manchmal geht etwas kaputt. Aber kaputt gibt es eben nicht. Probleme des Vokabulars. Kaputt von der Liste streichen, und Ende und Tod und Teufel. Alles ist immer nur anders. Immer ganz genau, was es ist, und im nächsten Augenblick schon nicht mehr dasselbe. Jetzt jetzt jetzt, ist ist ist. Widerstand zwecklos.

Angst und Schmerz wegwischen wie eine lästige Fliege. Gleichgültigkeit und Trägheit auch wegwischen, hier und gleich. Ich raffe mich auf. Wacker voran, Rosi, wenigstens dieses eine Mal. Einmal nicht einfangen lassen vom eigenen Leben, das mich im Würgegriff hält. Stattdessen meine Pflicht und Schuldigkeit. Losgehen, mit dieser verdammten Postkarte in der Handtasche, jetzt. Das Jetzt ist das einzige unveräußerliche Stückchen Freiheit. Es nutzen.

Beschwingt ins Novembergrau. Meine Schritte hallen, die Straße ist vollkommen leer. Fenster und Türen sind fest geschlossen gegen die Kälte, Wärme kostet. Vorhänge zu, damit das Licht drinnen bleibt. Gartenzäune, Briefkästen, Wegplatten – vor jedem Haus anders. Terrakotta und Lorbeerhecke, Granit und Schmiedeeisen, Jägerzaun mit Warnung vor dem Hund. Dreihundert

Quadratmeter bürgerliche Individualität. In der nächsten Straße ein frisch renoviertes Haus mit Stahlzaun und Alarmanlage. Generationswechsel? Der Zaun, höher als ich, mit Stacheln obendrauf. Da bekomme ich gleich Lust, einen Stein hineinzuwerfen. Rüberzuklettern und die Überwachungskamera mit Kaugummi zu verkleben. Einfach so. Aus Intoleranz. Muss ich mir merken. Es ist viel zu leicht, anzunehmen, man sei gut.

Wegen einer Baustelle muss ich die Straßenseite wechseln, dann über ein Brett balancieren. Einer der Arbeiter – Türke? Algerier? Iraker? – eilt herbei und hält das Brett mit seinen Füßen fest, damit es nicht wackelt. Er hat schöne moosgrüne Augen und nickt mir freundlich zu. Es ist viel zu leicht, anzunehmen, die anderen seien schlecht.

Ich überquere nochmals die Straße und finde mich vor Madame Riesenhuhns Laden wieder. Zum Begräbnis Blumen? Weiß wäre angebracht. Amaryllis? Schön, aber teuer. Und wird in der nächsten Stunde sowieso eingegraben. Die gerade aufgehende Blüte verbuddeln? Gruselige Vorstellung. Neben dem Heidekraut stehen drei Buddhaköpfe aus schwarzem Porzellan. Nippes aus China. Buddha als Deko-Objekt statt Gartenzwerg, ein sinnstiftendes Element für den Vorgarten. Die drei Köpfe lächeln mich einmütig an. Massenproduktion, aber gar nicht schlecht getroffen. Nur 5,99.

Ich werde immer unfähiger, mich zu beeilen, drifte ständig ab. Ich klingele hektisch nach der Verkäuferin, sie kommt erst nach dem zweiten Mal. Betont langsam, lässt sich nicht hetzen. Latscht schlechtgelaunt heran. Geht nicht anders, sie ist dauerbeleidigt, gewohnheitsbedingt.

Ich nehme eine kleine weiße Rose und Schleierkraut.

1,50?

Nein, mit Kraut 2 Euro.

Ihre Stimme wie gespannter Draht. Ich widerspreche nicht, meine eigene Stimme ist viel zu dünn zum Widersprechen, erreicht kaum ihr Gegenüber. Als ich folgsam das Portemonnaie zücke, lächelt sie, 1,50 für eine kleine Rose, plus fünfzig Cent für Schleierkraut, scheinen ein gutes Geschäft zu sein. Während sie in Zeitlupentempo das Schleierkraut mit der Rose zu einem Ensemble bindet, beginnt sie zu schnattern. Macht sich Luft, klagt an, mit Elan. Sie ist in ihrem Element, gleich wirkt sie zehn Jahre jünger.

Diese Baustelle vor dem Haus, seit Wochen schon, wegen der Rohrleitungen, muss natürlich, aber hätte man wahrlich schon vor zehn Jahren. Wieso man das ausgerechnet jetzt, wo sie hier gerade den Laden. Aber das interessiere natürlich keinen.

Sie wedelt die Rose energisch durch die Luft, bevor sie sie auf den Ladentisch pfeffert, von wo ich sie übertrieben vorsichtig aufhebe.

Der Lärm, die Langsamkeit, die schlampige Arbeit. Alles keine Deutschen, die Arbeiter, alles Ausländer. Fangen um halb acht an und machen durch, bis es dunkel ist. Kaum Mittagspause. Aber schaffen nichts. Hämmern und bohren und rumoren. Aber faul! Unhöflich außerdem. Eben keine Deutschen. Und jetzt, da solle ich mich aber festhalten.

Gerade hat sie das Wechselgeld aus der Kasse geholt, sie lässt es in ihrer Hand Achterbahn fahren.

Jetzt die Krönung, heute früh hätten sie es nämlich geschafft, ihre Telefonleitung lahmzulegen. Unfassbar, aber wenn ich es nicht glaubte, hier sei der Beweis.

Ohne abzuwarten, was ich glaube, knallt sie das Wechselgeld auf den Tresen und streckt mir den Telefonhörer entgegen, triumphierend, als unumstößlichen Beweis für das Unrecht, das man ihr antut. Die Rohre, die Blumen, die Bauarbeiter, das Telefon, alles gegen sie, Verschwörung und Betrug.

Natürlich habe sie ihr Handy, aber auf dem Handy keine Flatrate, auf dem Festnetz hingegen schon, und wer zahle ihr jetzt die Differenz? Niemand zahle ihr die Differenz!

Ich nehme mein Wechselgeld, brumme irgendetwas zwischen tja und tschüs und sehe zu, dass ich verschwinde. 9 Uhr 58.

Ich weiß gar nicht, ob mir noch ganze Sätze über die Lippen kommen. Ob ich diese unerlässlichen Bemerkungen über das Wetter und den öffentlichen Nahverkehr noch beherrsche, die für das menschliche Zusammenleben von so großer Wichtigkeit sind. Ich spreche seit Wochen nur noch mit der Katze.

Der Straßenstrom, der Ost und West miteinander verbindet, schluckt mich mit seinem brausenden Lärm. Silberfarbene Autos, weißliche Abgase, Plattenbauten in Pastelltönen. Farben wie aus einer Strumpfkollektion für alte Damen. Die in grünes Papier eingewickelte Rose, die ich vor mir hertrage, ist das Farbigste weit und breit. Ich bekomme plötzlich Lust, jemandem um den Hals zu fallen. Dem Bauarbeiter? Notfalls sogar dem Riesenhuhn. Einen Menschen spüren, das ist lange her. Ich habe das Körperliche völlig unterschätzt.

Beide Hände an den Bauch gedrückt, um die Erschütterung zu dämpfen, laufe ich über die Ampel zur Haltestelle. Ich erwische soeben die Tram. Alle Plätze sind belegt, niemand steht auf, obwohl meine Schwangerschaft offensichtlich ist. Zum Glück sind es nur zwei Stationen. In der einen Hand die Rose, die ich vor dem Drängeln der anderen Fahrgäste schützen muss, die andere Hand fest am Haltegriff schaukele ich Richtung Friedhof. Dann im Laufschritt zum Eingangstor, von dort so zügig, wie es eben pietätvoll ist, Richtung Trauergesellschaft. Den Teil in der Kapelle habe ich wohl verpasst. Besser so. Wenn sie den Toten aus der Kapelle tragen, fange ich jedes Mal an zu heulen wie ein Schlosshund, völlig egal, um wen es sich handelt.

Ich kenne keinen der Trauergäste. Das war nicht anders zu erwarten. Allerdings wundere ich mich, wie jung die Leute sind. Lauter Familien mit Kindern. Die Kinder sind aus Mangel an schwarzer Kleidung dunkelblau angezogen. Sie wissen nicht recht, wie sie sich zu benehmen haben, unterdrücken den Wunsch, herumzurennen oder auf und davon, lassen die Arme hängen und machen große Augen.

Am offenen Grab steht ein Paar. Ihm zucken die Schultern, sie ist so in sich zusammengesunken, dass ich nur einen Wust von schwarzem Haar sehe. Eine Enkelin von Herrn Scholl? Wo sind seine Kinder? Bin ich richtig? Ich wage noch einen Schritt, und über die Schulter meines Vordermannes erspähe ich den Sarg. Er ist klein! Er ist rosa! Da passt Herr Scholl nicht rein.

Bestürzt weiche ich zurück. Ernte strafende Blicke. Die Frau hebt den Kopf. Das muss die Mutter sein. Eine schöne Frau, sie starrt mich dunkel an, dunkel und untröstlich, die Tränen laufen wie Bäche ihre Wangen hinab. Wie ein erschrecktes Tier gehe ich stockend rückwärts, auch mit Tränen in den Augen. Erst als alle sich wieder zum Grab gewendet haben, drehe ich ihm den Rücken. Muss mich zusammennehmen, um nicht loszurennen.

Weiter hinten entdecke ich einen Zug alter Leute. Graue und weiße Köpfe, ein paar mit Hüten bedeckt, streben einem anderen Grab zu, gemessenen Schritts. Ein paar Gestalten kommen mir bekannt vor, könnten Leute aus meinem Viertel sein.

Sich den Tod ausschließlich in Verbindung mit dem Alter zu denken, als Endpunkt eines langen Lebens, als Erlösung oder gar Krönung, und als Hinterbliebene längst erwachsene Kinder zu sehen, die selbst schon Kinder haben, ist vergleichsweise angenehm. Eine Illusion, die die Sache erträglicher macht.

Ich hole den Zug ein und schließe mich ihm unauffällig an. Die Ersten erreichen das Ziel und stellen sich am Grab auf, vermutlich Herrn Scholls Kinder. Wir anderen bilden eine Reihe, um einer nach dem anderen vor ihren Augen eine Schaufel Erde auf den Toten zu werfen. Ich frage mich, ob dieses Ritual erfunden wurde, um alles so schlimm wie möglich zu machen.

Wir schlurfen vorwärts Richtung Grab. Fast alle Trauergäste tragen Blumen in den Händen, viele ganze Sträuße. Zum Festhalten. Ich nehme an, für die Soldatengräber haben sie zusätzlich gespendet. Alle außer mir. Ein Herr mit grauem Schnäuzer streckt mir die Hand entgegen, die ich eilfertig schüttele. Wer ist das? Irgendein Nachbar. Aus welchem Haus, wie heißt er? Ich habe keine Ahnung. Er murmelt etwas von durchaus bedauerlich. Ich weiß nicht, was man bei solchen Anlässen, in solchen Lebenslagen zurückmurmelt. Hoffe, mein Schweigen wird mir nicht als Verschlossenheit ausgelegt.

Die Menschen, die sich dem Verstorbenen am nächsten fühlen, sind zuerst dran und verweilen am längsten vor dem Sarg. Gibt es eigentlich jemanden, der die Reihenfolge regelt? Erst kaum merklich, dann deutlich spürbar, wird unser Tempo zügiger. Von der Gruppe, die bereits Abschied genommen hat und als unordentliche Traube hinter den nächsten Angehörigen wartet, kommen erste Anzeichen gemessener Unterhaltung. Der Mann mit dem Schnäuzer lässt es nun ebenfalls nicht mehr beim Murmeln bewenden, halblaut erzählt er.

Zwei Mal hätten sie Herrn Scholl wiederbelebt, schon zwei Mal sei er zu Hause in seinem Bett gestorben, sei mausetot gewesen, aber immer habe die Tochter den Notarzt gerufen. Habe wohl nicht anders gekonnt, die Gute. Beim zweiten Mal hätten sie ihn dann im Krankenhaus behalten. Intensivstation, angeschlossen an Schläuche, künstlich beatmet und künstlich ernährt, einen Sterbenden. Drei Wochen habe es gedauert, bis sein Körper endlich den Geräten entkommen sei.

Das sagt er genau so: den Geräten entkommen. Streicht sich über seinen kräftigen Schnauzbart, runzelt die Stirn und seufzt. Entwirft in seinem Kopf seine Patientenverfügung, für den Notfall. Für den Notfall, der gar keiner ist, sondern das Normalste der Welt.

In einer Herberge am Fuß des Annapurna habe ich eine Alte gesehen, die offensichtlich dabei war, ihr Leben auszuhauchen. Sie röchelte, ihre Haut und ihre Augen waren gelb. Man holte keinen Arzt, wahrscheinlich gab es keinen im Dorf, vor allem jedoch helfen Ärzte eben nicht dagegen, dass ein Leben irgendwann endet. Die ganze Familie war um die Sterbende geschart. Man hatte sie vor das große Terrassenfenster getragen, damit sie ihren Hausberg sehen konnte, die lokale Manifestation des Göttlichen, zum letzten Mal aus der Erdperspektive.

Ich kam als Touristin in die Herberge. Das Terrassenfenster befand sich auf einer Galerie, mittig zwischen den beiden Gästezimmern, die in dem bescheidenen Haus zur Verfügung standen. Drei Minuten nach meiner Ankunft hatte man die Alte bereits weggeschafft, zurück in einen dunklen Raum im Erdgeschoss, aus meinem Blickfeld. Weil Tod und Tourismus sich schlecht vertragen. Man trug sie fort, ich schwieg und guckte blöd. Dann belegte ich das Zimmer, warf meinen Rucksack in die Ecke, legte die Füße hoch und versuchte die Aussicht zu genießen. Hätte ich widersprechen müssen? Die Familie war offensichtlich auf zahlende Gäste erpicht. Hätte ich das Zimmer ablehnen sollen?

Es braucht Nerven, jemanden sterben zu lassen. Und es kann dauern, Tage oder sogar Wochen. Hierzulande kann sich das keiner leisten. Wie soll man das in den Arbeitsalltag integrieren? So viel Zeit hat kein Mensch.

Der Mann mit dem Schnäuzer redet weiter mit mir, irgendwas von Soldaten, Blumen, Pflicht und Schuldigkeit dem Toten gegenüber. Es ist Vorwurf in seiner Stimme, er sieht mich an, als erwarte er Zustimmung. Ich bemerke, dass er keine Blume dabeihat, und folgere, dass er sich über die Leute aufregt, die Sträuße mitbringen, obwohl Herr Scholl sich eine Spende für die Kriegsgräberfürsorge gewünscht hat.

Als ich immer noch nichts sage, fügt er versöhnlich hinzu, eine so kleine Blume, wie ich sie hätte, das fände er völlig in Ordnung, aber was die großen Dinger sollten, wisse er wirklich nicht. Ich nicke, dabei überlege ich, ob ich mich von dem Herrn abwenden kann, ohne pietätlos zu wirken.

Plötzlich entdecke ich Frau Paul. Sie steht am Arm ihrer Scarlett, ganz vorn in der Reihe. Ich freue mich. Auch das ist unpassend für eine Beerdigung, Freude, ich versuche meinen Gesichtsausdruck zu regulieren. Am liebsten würde ich Frau Paul laut rufend entgegenlaufen. Sie steht da, klein und zusammengesunken, wirft einen Strauß riesiger Chrysanthemen ins Grab und schippt zittrig ihr Schäufelchen Erde darüber. Noch bevor sie ganz fertig ist, zieht Scarlett sie am Arm weiter. Jetzt sehe ich sie von der Seite. Schlagartig nimmt meine Freude ab.

Frau Paul ist nicht mehr rund, sie ist klapperdürr, es sieht aus, als hätte sie die Kleider direkt über ihre Knochen gezogen. Sie hängt am Arm ihrer Tochter, einer fülligen Mittfünfzigerin, als könnte sie sich allein nicht mehr halten. Statt ihrer grauen Haare hat sie nur noch Flusen auf dem Kopf, ihr Gesicht ist voller Flecken, ein verbeultes Leder, die Mundwinkel hängen, und sie sabbert.

Nicht einmal acht Monate, und sie sieht aus wie ein anderer Mensch. Ein Mensch, der zielstrebig auf den Tod zusteuert. Mit einem Bein im Grab. Aber es geht langsam, unmerklich. Begann mit dem großen Zeh, vielleicht an dem Tag, da ich sie zum letzten Mal sah, dann kroch es das Schienbein hinauf, täglich einen Millimeter, und so wird es weitergehen, bis nichts mehr übrig ist.

Warum dauert das Sterben bei Frauen so lange? Zu viel Leben in ihnen? Zu viel Fruchtbarkeit und Kraft und Bejahung? Sind sie zu zäh zum Sterben? Ich denke das, als beträfe es mich nicht. Bin ich eine Frau? Kein Mann da, der mich daran erinnerte. Dabei sollte mein Bauch mir Zeichen genug sein. Jeden Augenblick nähre ich mit meinem Blut ein anderes Wesen, damit ist mein Organismus deutlich weiter als ich. Ich spüre nichts von dem unglaublichen Akt des Lebengebens, nichts außer Schmerz und Übelkeit. Meine Weiblichkeit ist ein Gebrechen.

Vorn läuft eine Dame mit unsicheren Trippelschritten. Sie trägt ein enges Kostüm, Rüschenbluse und Pumps. Neben ihr der Mann, schweren Schritts, hält sie stützend am Arm. Da haben wir es, das schwache Geschlecht. Der Begriff war früher sicher berechtigt, waren Frauen doch ständig schwanger oder im Wochenbett oder hatten Blutungen oder gerade eine Fehlgeburt hinter sich, litten an Vitaminmangel, Kalziummangel, Eisenmangel, Pilzen, Brustkrebs, Eierstockentzündung und Gebärmutterkrebs. Sie starben wie die Fliegen, infolge von Lust und Leben. Andererseits kann wohl nur, wer zäh ist, das alles überhaupt eine Weile aushalten.

Die Trippeldame wirft eine Lilie, ihr Mann wirft Erde, dann wenden sie sich zum Gehen. Für einen Schritt seinerseits benötigt sie drei. Kein Wunder, mit ihren Pfennigabsätzen könnte niemand besser laufen. Frauen ihrer Generation tragen zudem gern viel zu enge Schuhe, weil es in ihrer Jugend als schick galt, einen zierlichen Fuß zu haben. Die Mutter meines Vaters kaufte stur Größe 36, obwohl sie 38 hatte. Im Alter hatte sie völlig verkrüppelte Füße, die Zehen waren nicht mehr zu bewegen oder nur noch als eine steife Leiste. Immer wenn wir im Schwimmbad waren, starrte ich fasziniert auf die deformierten Klumpen an den Enden der hübschen schmalen Fesseln meiner Oma. In meiner Jugend trug ich am liebsten Militärstiefel. Natürlich zu Minirock.

Mit Kreuzschmerzen in diesem Beerdigungszug stehend, beneide ich die Trippeldame um ihren Gatten. Ich habe noch nie Männer in meinem Alter mit so festen Schritten und so steifen Armen gesehen. Männer, deren Körper darauf geeicht sind, zu schützen und zu stützen, sind hoffnungslos aus der Mode gekommen. Ich stelle mir vor, ich würde trippeln wie die Dame im Kostüm, und male mir Olafs Reaktion aus, wenn er an meiner Seite wäre. Muss mir das Grinsen verkneifen.

Im Grunde bin ich die Geschlechterfrage herzlich leid. Ich wünschte, wir wären Hermaphroditen, dann würde ich lieber Olaf schwanger sein lassen. Bestimmt wäre er besser darin als ich. Natürlich würde ich mich um ihn kümmern, ihm gesundes Essen kochen und die Einkaufstüten tragen, kein Problem. Hauptsache nicht gebären. Wie soll ein Kind durch diese viel zu schmalen Gänge in mir passen? Wäre der Geburtsvorgang eine neue Erfindung, man würde den Urheber für verrückt erklären. Für unmenschlich. Jedes Patentamt würde ihm einen Vogel zeigen.

Frau Paul schert aus der Traube hinter Scholls Kindern aus. Scarlett spricht leise, aber eifrig mit irgendwelchen Bekannten. Die alte Frau geht zum Kopf des offenen Grabes, obwohl sie schon dran war mit Blumen- und Erdewerfen, und beginnt den Grabstein zu tätscheln, einen mächtigen, rotgemaserten Brocken, ganz nach Herrn Scholls Geschmack. Frau Paul legt ihre Hände darauf und streichelt ihn, sagt etwas, lächelt, tätschelt, spricht mit dem Stein wie mit einem Kind, vertraut, beinahe zärtlich. Da huscht eine erschrockene Scarlett an ihre Seite und zieht sie fort. Mit entschuldigendem Blick zu den Angehörigen. Mit vielsagendem Kopfschütteln. Zerrt, eilig und unsanft.

Jetzt ist es so weit. Der Kloß in meinem Hals will hüpfen, die Tränen sammeln sich. Ich habe überhaupt keine Lust, hier zu heulen, vor lauter Menschen, die ich nicht kenne, um einen Menschen, den ich ebenfalls kaum kannte. Bald wäre ich an der Reihe mit meiner Blume, der Schnauzbart geht bereits gemessenen Schrittes zum Loch. Was geht mich Herr Scholl an? Ich fand ihn unsympathisch. Ich mache auf den Hacken kehrt und biege in die nächste Gräbergasse ein.

Der Weg ist mit Platanen gesäumt, ich gehe auf und ab, um mich zu fangen. Im Winter sieht die bunte Rinde noch schöner aus als im Sommer, irgendwie tröstlich, man möchte sie streicheln. Das Leben der Bäume kommt mir ungleich kultivierter vor als unseres. Wo sie hingestellt sind, bleiben sie. Sie ruhen über ihren tiefen Wurzeln, ertragen Sommer und Winter mit Gleichmut und wachsen, solange sie leben. Ihr Körper ist die Wohnstatt einer Unmenge anderer Geschöpfe, Vogelnester setzen sie sich auf wie Hüte, großzügig erdulden sie Käfer und Raupen. Zur Fortpflanzung befruchten sie sich selbst, indem sie Bienen und Faltern Nahrung bieten.

Was mache ich hier, zwischen Toten und Uralten? Es war eine dumme Idee herzukommen. Ich wende mich dem Ausgang zu. Auf den breiten Hauptweg fällt ein wenig kahle Wintersonne. Dort sehe ich Frau Paul auf einer Bank sitzen. Ich verlangsame den Schritt, winke ihr. Sie reagiert nicht. Offenbar erkennt sie mich nicht, sie blickt freundlich an mir vorbei.

Sie hat mich immer nur um ihr Haus herum gesehen, und zwar für eine, gemessen an ihrem Leben, lächerlich kurze Zeitspanne, sechs Wochen. Nun hat sie mich seit einem halben Jahr nicht zu Gesicht bekommen, und in eben diesem halben Jahr wurde ihr Leben auf den Kopf gestellt. Kein Wunder, dass sie mich nicht einordnen kann. Das Beste wird sein, so zu tun, als wäre nichts, und einfach an ihr vorbeizugehen. Ich weiß gar nicht, warum mich das so traurig macht.

Als ich näher komme, ruft Frau Paul mich plötzlich. Kindchen, begrüßt sie mich lachend, wie schön, dass Sie gekommen sind!

Das »Kindchen« ist absurd, ich lache fröhlich. Es werden wohl alle unter vierzig zu Mädchen und Jungs, wenn man auf die hundert zugeht. Weiß sie nun wirklich, wer ich bin? Bevor Peinlichkeit entstehen kann, helfe ich ihr auf die Sprünge.

Natürlich, Frau Nachbarin!

Sie klatscht in die Hände. Ich bin ihr wieder eingefallen. Dann sehe ich ihr an, wie sie in ihrem Kopf nach meinem Namen kramt, also sage ich ihr auch den. Sie lächelt.

Ja, Rosa, so ein schöner Name, wie kann man den vergessen?

Als sie meinen dicken Bauch bemerkt, ist sie so begeistert, dass ich schon wieder lachen muss. So viel habe ich in den letzten drei Monaten nicht gelacht. Sie streckt ihren mageren Arm aus, um mich auf die Bank zu ziehen, besteht darauf, dass ich mich hinsetze, neben sie. Natürlich setze ich mich hin, nur vielleicht nicht ganz so nah, wie sie es vorgesehen hatte. Noch mehr Berührung mit diesem zerfallenden Körper wäre mir unheimlich. Frau Paul stört das nicht weiter, sie will alles wissen, wie es mir ergehe mit der Schwangerschaft, in der wievielten Woche ich mich befinde und so weiter, aber auch wer der glückliche Vater sei. Weder die Gräber noch die Kälte, noch die kahlen Platanen stören sie. Soll ich die alte Frau anlügen? Das bringe ich nicht fertig.

Als ich ihr alles erzählt habe, mehr erzählt habe, als ich wollte, blickt sie mir ernst ins Gesicht. So ernst, dass ich mich erschrocken frage, was ich eigentlich erzählt habe. Sie fixiert mich scharf, ihre Augen, die eigentlich rund und goldbraun sind, werden zu dunklen Schlitzen. Plötzlich wendet sie den Blick ab, seufzt tief und sagt dann mit Entschlossenheit in der Stimme: Liebes Mädchen, ich will Ihnen mal was sagen.

Ihre ledrige Hand nimmt meine und drückt sie mit erstaunlicher Kraft. Ich kann sie nur gewähren lassen. Dann schweigt Frau Paul. Ich betrachte die schwärzlichen Flecken auf ihrem Handrücken und die hervorquellenden Adern. Womöglich ist sie so dement, dass sie bereits vergessen hat, was sie mir sagen wollte. Aber dann kommt doch noch etwas.

»Ich war auch nicht immer glücklich, als ich schwanger war. Das müssen Sie nicht denken. Das wird nur so gesagt, im Nachhinein waren ja alle immer glücklich. Als ich den Volker im Bauch hatte, war es richtig schlimm. Noch ein Kind, mitten im Krieg, das hatte ich nicht gewollt. Aber die Liebe – viel gabs ja davon nicht mehr, und wie soll man sich zurückhalten, wenn man nicht einmal weiß, ob man sich je wiedersieht? Eine Woche Fronturlaub, dann wars passiert. Die Bomben fielen wie Hagel, schon ein halbes Jahr, ich hatte jeden Tag Angst. Um Joschi, um mich, und natürlich auch um Horst, der irgendwo in Jugoslawien war. Damals Jugoslawien, gibts ja heute nicht mehr. Obwohl mir die Partisanen sympathisch waren, betete ich jeden Tag, dass Horst die Partisanen erschießen sollte und nicht die Partisanen Horst.

Ich hatte so viel Angst, dass ich oft dachte, es wäre besser, gleich tot zu sein, statt immer darauf zu warten. Natürlich hielt ich durch, schon Joschis wegen. Es blieb nichts anderes übrig, den anderen erging es nicht besser.

Volker kam mehr als eine Woche zu spät, ich hatte ihn nicht rauslassen wollen aus mir, nicht in diese Welt. Zum Schluss hat mir die Nachbarin einen Cocktail aus Schnaps, Nelken und Pfeffer gemixt, damit er endlich rauskam. Das waren teure Zutaten damals.

Er war drei Tage alt, als es passierte. Ich war schwach, bei der Geburt hatte ich viel Blut verloren. Grete, meine Nachbarin, half mir. Irgendwo hatte sie Pferdeknochen aufgetrieben und gerade zum Abendessen eine Suppe gekocht. Joschi hatte gemault, weil er Giersch dafür pflücken sollte. Der wuchs direkt bei uns im Hof. Nun fing Joschi an, er wolle nicht extra die Treppen runter, es sei schon dunkel, und überhaupt, in den Hof pinkelten immer die Hunde, das sei ekelhaft, und er wolle gar keinen Giersch. Dabei war das Kraut im Mai noch einigermaßen zart, und es war das einzig Grüne, an das wir herankamen. Theater hat er gemacht, bis ich selbst hinuntergegangen bin, drei Etagen. Ich war furchtbar böse mit ihm. Aber ich glaube, er hatte einfach Angst, vielleicht eine Ahnung. Wir waren also böse miteinander, Grete schimpfte uns beide dafür aus, und kaum hatten wir den Giersch im Topf, da kam Bombenalarm. Mal wieder. Der Streit war natürlich sofort vergessen.«

Was ist Giersch? Ich setze an, nachzufragen, doch als ich Frau Paul ins Gesicht sehe, halte ich inne. Sie blickt mit weit geöffneten Augen auf den kahlen Baumstamm vor ihr in der Allee, als stünde ihre Geschichte dort geschrieben, Wort für Wort in großen, unauslöschlichen

Buchstaben, festgeschrieben für alle Zeit. Wenn das Demenz ist, ist Demenz ein interessanter Zustand.

»Grete schleppte den Suppentopf die drei Treppen hinunter in den Keller, ich das Baby, Joschi unser Notgepäck. Unten richteten wir uns ein, die Suppe zu essen, es wurde geradezu gemütlich. Die Nachbarn bekamen auch was ab, dafür hatten sie ein halbes Schwarzbrot mitgebracht. Wir waren eine gute Bunkergemeinschaft. Als jeder seinen Teller vor sich hatte, hörten wir sie kommen. Die Bombe. Ich sah noch, wie Grete der Löffel aus der Hand fiel, dann schlug sie ein. Den Lärm kann ich nicht beschreiben. Das Haus schwankte wie ein Schiff. Ein Wohnblockknacker war das, er schlug durch die zweite Etage bis ins Erdgeschoss und durchbrach in einer Ecke die Kellerdecke. Zum Glück war das eine Ecke, in der niemand saß.

Wir lebten, aber wir saßen fest. Die Eingänge waren verschüttet, auch die Fenster. Wir suchten alle Wände ab, es war nutzlos. Über uns fielen Vierpfünder, bald stand das ganze Haus in Flammen, im Keller wurde es brütend heiß. In unserer Verzweiflung beschlossen wir, ein Loch in die Wand zu schlagen, um zum Nachbarhaus durchzubrechen. Es gab im Keller einiges Werkzeug, Äxte und Spaten. Wir arbeiteten wie die Berserker. Zum Glück waren Männer dabei, zwei Veteranen und ein Fronturlauber. Von oben brannte es sich langsam durch, das Loch in der Ecke wurde immer größer, der Raum füllte sich mit Rauch und Funken.

Da machte Grete, meine liebe Nachbarin Grete, die machte schlapp. Sie hatte sich schon bis auf die Unterwäsche ausgezogen wegen der Hitze, ich schimpfte ein bisschen mit ihr, sie verteidigte sich nicht einmal. Stattdessen legte sie sich auf den Boden, mitten in den Dreck, und rührte sich nicht. Das konnte ich nicht mit ansehen. Ich rüttelte sie, schrie sie an, ich gab ihr sogar eine Ohrfeige, aber sie starrte trüb an mir vorbei, als wäre sie nicht mehr bei Sinnen. Joschi stand neben mir, ließ die Schultern hängen und guckte glasig wie ein Hering im Kühlschrank. Da bekam ich Panik.

Ich schob die arbeitenden Männer beiseite und versuchte mich durch das Loch in der Wand zu quetschen. Kein anderer hätte eine Chance gehabt durchzukommen, aber ich bin ja klein und war ziemlich dünn damals. Durch die Drängelei klaute ich den anderen wertvolle Minuten, sie wurden böse, der Veteran brüllte rum, doch darauf achtete ich gar nicht. Ich holte mir lauter Schürfwunden, aber in dem Moment merkte ich es gar nicht. Ich kam durch. Ich zog Joschi und das Baby nach und rannte los.«

Die alte Dame senkt den Kopf, ihre Schultern sacken nach vorn. Kurz habe ich Angst, sie könnte umfallen oder in Ohnmacht. Stattdessen knurrt sie widerwillig in sich hinein.

»Der Veteran, Hartmut hieß er, der hatte lange ein Auge auf mich geworfen. Jetzt, wo es ums Ganze ging, schrie er mich an, dumme Kuh nannte er mich.«

Sie kichert ein bisschen Richtung Fußboden, verzieht das Gesicht, murmelt vor sich hin. Das Nächste, was ich verstehe, ist: Überlebt hat er es nicht. Dann werden ihre Züge wieder hart und klar, sie richtet sich auf und fixiert ihren Baum.

»Wir stolperten durch die Gänge, überall war Rauch, man sah die Hand vor Augen nicht. Wir hatten keine Ahnung, wo der Ausgang war. Andere Menschen kamen uns entgegen, rannten uns fast um. Wir wechselten die Richtung und liefen ihnen hinterher. Ein-, zweimal trat ich auf etwas Weiches. Gesehen habe ich nichts, der Rauch war zu dicht.

Ich kann nicht sagen, wie lange es dauerte, bis ich die Treppe erreichte, wahrscheinlich nur zwei Minuten, es kam mir vor wie eine Ewigkeit. Als ich endlich das Geländer zu fassen kriegte, stürzte ein Balken hinunter und riss mich zu Boden. Dieser Balken war ein langes, schweres Ding, ich konnte ihn beim besten Willen nicht hochheben, ich war eingeklemmt. Joschi versuchte mir zu helfen, versuchte das Ding zu schieben, zu ziehen, zu stemmen, alles umsonst. Andere Leute kamen vorbeigelaufen, ich schrie um Hilfe, schrie wie am Spieß, aber die Leute rannten weiter, die Treppe hoch. Ich war nicht die Einzige, die schrie, der ganze Keller war voller Geschrei.

Joschi wurde von den Flüchtenden fortgezogen, so hat er es immer gesagt. Ich habe nie nachgefragt. Wenn er einfach um sein Leben gerannt ist, könnte ich es ihm nicht verübeln. Er war dreizehn, er hatte ein Recht auf sein Leben. Und was hätte er mit einem drei Tage alten Säugling anfangen sollen?

Da lag ich also mit dem Baby, vielleicht zehn Meter vom Ausgang, und kam nicht weg. Von oben rieselte die Asche, das Feuer heulte wie ein Orkan. Obwohl mein Bein gequetscht und angekokelt war, spürte ich kaum Schmerz. Volker brüllte aus Leibeskräften, ohne Pause. Bestimmt war er schon blau angelaufen, sehen konnte ich es nicht.

Ich war sicher, dass wir sterben mussten. Ich versuchte zu beten, dass es schnell ginge. Volker brüllte immer weiter. Das Geschrei raubte mir die letzte Kraft, weil ich nichts dagegen machen konnte. Plötzlich schnappte etwas in mir über. Ich packte den kleinen Körper, packte ihn schrecklich fest, und warf mich auf ihn. Ich presste ihn unter meinen, aber nicht um ihn zu schützen, zum Schützen war es zu spät. Ich wollte ihn zur Ruhe bringen, einfach zur Ruhe bringen. Er war aus meinem Fleisch gekommen, und jetzt sollte er unter meinem Fleisch wieder gehen. Das war Mord. Aber ich wollte nicht, dass er verbrennt. Wenn er schon nicht leben durfte, wollte ich ihm wenigstens einen raschen Tod geben.

In dem Moment wurde ich von hinten gepackt und von dem Kind heruntergerissen. Jemand schlug auf mich ein, um mich zu löschen, meine Röcke brannten schon. Ich erkannte den Nachbarsjungen, den Sohn des Blockwarts. Ich hatte die Familie nie gegrüßt, weil sie furchtbare Hitleranhänger waren, ich konnte sie allesamt nicht ausstehen. Mit einem Schrei wie Tarzan hievte der Bengel den Balken weg. Es war wirklich ein Wunder, denn er war erst fünfzehn und dünn wie ein Spargel. Bis heute glaube ich deswegen an Wunder.«

Frau Pauls Blick schweift über die Allee, als hätte sie den Faden verloren. Mir kommt es vor, als hätte sie mich völlig vergessen. Doch dann sieht sie mir in die Augen, und als stünde dort nun ihr Text geschrieben, nickt sie und spricht weiter.

»Ich dachte, ich hätte keine Kraft mehr, mich zu rühren. Aber als der Kerl das Baby schnappte und damit fortrannte, kehrte sofort mein Instinkt zurück. Ich rappelte mich auf und schleppte mich irgendwie die Treppe hoch. Ich konnte kaum humpeln, eigentlich kroch ich mehr, es ging schrecklich langsam. Trotzdem schaffte ich es ins Freie, bevor das Treppenhaus einstürzte.

Der ganze Straßenzug brannte. Ich hatte in dem Block zehn Jahre lang gewohnt, nun fühlte ich mich wie auf einem anderen Stern, so fremd sah alles aus. Ein Wind wehte, wie bei Sturm. Es gab nur einen einzigen Fleck ohne Feuer, das musste der Park sein. So ein schäbiger Park war das, für fünf Köter und drei Liebespaare, aber groß genug, dass man Luft darin bekam. Das war nämlich jetzt das Problem, der Sauerstoff.

Alles war voller Leute, ich hatte Glück, dass ich unseren Retter mit dem Baby fand. Und wissen Sie, wer der miese kleine Hitlerjunge war? Manfred Scholl. Der Bengel vom Blockwart. Jetzt konnte ich ihn natürlich nicht mehr mies finden, obwohl er mir an Ort und Stelle das Bein abschneiden wollte. Es sah wirklich schlimm aus, mein Bein, und er hatte davon gehört, wie die Soldaten an der Front sich gegenseitig die kaputten Gliedmaßen amputierten. Ich hatte furchtbare Schmerzen, aber abhacken, sagte ich ihm, könne man das Bein auch morgen noch. Erst mal abwarten.

Irgendwann stand Joschi vor mir. Er war heulend zwischen all den Menschen herumgeirrt und dachte, wir wären tot. Als er uns fand, fiel er mir in die Arme, schluchzte einmal laut auf und sagte dann keinen Ton mehr. Tagelang kam nicht ein Wort aus ihm raus, ich hatte schon Angst, er wäre stumm geworden.

Wie wir die Nacht da draußen verbrachten, weiß ich nicht mehr, wahrscheinlich hatte ich Fieber. Manfred brachte mich am nächsten Tag ins Krankenhaus, hin und zurück mit einer Schubkarre, denn ich konnte unmöglich laufen. Die haben das Bein dort gereinigt und verbunden, und nach ein paar Wochen war es fast verheilt.

Aus unserem Keller hatte sich nicht einmal die Hälfte

der Belegschaft retten können. Grete war als Erste hinüber gewesen, wahrscheinlich Hitzschlag. Eine andere Nachbarin, Carola hieß sie, war ziemlich dick. Sie war Witwe und hat zum Trost gegessen, Knödel und Süßes. Angeblich ist sie in dem Loch stecken geblieben. Mitten in der Wand. Kam nicht mehr rein und nicht raus, und die hinter ihr kamen auch nicht mehr raus. Das will man sich nicht ausmalen.

Dem Manfred versuchte ich ganz vorsichtig, so peu à peu, seine Hitlerideen auszureden. Ich war froh, dass er mich nicht anzeigte, obwohl der Krieg noch fast ein Jahr dauerte. Manchmal war ich nicht sicher. Aber die Wirklichkeit, das lernt man in der Not, ist wichtiger als Ansichten. Wir halfen uns, wo es ging, und als er seine Eltern verlor, nahm ich ihn bei mir auf. Ich hatte inzwischen den Bombenpass. Und zum Schluss, in den letzten Kriegstagen, hat er nicht mitgemacht beim Endkampf. Da war ich stolz auf ihn und auch ein bisschen auf mich.«

Frau Paul lächelt den Baum an, ich finde, sie sieht immer noch stolz aus. Dann zieht sie ihre mageren Schultern zusammen, als wäre ihr plötzlich kalt.

»Wegen Volker hatte ich jahrelang ein schlechtes Gewissen. Schließlich hatte ich ihn umbringen wollen. Mein eigenes Kind! Das habe ich keinem gesagt, selbst meinem Mann hab ich es verschwiegen. Nur Manfred wusste es, aber der hat es nicht weitererzählt. Irgendwie habe ich, was dann nach dem Krieg mit den Russen passierte, immer als eine Art Buße aufgefasst. Das erleben zu müssen und nicht zu sterben dabei. Mich dafür zu entscheiden, weiterzuleben, meine Söhne großzuziehen, das war schwer. Aber gut.«

Frau Paul winkt ab, mit Entschiedenheit. Wieder

werden ihre Augen dunkel und schmal, einen Moment lang sitzt sie so gerade, dass sie fast zu schweben scheint. Dann winkt sie nochmals ab, mit müdem Lächeln. Sie wirkt winzig wie ein vertrocknetes Blatt.

»Jahre später, das war schon in den Fünfzigern, habe ich meinem Arzt die Geschichte gebeichtet. Er versuchte mich zu beruhigen. Postportale Psychose nannte er es, oder partale, ich verwechsle das immer, und er meinte, es sei alles situativ gewesen und wegen des Krieges, und er könne mir ganz andere Sachen erzählen, Geschichten, die mich das Gruseln lehren würden. Ich habe dankend abgelehnt, vom Gruseln hatte ich schon genug.«

Frau Paul kichert. Mir kommt dieses Kichern leicht irre vor. Noch mit Kichern in der Stimme fährt sie fort:

»Es ist nicht leicht, Kindchen, für niemanden, jedenfalls nicht immer. Aber man ist nicht allein auf der Welt. Sie sind viel zu allein. So kommen Sie auf keinen grünen Zweig. Ein verdrehter Hitlerbengel, dessen Ansichten und dessen Familie mir ein Gräuel waren, schon seine Visage konnte ich nicht leiden, der hat mich und mein Kind gerettet. Nicht nur vorm Feuer, sondern sozusagen auch vor mir selbst. Das war kaum zu fassen. Es ging mir gewaltig gegen den Strich. Und danach war nichts mehr wie vorher. Wie soll ich sagen? Nicht wie vorher, sondern irgendwie besser.«

Sie presst ihre Hand gegen die Stirn, als bereite das Nachdenken ihr Schmerzen.

»Zwei sind viel mehr als eins plus eins. Man ist alleine nicht sehr viel. Jedenfalls kommt es nicht darauf an, recht zu haben. Das Leben ist ein Wunder, das sagt man so, und das stimmt, und es ist schrecklich, aber manchmal ist es umso wundervoller, je schrecklicher es ist.«

Mutti!

Erschrocken drehe ich mich um. Scarlett segelt herbei wie ein stolzes Frachtschiff und brüllt aus zehn Metern Entfernung: Zeit für die Windel, Mutti, ich suche dich die ganze Zeit! Schnell, die anderen sind schon in der Einkehr!

Sie nickt mir freundlich zu, und bevor ich irgendetwas sagen oder fragen kann, hat sie ihre Mutter schon am Arm genommen und führt sie von dannen. Wir haben uns nicht einmal verabschiedet. Frau Paul ist zum Anhängsel geworden. Sie dreht sich im Gehen um und ruft: Horst wartet. Wir feiern Geburtstag. Besuchen Sie mich bald, Frau Nachbarin, mit Baby!

Die Beerdigung hat sie bereits vergessen. Meinen Namen auch. Meine Existenz wird sie in drei Tagen vergessen haben, oder in drei Stunden. Und ich? Wie lange wird sie mich verfolgen, die dicke Frau, die im Durchbruch stecken blieb? Ich stolpere, wo ich gehe und stehe, über Erinnerungstrümmer anderer Leute, die sich irgendwie genau vor meine Füße legen. Wie oft werde ich versuchen müssen, nicht an die Dicke zu denken? Aber wie hieß sie? Schon habe ich ihren Namen vergessen.

Traurig schlurfe ich zu Manfred Scholls Grab. Vielleicht wird man die Dinge los, indem man Blumen draufwirft. Der Platz ist leer, nur ein Bagger steht da, ein Minibagger mit Totengräber am Steuerrad. Er schaufelt fleißig, es geht ganz leicht. Verbesserte Arbeitsbedingungen dank Technisierung, sogar bei Regen lässt sich das Zubuddeln bequem bewerkstelligen. Ich werfe meine Blume, sie ist ein bisschen nassgeweint, umso besser. Kaum wende ich den Rücken, sehe ich aus den Augenwinkeln, wie die Maschine Matsch darüberschaufelt.

Schnell möchte ich den Friedhof hinter mir lassen, doch er scheint mir zu folgen. Wenn ich die Straße überquere, laufe ich nicht auch auf Knochen? Unbegrabene des letzten Krieges sowie aller vorherigen? Russen, Polen, Preußen? Hohenzollern, Schweden, Karolinger, Alemannen, was weiß ich? Was ist die Erde anderes, auf der ich meine Küchenkräuter ziehe?

Ich biege in den Park ein. Die Äste ragen in den blassen Himmel wie verkohltes Gebein. Man kann sich nicht vorstellen, dass das Leben je wiederkehrt. Trotzdem riecht es gut, nach Erde und Regen, wie ein Versprechen. Wie viele Frühlinge habe ich noch vor mir? Zwanzig? Dreißig? Selbst vierzig wären nicht viel, wenn man es sich klarmacht. Alles sehr absehbar.

»Man ist alleine nicht sehr viel.« Was weiß schon Frau Paul. Ich bin Einzelkind, war immer allein. Meistens war ich es gern, allein mit mir. Oder ist das eine Selbsttäuschung? War ich in Wirklichkeit einsam, verlassen, ein Opfer selbstsüchtiger Eltern und idiotischer Institutionen? Bin ich emotional schockgefrostet? Habe mich an das Leben in meiner gut isolierten Kühltruhe nur gewöhnt? Was, wenn ich nichts wäre als eine jämmerlich verirrte Ameise, die sich von ihrem Haufen entfernt hat? Von diesem Haufen, in dem das Wunder sich offenbart? Ein Stich durchfährt meine Innereien. Dabei spüre ich meinen Trotz, diesen großen menschlichen Trotz, auf den ich als Jugendliche stolz war. Ich kann mich nicht ins Wunder retten und Rädchen im Getriebe sein, während der Nashornkäfer lebendig zersägt wird und die dicke Frau in der Kellerwand stecken bleibt.

Früher fühlte ich mich durch die Empörung geadelt oder überhaupt erst als Mensch. Nun bin ich nicht mehr stolz auf sie, sondern schlicht ihr ausgeliefert. Ich ahne, dass man daran zugrunde gehen kann. Mich dem Wunder unterwerfen und amen sagen? Moralische Erklärungen wirbeln durch meinen Kopf, die Kreatur leide, um zu lernen, und so weiter. Was hat die Dicke, bevor sie in ihrem Loch erstickte oder von ihren Nachbarn gelyncht wurde, gelernt und wozu noch? Welche moralischen Defizite, die es zu überwinden galt, steckten im behäbig zappelnden Körper des Nashornkäfers?

Meine Schuhe wühlen tote Blätter auf. Rauschende, raschelnde Biomasse. Jedes Blatt perfekt geformt, mit Zacken, Haupt- und Nebenadern. Linien, Muster, Tupfen, Verläufe, alle Schattierungen zwischen Grün und Rot und Gelb. Jedes Blatt ein Unikat, ein Meisterwerk, an die Wand zu hängen im goldenen Rahmen. Wie viele Kilo Blätter pro Baum? Wie viele Tonnen Laub in diesem Park? Und nächstes Jahr alles wieder von vorn.

Schwer zu fassen, dass ich aus derselben Substanz sein soll, als Mensch Anteil haben soll an dieser unerschöpflichen Kraft. Dabei muss es eine Verbindung geben zwischen mir und diesen Bäumen, ihrer Schönheit, dem sich immer erneuernden Leben. Chemisch sind wir ungefähr das Gleiche. Wie taub stehe ich vor der Pracht, als fehlte mir das Sinnesorgan für das entscheidendste Element, aus dem die Welt gemacht ist. Dennoch ahne ich, dass es nicht versteckt, sondern ganz offenbar ist, lauter rauscht als ein Sturm und heller gleißt als die Sonne. Nur nicht für mich.

Ich nähre und gestalte seit Monaten in mir einen Menschen. Keinen stummen, reglosen Baum, sondern ein Kind, das denken wird und lachen und springen, schreien und lieben und eigensinnig den Kopf schütteln.

Mein Körper weiß genau, wie es geht, und ich bekomme nichts davon mit. Mein Kopf erschafft keinen Grashalm. Menschenhirnen entspringen Ideen. Kommunismus, zum Beispiel. Gute Ideen zeitigen grausame Resultate. Doch ist das Grauen nicht schon im Entwurf dieser Erde verankert, in der Natur aller Dinge? Orkane, Seuchen, Beben, Vulkanausbrüche sind nicht menschengemacht. Warum ist die wunderbare Lebenskraft an ihren Rändern so schrecklich? Wenn ich diese Schrecklichkeit akzeptieren, mich nicht auflehnen soll, warum bin ich dann ein Mensch?

Meine Füße schlurfen durchs Laub, stoßen zärtlich an Kastanien und Haselnüsse. An ihren Früchten sollt ihr sie erkennen, heißt es. Frau Pauls Leben mag, vom Resultat her betrachtet, recht gut verlaufen sein. Sie hat einen Hitlerjungen vor sich selbst gerettet, ein verlassenes Kind aufgenommen, im Alter immerhin noch Straßenkatzen versorgt. Die Früchte meines Handelns fallen bislang eher bescheiden aus, ich kann kaum für mich selbst sorgen. Stattdessen zerreibe ich mich im Kampf um Dinge, die nicht zu ändern sind. Ein Don Quijote, der die Windmühlen als Windmühlen erkennt und trotzdem weitermacht. Wahrscheinlich will ich tatsächlich nicht glücklich sein, Olaf hat ganz recht. Ich will, dass alle glücklich sind, und solange das nicht geht, werde ich mit meinem stumpfen Schwert im Gestrüpp herumfuchteln und eine Lachnummer sein.

Eine ganze Weile stehe ich auf dem Weg herum, zum Glück sind bei dem trüben Wetter keine Spaziergänger unterwegs, die mich für verrückt halten könnten. Dann zücke ich zum dritten Mal seit unserem Telefonat im Mai mein Telefon und wähle Olafs Nummer. Ich weiß nicht, was ich sagen werde, aber ich weiß, dass ich etwas zu sagen habe. Ich möchte meine Suppe auslöffeln. Ist auch dein Kind, Olaf, bin mit einem Mal ganz sicher, dass es dein Kind ist, also geh ran. Vielleicht habe ich es nur nicht wahrhaben wollen, dass ich einen Vater gemacht habe. Ich schicke ein Stoßgebet zum Funknetz, dass ich durchkomme.

Es tutet, es klickt. Ein Anrufbeantworter! Zum ersten Mal seit sechs Monaten Olafs Stimme. Wärmeschauer bis in die Zehen. Kaltes Piepen des AB. Was sage ich? Hallo, Olaf, bitte ruf zurück, sage ich. Mehr bekomme ich nicht über die Lippen.

Ich stapfe über Eicheln und vergammelte Walnüsse. Eine späte Berberitze leuchtet feuerrot. Das ganze Jahr ein unauffälliges Gestrüpp, die Berberitze, nur kurz vor dem Verfall, wenn der Rest der Welt in Grau übergeht, flammt sie plötzlich auf. Blüte, Verfall und Furcht, merkwürdig, wie offen alles zutage liegt und wie sehr wir rätseln. Während ich über die Blätter stapfe und die Eicheln zertrete, liebe ich sie, heiß und hoffnungslos, liebe und stapfe, liebe und zertrete.

Als ich zu dem kleinen Tümpel komme, fühle ich bei seinem trostlosen Anblick etwas wie Freude in mir aufsteigen. Der schwarze Moder, die fauligen Blätter, das tote Schilf, diese ganze Morbidität bringt mich zum Lachen. Ist alles nicht echt, nicht wirklich, nur ein Schein, allzu vorübergehend! In mir ruckelt es, etwas löst sich. Ich lache laut in die Stille hinein, muss mich krümmen vor Lachen, halte mich fest an einer jungen Birke, die mit mir wackelt.

Ich werde mich grundsätzlich ändern müssen. Alles grundsätzlich ändern müssen. Schon wieder, noch grundsätzlicher. Aus meinen 200 Quadratmetern Boden muss ich ein lebenswertes Land machen. Die einsame Insel, die ich mir geschaffen habe, in eine Oase verwandeln. Der Wüstenei, die ich geworden bin, Quellen entlocken. Eine Fahne auf mein Haus stecken, ein besseres Leben aufmachen wie andere eine Imbissbude.

Verstehenwollen ist eine Art, das Leben zu vermeiden. Es gibt nicht diesen einen Moment, in dem einem alles plötzlich einleuchtet. Hier bin ich, eine Frau, Anfang dreißig und so weiter, kein Rätsel. Es gibt keine Erklärung und keine Endgültigkeit.

Das verdammte Zuschauen aufgeben.

Mein Handy macht sich bemerkbar. Kein Anruf, nur ein Brummen. Eine Erinnerung? Mir fällt kein Termin ein. Meine Hände sind klamm, fast rutscht mir das Ding in den Dreck, als ich es aus der Tasche fingere. Es ist kein Termin, sondern eine SMS. Eine SMS von Olaf! Mit Foto sogar. Vom Mount Everest. Dazu schreibt er, hat er vor einer Minute geschrieben: IN LUKLA IM STURM HÄNGENGEBLIEBEN. ERST GESTERN IN F-FURT GE-LANDET. PAPA IST TOT. VERGISS MICH. EVER REST OUR CHILD.

Mein erster Gedanke: Arschloch. Dann: Jeder sieht immer nur sich. Dann verschwimmt es um mich.

Die Bäume tanzen im Kreis, weiße Wolken wirbeln umher, der schwarze Tümpel ist mal hier, mal da, es sind viele Tümpel. Plötzlich nur noch Tümpel, ich sehe nichts mehr, ich liege auf dem Boden.

Das geht nicht gut. Ich muss mich aufraffen, reiße mich hoch auf die Knie, stopfe Luft in meine Lungen, da kommt ein Schrei aus mir heraus, den ich nicht für möglich gehalten hätte. Ein gellender Schrei, und mein

Arm holt aus und schmeißt das Handy in hohem Bogen in den Teich.

Helle und dunkle Ringe auf dem Wasser, wo das Handy versank, Abstufungen von Grau. Mein Körper ist aus Pappe, aus dünnem Papier, knüllt sich zusammen wie ein alter Zettel, ohne Widerstand.

Schilf sticht mir in die Hüfte. Die Hüfte sucht sich eine Kuhle. Die Blätter fühlen sich glitschig an unter den Handflächen. Meine Beine werden nass, die Kälte kriecht von unten in den Mantel, dann auch die Nässe. Ich friere. Ich versuche, mich nicht zu bewegen. Wenn ich ganz stillhalte, keine Luftbewegung verursache, ist es etwas wärmer.

Zwei Augen blicken mich an, große, warme braune Augen. Sie lächeln, sie leuchten. Wessen Augen? Ich kenne sie doch, kenne sie genau, auch wenn ich nicht weiß, wem sie gehören, und sie kennen mich. Noch nie wurde ich so angeschaut, so erkannt. Es ist wie ein Wiedersehen nach schrecklich langer Zeit, so langer Zeit, dass man die Hoffnung schon aufgegeben hatte. Und nun also doch, endlich! Die Augen sind mir vertrauter als alle, in die ich je geblickt habe. Erleichterung, Friede, Glück. Und plötzlich ahne ich, wer das ist. Ist das mein Kind? Bitte nie mehr von mir weichen!

Kaum denke ich das, sind sie weg, die Augen. Ich sehe nichts mehr, etwas liegt auf meinen Lidern, auf meinem Gesicht, auf meinem ganzen Körper. Gestrüpp. Ich liege im Gestrüpp. Was ist das für ein Zeug, ist es Efeu? Wo bin ich? Ich möchte aufstehen, ich will zu meinem Kind, aber das Grünzeug hält mich fest, hat sich um meine Glieder und Gelenke geschlungen, ich komme nicht hoch. Ich krieche durch das widerspenstige Unterholz, Zweige stechen in meinen Leib, Dornen zerkratzen mir Hände und Gesicht, ich schwitze vor Anstrengung. Als ich beinahe aufgeben will, erblicke ich vor mir die Tür zu Frau Pauls Haus. Ich liege nur zehn Meter vor Frau Pauls Tür! Aber ich kann nicht aufstehen, komme nicht vorwärts, zähe Ranken halten mich fest. Hilfe, rufe ich. Rufe ich? Oder ruft es nur in meinem Kopf, hört mich niemand, weil der Ruf mir in der Kehle stecken bleibt?

Ich horche. Weit weg ein Klick-klack. Es nähert sich. Sind das Hufe? Mein Retter, Olaf, auf dem weißen Pferd? Es kommt näher und näher, mein Herz schlägt schneller. Vor Angst oder vor Erwartung? Dann sehe ich sie. Palden Lhamo, die göttliche Weisheit, auf ihrem Schimmel. Halb nackt, strahlend schön, strahlend blau, mit gefletschten Zähnen. An der Ecke zum Maiglöckchenweg. Jetzt hat sie mich erblickt und gibt dem Pferd die Sporen, die Totenköpfe um ihren Hals scheppern im Galopp wie hölzerne Glocken, sie rast auf mich zu. Ich ringe mit dem Grünzeug, vergeblich. Palden Lhamo dreht nicht ab, sie lässt ihr Pferd über Frau Pauls Gartenzaun springen, der Boden unter mir vibriert, es donnert durch meine Knochen, sie ist direkt vor mir. Sie lacht, es klingt wie berstendes Holz. Sie reißt den Schimmel an den Zügeln hoch. Er bäumt sich auf, kurz sehe ich nur seinen schneeweißen Bauch, er wiehert, wirbelt die Hufe und lässt sie niedergehen in der Mitte meines Leibes.

Ich fahre hoch. Zitternd sitze ich im Bett. Habe ich geschrien? Mein Gesicht ist tränenüberströmt. Oder schweißgebadet? Salz ist Salz. Mein Körper ist nass. Ich kann keinen fragen, ob ich geschrien habe. Es ist stockfinster, mitten in der Nacht. Ich bin hellwach, überwach, weiß nicht, warum. Plötzlich Schmerzen. Ein Ziehen im

Unterleib, ähnlich dem vor der Beerdigung, allerdings stärker. Ich lehne mich zurück und atme tief, damit es schnell vorbeigeht.

Warum bin ich so nass? Auch riecht es komisch. Ich mache die Nachttischlampe an und stelle zu meinem Entsetzen fest, dass ich noch die Klamotten von der Beerdigung trage. Während ich mir das feuchte Zeug vom Körper schäle, macht sich schon wieder ein Schmerz bemerkbar. Mit den Leggings an den Füßen halte ich inne und atme, doch als es eigentlich abebben müsste, rollt ein anderer Schmerz heran. Das Ziehen war diesmal nur ein Vorbote, die Vibration auf den Gleisen, bevor der Zug kommt. Nur wusste ich nichts von diesem Zug. Er rauscht herbei und fährt mir gerade durch die Eingeweide. Donner im eigenen Leib, im Zentrum des Körpers. Ist es möglich zu platzen?

Ich kann nicht sagen, wie lange es dauert, der Schmerz wischt jeden Gedanken fort, sogar jedes Gefühl. Ich lasse mich ins Kissen sinken und wimmere. Offenbar brauche ich Hilfe, möglichst schnell. Ein Taxi oder einen Krankenwagen, in diesem Zustand werde ich den Weg zum Krankenhaus allein niemals schaffen.

Ich stelle die Füße auf den Boden, es geht ganz gut, greife meinen Bademantel und bewege mich mit wackligen Schritten Richtung Telefon. Nach nicht einmal der Hälfte des Wegs unterbricht mich wieder eine Wehe. Ich gehe in die Knie, auf alle viere. Es ist furchtbar anstrengend, und als es vorbei ist, muss ich mich ausruhen. In meinen Frotteemantel gekuschelt, lege ich mich aufs Parkett. Hauptsache liegen. Kaum habe ich zehn Mal geatmet, da geht es schon wieder los. Oder ist viel mehr Zeit vergangen? Bin ich auf dem Boden eingenickt? Mir ist, als wäre da eine Lücke im Ablauf, als fehlte ein Stück. Mein Kopf funktioniert nicht mehr richtig. Ich muss mich zusammenreißen.

Ich krabble auf allen vieren zum Telefonapparat. Ich kann so weit denken, dass ich weiß, wenn ich klar denken könnte, müsste ich Angst haben. Seltsamerweise habe ich keine Angst. Vielleicht, weil das Krabbeln so ungewohnt ist. Marx liegt auf der Couch und zwinkert mir mit seinen Katzenaugen zu, als krabbelte ich immer so und alles wäre in bester Ordnung. Ich nehme den Hörer ab. Die Leitung ist tot. Immer noch tot. Jetzt bekomme ich Angst. Manchmal ist es wirklich nicht gut, allein zu sein. Man kann sterben daran.

Im Kopf gehe ich die Entfernung zum nächsten Taxistand durch. Keine Chance. Urin läuft warm aus mir raus, auf das Nachthemd, auf das Parkett, fließt Richtung Bücherstapel. Bin zu fassungslos, um mich zu ekeln. Ich krabble durch die Pfütze Richtung Putzschrank, viel zu langsam, werde von der nächsten Wehe unterbrochen, es läuft noch mehr aus mir heraus. Es ist kein Urin, es ist Fruchtwasser.

In meinem Kopf rufe ich nach Olaf. Ich rufe ihn, so laut ich kann, und ich frage mich, ob er mich hört, irgendwie, in Frankfurt, wo er gestern gelandet ist, ob er sich in den Zug setzt und geradewegs herkommt, zu mir, deren Adresse er nicht kennt, weil ich sie ihm nicht gegeben habe. Zu mir, die ein Kind von ihm gebiert, von dem er nichts weiß, weil ich ihm nichts gesagt habe. Zu mir, weil er all das doch irgendwie spüren sollte, müsste, auch wenn er es nicht wissen kann. Ob er kommt. Trotz allem, was ich dagegen unternommen habe, doch kommt.

Ich streife mir die Leggings ab, die mir immer noch

zwischen den Füßen hängen, und wische damit das Fruchtwasser am Bücherstapel weg. Ich lege meine Arme auf den Stapel und meinen Kopf auf die Arme, so ist es einigermaßen bequem. Im Rhythmus meines Denkens an Olaf wiege ich mich hin und her, wiege mich von Schmerz zu Schmerz. Ist stumm um Hilfe schreien alles, was ich kann?

Wie lange wird das hier dauern? Diese Frage, das weiß ich sogleich, wird mir das Genick brechen, noch bevor ich sie zu Ende gestellt habe, reiße ich sie aus mir heraus und schleudere sie weit fort. Die alte Wann-Frage streift meinen Sinn, und auch die Antwort aus dem Park: Nie. Da muss ich tatsächlich lachen. Ganz kurz, zwischen Schmerz und Schmerz lache ich, denn eine andere, bessere Antwort nimmt in mir Gestalt an, auch wenn sie die alte Antwort keineswegs widerlegt, sondern im Gegenteil einschließt. Jetzt. Auch wenn ich es schon gleich nicht mehr weiß. Jetzt, das ist wie ein Talisman, den ich in der Hand halte, ein fester Kiesel, dem nichts und niemand etwas anhaben kann.

Die nächste Wehe rollt heran und pustet mir die Gedanken aus dem Kopf. In meinem Kopf ist nichts mehr, auch meinen Körper spüre ich nicht, es gibt keine Konturen, keine Grenzen, die Zeit löst sich auf, da ist nichts mehr außer der Welle aus Schmerz. Blass und entfernt blinkt noch einmal der Gedanke auf, dass ich auf keinen Fall denken darf, weil ich sofort wahnsinnig würde, wenn ich jetzt daran dächte, diese Situation auch nur eine Sekunde länger aushalten zu müssen, da die Lage unaushaltbar ist, so unaushaltbar, dass es immer gerade eben nur jetzt, in diesem zeitlosen Bruchteil einer Sekunde zu ertragen ist.

Mein Körper zittert wie Espenlaub, meine Zähne klappern, ich kann nichts dagegen tun. Jetzt jetzt jetzt. Die Wellen werden steiler, beinahe verschlagen sie mir den Atem, ich bin vollauf damit beschäftigt, in dem Getose irgendwie zum Luftholen und zum Ausatmen zu kommen. Eine Aufgabe fürs Leben. Es ist kein Zug mehr, der durch mich hindurchdonnert, sondern ein Düsenjet, der mitten in meinem Leib startet und landet. Das kann nur in Wahnsinn oder Tod enden. Sofort aufhören zu denken! Wogendes Schmerzmeer, das sich rhythmisch auftürmt, bricht und sinkt, wieder auftürmt, bricht, sinkt, auftürmt. Kämpfen ist sinnlos, ich lasse mich tragen, auf und ab.

Mitten in der Wehe, auf ihrem Höhepunkt, nimmt der Schmerz unfassbarerweise zu. Dem Schmerz ist es egal, ob ich es fasse oder nicht, er wandert, sticht mir als Metzgermesser in den Unterleib. Ich schieße hoch wie eine Rakete, der Bücherstapel kippt, ich torkele vorwärts, kann nicht stehen, weil meine Knie weich sind wie Butter. Ich stütze mich am Fensterbrett ab, eine schlechte Stütze, zu niedrig, aber nichts anderes ist erreichbar. Mir scheint, der Schmerz müsste mich in der Mitte zerreißen und Teile von mir in die Luft jagen, mit aller Kraft stemme ich mich auf die Arme, um nicht in die Knie zu gehen. Ich schreie, schreie aus Leibeskräften, immer wieder, natürlich hört es keiner, daran denke ich auch gar nicht, ich brülle wie eine Kuh, weil ich nicht anders kann, weil Schmerz auch Kraft ist, brülle, während Zeit und Leben und alles andere stillstehen und nur der Schrei noch da ist, der das Universum geschluckt hat und auch die Zeit und dadurch ewig geworden ist.

Da verändern sich die Schmerzen wiederum.

In der Mitte wird alles stumpf, jetzt wird außen meine Haut zerrissen. Das müssen die Presswehen sein. Kann, wie im Wahnsinn, nur diesen Satz denken, den die Hebamme gesagt hat: Es fühle sich an, als müsste man eine Melone kacken. Zu meinem abgrundtiefen Bedauern weiß ich plötzlich genau, was sie meinte. Mich durchfährt ein Schreck, wenn von Schrecken noch die Rede sein kann, eine panische Angst, ich will zurück, von mir aus sogar in den Schmerz von eben, Hauptsache, es wird alles rückgängig gemacht. Es muss unbedingt rückgängig gemacht werden, auf keinen Fall darf das Kind auf diesem Wege aus mir heraus, auf gar keinen Fall, denn es ist unmöglich. Ich würde es nicht überleben, niemand könnte das überleben, es muss gestoppt werden, unverzüglich, um jeden Preis.

Ich kreische wie eine Motorsäge auf Metall, und bevor ich Zeit habe, vor Angst in Ohnmacht zu fallen, reißt etwas in mir auf und flutscht etwas aus mir heraus. Entgeistert schaue ich an mir herunter, durch einen beißenden Film aus Schweiß sehe ich einen Kopf zwischen meinen Schenkeln baumeln. Er sieht mich an. Tatsächlich, der Kopf sieht mich an mit Augen aus einer anderen Welt, ein Blick wie von einem fernen Stern. Sternguckerblick, sieht nicht mich, sieht weit durch mich durch, sieht Sternenstaub, der ich war oder bin oder sein werde, und nun steht die Zeit endgültig still, sie ist in den Brunnen gefallen, nicht das Kind, sondern die Zeit, ins schwarze Loch, ins gleißende Chaos, das war, bevor etwas war, ist versunken darin bis auf den Grund. Die Augen schließen sich. Um die Augen ein faltiger blaugrauer Kopf.

Ich gehe in die Knie, stopfe den Bademantel unter mich, ich muss pressen! Mit der nächsten Wehe kommen die Schultern zum Vorschein, ich schreie nicht mehr, ich heule wie ein Schlosshund, versuche den glitschigen Körper vorsichtig auf den Boden zu lassen. Auf dem gelben Frottee liegt ein bläulicher Körper. Wie fasst man ein Neugeborenes an? Nicht denken. Ich tue, was nötig ist, Instinkt oder Hilflosigkeit, es macht keinen Unterschied. Das Baby in meinen Armen schreit, ein wenig nur, nicht laut, es hört sich an wie leises Krähen. Die Händchen sind zu Fäusten geschlossen und das Köpfchen rot. Besser als graublau.

Ich zittere nicht mehr. Friert das Kind? Ich breite den Mantel aus und baue uns damit ein Nest. Ich drücke das Baby an meinen Bauch und lege die Ärmel um uns herum, so gut es geht. Ich weiß nicht, ob es ein Mädchen ist oder ein Junge, es ist mir gleichgültig. Der kleine Körper fühlt sich warm an, er gluckst. Mit diesem Glucksen gluckst auch mein Herz, simultan, als sei kein Unterschied zwischen dem Glucksen und meinem Herzen.

Geht es dem Kind gut? Ihm fehlen vier Wochen. Vier Wochen und zwei Tage! Seine Haut sieht nun rosa aus. So muss es wohl sein. Die Hebamme sagte, mit sieben Monaten sei ein Kind lebenstauglich, die letzten acht Wochen würde es nur wachsen und zunehmen. Muss ich die Nabelschnur durchtrennen? Geht es uns gut? Muss ich auf der Stelle einen Arzt holen? Genügt es in zehn Minuten? Kann ich überhaupt einen Arzt holen? Kann ich gehen? Meine Gedanken sind blass, erschreckend blass. Die Empfindung des kleinen Körpers auf meinem ist das einzig Deutliche. Er riecht nach Meer, aber auch blumig. Frischer Meeresschaum mit einem Hauch von Veilchenduft.

Draußen geht die Sonne auf. Mattrosa Novembersonne, blass wie meine Gedanken. Dass sie heute nicht strahlt, nicht heller ist denn je! Ich schüttele den Kopf. Ich weiß nichts, weiß nur, dass, wenn ich das Kind in meinen Armen leicht an mich drücke, mir ist, als seien alle Wunden, die ich jemals gehabt habe, verheilt.

Noch ein paar Minuten so mit dem Kind. Dann muss ich Hilfe holen. Irgendwie, wie auch immer. Darüber nachdenken, wie ich Hilfe holen kann. Das Kleine schnappt nach Luft. Nein, schnappt nach meiner Hand. Saugt. Sucht. Will trinken. Will Milch, will leben.

Ich nehme an, ich muss es an meine Brust legen. Weiß nicht, wie das geht. Darüber nachdenken nützt nichts. Ich versuche uns beide richtig zu platzieren, lege den kleinen nackten Körper an meine Seite. Bevor ich ihn wieder bedecke, sehe ich, dass es ein Mädchen ist. Also Paula. Ich muss lächeln. In dem Augenblick wird meine Brustwarze mit einer solchen Kraft eingesaugt, dass ich schreiend zurückzucke. Der kleine Mund will mich halten, beißt zu, zieht noch kräftiger. Stechender Schmerz, als würde meine Brust versengt. Ich unterdrücke den nächsten Schrei und bleibe reglos. Füge mich. Empfinde, dass ich mich zu fügen habe.

Im nächsten Moment zieht mein Unterleib sich zusammen, als wollte er mich von innen erwürgen. Ich halte die Luft an, presse die Knie aneinander, um es auszuhalten. Irgendetwas rinnt zwischen meinen Beinen hervor. Blut? Die Nachgeburt? Meine Eingeweide? Ich habe Angst. Aber ich halte still. Die Kleine saugt unbeirrt, nährt sich, pures Leben.

Ich bin wie gebannt. Dabei muss ich mich dringend auf die Straße schleppen, bevor ich vielleicht ohnmächtig werde. Einen Arzt holen. Draußen höre ich die Maschinen der Bauarbeiter anlaufen, zwei Straßen entfernt. Mich hinschleppen, um Hilfe bitten, schnell! Der Boden wankt. Zwei Straßen sind viel zu weit. Werde ich ohnmächtig? Mehr Substanz quillt aus mir heraus, ich sehe nicht hin. Ich liege in einer Lache, warm und nass. Mein Kind saugt und hält mich fest, ich bin glücklich.

Noch eine Minute.